www.ingramcontent.com/pod-product-compliance
Lightning Source LLC
LaVergne TN
LVHW010800051026
849532LV00007B/2424
* 9 7 8 9 3 5 8 7 2 5 3 4 6 *

کرن کرن

(افسانے)

جوگندر پال

Kiran Kiran *(Short Stories)*
by: Joginder Paul
Edition: November '2024
Publisher :
Taemeer Publications LLC (Michigan, USA / Hyderabad, India)

ISBN 978-93-5872-534-6

کتاب	:	**کرن کرن** (افسانے)
مصنف	:	**جوگندر پال**
صنف	:	فکشن
ناشر	:	تعمیر پبلی کیشنز (حیدر آباد، انڈیا)
سالِ اشاعت	:	۲۰۲۴ء
صفحات	:	۱۵۰
سرورق ڈیزائن	:	تعمیر ویب ڈیزائن

فہرست

کرن کرن

''ارے، جواب کیوں نہیں دیتے، چاند؟''

''بولو!''

''میری طرف ٹکر ٹکر کیا دیکھنے لگے ہو؟۔ کرن اپنی بات کہنا بھول گئی تھی''۔

''تمھیں!''

''نہیں، تم مجھے وہ نہیں سمجھتے جو میں ہوں''۔ اپنی ہی کوئی کلپنا سمجھتے ہو''۔

''میری کلپنا؟ کلپنا تو تمھاری بہن ہے''۔

''ہاں ہاں بابا، بہن ہے میری وہ کلپنا، لیکن میں تمھاری کہانی کی کلپنا کی بات کر رہی ہوں، جو تم سے جی بھر کے باتیں بھی کرنے نہیں دیتی''۔

''لو اب جی بھر کے باتیں کرو'' چاند نے کاغذ کے اوراق ایک طرف ڈال دیے، لیکن قلم اسی طرح اس کے ہاتھ میں تھا۔

جب سے چاند کی شادی ہوئی تھی، اسے کہانی پھیکی معلوم ہونے لگی تھی۔

''میں کئی بار سوچتی ہوں چاند! رائٹر انسان نہیں ہوتا۔ بس رائٹر ہوتا ہے''۔

چاند نے محسوس کیا اس کی بیوی نے کہا ہے ''بس جانور ہوتا ہے... جانور''۔

''ہاں اور کیا؟ تمھارے ساتھ کہیں جا رہی ہوتی ہوں تو یہی لگتا ہے، کسی بن مانس کے ساتھ چل رہی ہوں... دیکھو لوگو! میرا یہ کہانی کار، آدمی کے لباس میں بالکل آدمی معلوم ہوتا ہے، آدمیوں کی طرح باتیں بھی کر لیتا ہے، بلکہ آدمیوں سے بھی اچھی باتیں کرتا ہے...''

کرن سے اپنی قسمت جوڑ کر چاند کو معلوم ہوا کہ وہ بہت خوش قسمت ہے۔ جینے کی فطری خواہش کے مقابلے میں سب دوسری خواہشیں ادنیٰ ہیں۔ جن کے جسم سالم ہوتے

ہیں وہ جی جی کر جیتے ہیں۔اور جو اپاہج ہوتے ہیں وہ لکھ لکھ کر، یا رو رو کر!... بابا تمھاری کہانی پڑھ کر میری آنکھوں میں آنسو بھر آئے ہیں... یہ لو چار آنے!

چاند کے ساتھ یہ معجزہ ہوا کہ کرن سے شادی کر کے اس کے ٹوٹے پھوٹے ہاتھ پیر ازسرِ نو پنپنے لگے اور جینے کی خواہش اس کے وجود میں نئے خون کی طرح بھرنے لگی، اب وہ بہت کم لکھتا تھا۔اور جب لکھتا تھا، موٹی موٹی باتیں لکھتا تھا اور موٹی باتیں لکھ لکھ کر اسے پہلی بار پتہ چلا تھا کہ موٹی باتیں کتنی گہری ہوتی ہیں۔

''کرن! میں تم سے محبت کرتا ہوں... اور پھر ''میں تم سے محبت کرتا ہوں کرن!... اور پھر... بہت محبت کرتا ہوں کرن!''

جیسے محبت کی کوئی گنجلک تعریف کر کے وہ محبت کے معنیٰ میں خلل پیدا کر دے گا۔ محبت کا سارا معنیٰ اسی ایک لفظ محبت سے ہی تو ادا ہو جاتا ہے۔

چاند کو اپنی بیوی سے اتنی محبت تھی کہ اس کی پالتو بلی لیڈی کو دیکھ کر بھی اس کا جی چاہتا کہ اسے گلے لگا لے۔

''اولیڈی!... او مائی لیڈیز لیڈی!... مائی سویٹ...'' اور لیڈی بے حد محبوبانہ آواز میں جواب دیتی، میا... ؤں!... ں!

میاؤں!

ایک لیڈی سے ہی نہیں، چاند کو کرن کی بہن کلپنا سے بھی محبت تھی۔ کیوں کہ کرن کلپنا کو بے حد چاہتی تھی۔

''آج پھر میکے چلی گئیں کرن''۔ کرن کے ماں باپ اسی شہر میں چند گلیاں پرے رہتے تھے۔

''ہاں کیا کروں چاند؟ اپنے کلو کے بغیر اداس ہو جاتی ہوں''۔

''ہاں کرن، تمھاری بہن میں نہ جانے کیا جادو ہے۔ میں بھی اس سے ملتا ہوں تو...''

چاند نے سوچا کرن اور کلپنا، سندرتا اور سوچ یک قالب ہوتیں تو... تو...

''کلو ہماری بہت پیاری ہے چاند... ہے نا؟''

''ہاں، تمھاری اتنی پیاری بہن ہے تو میری بھی...'' مگر اسے کلپنا کو بہن کہنا اچھا نہ

معلوم ہو رہا تھا۔

''ہاں، ہاں کہو، کلپنا تمھاری کیا ہوتی ہے؟''

''جو تم ہو!'' وہ گھبرا سا گیا، میرا مطلب ہے، بلی یا بہن، یا جو کچھ بھی...''

کرن ہنسنے لگی۔

''اس میں ہنسنے کی کیا بات ہے؟'' کرشن کنہیا بھی تو...'' نہ جانے اپنے آپ کو کیا بتانے کے لیے اس نے اپنا جملہ ادھورا چھوڑ دیا۔

''تم سب کچھ کر لیتے ہو میرے کرشن کنہیا، پر ایک مرلی بجانا نہیں جانتے''۔

''تم اور تمھاری بلی اور... تمھاری بہن میری مرلی سے رام ہو جائیں تو میں کرشن سے بھی اچھی مرلی بجالوں، لیکن سچ بتاؤ، تمھیں بلے کی خرخر زیادہ مدھر معلوم ہوتی ہے یا مرلی کی تان؟''

کرن اپنے کاکاج سے ذرا رسوئی میں چلی گئی تھی، پلٹ کر آئی تو چاند کو پھر اپنی کہانی پر جھکا پایا۔

سب کچھ تج کر تم اپنی جھوٹی سچی کہانیوں پر جھکے رہتے ہو۔ میں چاہتی ہوں، میں بھی کہانی بن جاؤں اور تمھارے قلم کی نوک سے حرف حرف بہتی رہوں''۔

''تو پھر کیا ہوگا؟''

''پھر تمھاری ہر کہانی سچی ہوگی۔ سچی کہانیوں کے ایک ایک لفظ میں لکھنے والے کا محبوب چھپا ہوتا ہے۔ اس کے قلم کی نوک جیسے کرن کے بدن سے چبھ چبھ کر گزر جاتی ہو''۔

''نا بابا، سچ بول کر میں تمھیں اذیت کیوں پہنچاؤں؟... اچھا، آج تم کلپنا کے گھر سے اتنی دیر سے کیوں لوٹی؟'' چاند سسرال کو کلپنا کا گھر ہی کہا کرتا تھا۔

''کیوں کہ کلپنا کے گھر والے کلپنا کو گھر سے اٹھانے کی سوچ رہے ہیں... ٹھہرو! میں چائے لے کے آتی ہوں، پھر باتیں کریں گے''۔ وہ اٹھ کر دروازے کی طرف مڑ گئی۔

کرن کی پشت پر نظر جما کر چاند کو اپنی بیوی پر کلپنا کا دھوکہ ہونے لگتا ہے... دونوں بہنوں کی عقبی ساخت یکساں ہے! سفید گردن سے پھسل پھسل کر بالائی پشت اور کمر سے نیچے ہی نیچے جاتی ہوئی موٹی موٹی کالی چوٹی گھٹنوں پر پہنچ کر زمین پر گرنے سے بچنے کے

لیے پھر اوپر کو دوڑ آتی ہے اور معلوم ہوتا ہے بدحواسی میں بندھی بندھی کھل رہی ہے۔

ایک بار چاند نے اپنی بیوی سے کہا تھا ''تم میری طرف پیٹھ موڑ لیتی ہو تو بالکل کلپنا ہی معلوم ہوتی ہو''۔

''تو میں تمھاری طرف منہ ہی کر کے آگے پیچھے چلا کروں گی''۔ اس کی بیوی نے ہنس کر جواب دیا تھا۔

''ہاں کرن، مجھے یقین ہے تم میری طرف سے کبھی منہ نہ موڑو گی''۔

چاند کرن کا منہ دیکھ کر، بے قابو ہو کر اسے گلے لگا لینا چاہتا، مگر وہ ذرا اپنی پیٹھ اسی طرف موڑ لیتی تو اس کے ذہن میں کلپنا آسماتی۔

''اری...ی...کلو!...کلو!

''لو، میں چائے لے آئی''۔ کمرے میں داخل ہوتی ہوئی کرن کا چہرہ مسکرا رہا تھا۔

چاند بے قراری سے اٹھ کر اس کی جانب بڑھ آیا۔

''باؤلے کیوں ہو رہے ہو چاند؟...ار...ر...! چائے کا ٹرے الٹ جائے گا۔ چلو بیٹھو''۔

وہ دونوں بیٹھ گئے۔ کرن خالی پیالیوں کو گرم اور سرخ قہوے سے بھرنے لگی۔

''جانتے ہو؟ آج میں نے کلپنا سے پوچھا، بتاؤ کلو، تمھارے لیے کیسا پتی ڈھونڈیں؟'' چاند نے گرم گرم سرخی کی افراط سے سیاہ ہوتے ہوئے قہوے سے نظر ہٹا کر اپنی بیوی کی بات سننے کے لیے کان کھڑے کر لیے۔

''کلو نے جواب دیا، چاند جیجا جی جیسا!''

''مجھ جیسا؟'' وہ کرن کی پشت پر نظر باندھے ہوئے تھا۔ ''ہاں، ماں جی نے تین چار لڑکوں کی تصویریں دکھائیں مگر اسے کوئی پسند نہ آیا...اور جانتے ہو؟...میں کلو سے وعدہ کر آئی ہوں، اس کے لیے تم جیسا ور ڈھونڈ کر ہی دم لوں گی''۔

''مگر کرن...'' چاند رک گیا، پھر بھی اس کے منہ سے نکل ہی گیا۔ ''اپنے جیسا تو صرف میں ہی ہوں''۔

''اسی لیے تو میں نے بلا جھجک تم سے شادی کر لی''۔ اس نے چائے پینے کے لیے

چاند کا جھوٹا کپ اٹھالیا۔

''تمھارے سوا تم جیسا اور کون ہو سکتا ہے، ڈارلنگ؟''

چاند بھی کلپنا کے لیے کوئی مناسب لڑکا تلاش کرنے لگا۔ ''چاند جیجا جی جیسا!''

''تو کیا کلپنا کے لیے میں اپنی ہی تلاش میں سرگرداں ہوں؟ وہ... بالائی پشت سے کلو کی، نہیں کرن... یا شاید کلو ہی کی چوٹی پھسل پھسل کر نیچے ہی نیچے چلی آ رہی ہے۔ بدحواس ہو ہو کے بندھی بندھی کھلی جا رہی ہے۔

''میں نے کہا... کلو...!''

''ہاں؟''

''تم کرن؟ مجھے لگا، کلو ہے!''

''میں کلو ہی ہوں!''

''اوہ!... مجھے لگا کرن ہے!... اری مجھ میں کیا سرخاب کا پر لگا ہوا ہے جو تمھیں میرے جیسا ہی پتی چاہیے، یا شاید تم میری بجائے میری جھوٹ موٹ کی کہانیوں پر ریجھ گئی ہو''۔

''جھوٹ موٹ کی کہانیاں مجھے بہت اچھی لگتی ہیں، چاند جیجا جی''۔

''یہ میری طرف پاگلوں کی طرح گھور گھور کر کیا دیکھ رہے ہو چاند؟... چا... ند...؟''

''ک... کون؟... کرن!... تمھیں دیکھتے ہوئے تمھارا چہرہ میری آنکھوں سے کیوں اوجھل ہو جاتا ہے؟''

''پگلا!... وہ دیکھو... وہ کون آ رہی ہے؟... کلپنا... آؤ کلو!''

کرن اور کلپنا کی بے چین باہیں ایک دوسرے کو جکڑ لینے کے لیے ہوا میں کوند پڑیں... یہ کس کی پیٹھ ہے؟ کس کا چہرہ ہے؟

چاند ہر رات حسب معمول نکلتا رہا اور کرن کرن سینے سے لگائے اپنی خوابیدہ وارفتگی سے چمکتا رہا۔ لیکن پچھلی اماوس کو، اس کالی کلوٹی رات کو وہ ساری کائنات سے لاپتہ تھا۔ شاید اپنی ذات کی تلاش میں کہیں بھٹک رہا تھا کہ صدی کلپنا کے لیے اپنے جیسا کوئی پتی ڈھونڈ نکالے۔

کرن کو اچانک شدید ہیضے نے آلیا تھا اور صرف کلپنا اس کی تیمارداری میں جاگ رہی تھی اور تارے گن رہی تھی۔ ان گنت، بے چین، چھوٹے چھوٹے، جن کی کرن اتنی مدھم اور شکستہ تھی کہ معلوم ہوتا تھا اب گئی... اب گئی۔

''پانی... ی!'' کرن نے قے کرنے کے انداز میں بمشکل کہا۔

''یہ لو!'' کلپنا نے پانی کا بھرا ہوا گلاس کرن کے منہ سے لگا دیا... ''تھوڑا پیو، کرن''۔

غٹ... غٹ... غ...!

کرن پانی میں ڈوب ڈوب کر بھی خشک تھی ''اور... اور...!''

''ہاں!... تو!'' کلپنا کی ایک آنکھ میں گھٹا اتری ہوئی تھی اور ایک میں چاند نکلا ہوا تھا، وہ سوچ رہی تھی، میری بہن مرگئی تو کیا ہوگا...؟ اس نے ایک بار پھر کرن سے کہا۔

''تھوڑا پیو کرن۔ ڈاکٹر نے سختی سے منع کر رکھا ہے''۔ لیکن کرن بے تابی کے عالم میں بڑے بڑے گھونٹ بھر رہی تھی اور گویا اپنے پیٹ میں ڈوبتے ہوئے بے بسی سے ہاتھ پیر مارے جا رہی تھی۔ اور کلپنا کی ایک آنکھ میں گھٹا اور کالی ہوتی گئی اور دوسری میں چاند اور چمکیلا۔ وہ اتنی غمگین تھی کہ اسے پتہ ہی نہ چل پا رہا تھا کہ وہ کتنی خوش ہے۔

چاند تار ملتے ہی سب کچھ چھوڑ کر بھاگ آیا۔

''یہ کیسے ہوگیا؟ تم نے کرن کو کیوں مرنے دیا کلو؟''

''ہاں میں نے ہی اسے مرنے دیا۔ میں چاہتی تھی کہ... کہ... نہیں! میں یہ تو نہیں چاہتی تھی۔ کلپنا گم صم پڑی سوچتی رہی کہ وہ کیا چاہتی تھی۔

کرن کی موت کے تین چار ماہ بعد کلپنا کی ماں نے اس سے کہا۔ ''بیٹی! ہم تمھاری شادی چاند سے کرنا چاہتے ہیں''۔

''نہیں!... نہ... نہ ماں!'' کلپنا نے گھبرا کر جواب دیا۔ اس کی ماں اسے حیرت سے دیکھنے لگی۔ ''کیوں؟''

''بس کہہ جو دیا نہیں!''

(چاند جیجا جی جیسا)

''چاند میں کیا کمی ہے بیٹی کلو، تم ہاں کہہ دوگی تو ہمارا چاند اپنا بنا رہے گا''۔ ماں ٹوٹے ہوئے دھاگے کو ایک طرف پھینک کر دوسرے دھاگے کو سوئی میں ڈالنے لگی۔

''نہیں ماں مجھے ساری زندگی شادی نہیں کرنا ہے... میں... میں''

چاند بے کرن ہو جائے تو کلپنائیں کنواری رہ جاتی ہیں۔

جب چاند کو معلوم ہوا کہ کلپنا نے اس سے شادی کرنے سے انکار کر دیا ہے اسے بہت غصہ آیا اور اس کا جی چاہا کہ وہ اپنے من کے چور کو باہر دھکیل کر خوب پیٹے... چور... کمینے...! ڈھونگی...! اور اس کے من کا چور اس کا ارادہ بھانپ کر بھاگ کھڑا ہوا۔

چاند کے سر میں کرن کا شہر چھوڑ دینے کی اتنی دُھن سما گئی کہ نوکری کے تبادلے کی کوشش میں اپنا غم بھی بھول سا گیا۔ آخر اس کے تبادلے کے آرڈر آ گئے۔ اسے دور دکن میں جانا تھا۔ نہ جانے وہ جگہ کیسی ہوگی، وہاں کیوں کر گزر ہوگی، کس سے واسطہ پڑے گا۔ لیکن جب آدمی مرنے پر تل ہی جائے تو اسے اسی خیال سے راحت ہوتی ہے کہ اس دنیا سے اُٹھ جاؤں گا۔

چاند کی گاڑی ریلوے اسٹیشن سے جانے والی تھی۔ سب لوگ اسے چھوڑنے آئے تھے۔ کرن اور کلپنا کے والدین بھی، لیکن کلپنا وہاں نہ تھی۔ شاید اس لیے کہ اسے یقین تھا کہ چاند ابھی مرا نہیں۔ سدا کے لیے تو مردوں کو چھوڑنے جاتے ہیں یا شاید اس لیے کہ اب چاند مر ہی چکا ہے۔ تو اس کا چاند سے کیا واسطہ؟

گاڑی نے وِہسل دیا، چاند کے کانوں میں مرتے مرتے اپنے عزیزوں کی چیخ پکار سنائی دی۔ گاڑی حرکت کرنے لگی۔ کاش ان رونے والوں میں کلپنا بھی ہوتی! مرنے والے کے دل میں آخری خواہش پیدا ہوئی۔ سفر شروع ہو گیا۔ ابھی ابھی وہ یہیں تھا، اب کہاں ہے؟ چلو جو مر گیا سو مر گیا۔ بھگوان اس کی آتما کو شانتی دے۔ مصیبت تو ان لوگوں کی ہوتی ہے جو پیچھے رہ جاتے ہیں۔ مصیبت تو کلپنا کے لیے تھی، وہ اپنی کنواری رہنے کی قسم پر اڑی رہی۔ اس طرح کہ اس نے اپنے آپ کو بھی کبھی نہیں چھوا!

کلپنا نے ماہ و سال کے اتنے بڑے ڈھیرے کی ڈھیلی سے گٹھڑی کا بوجھ سر پر لاد لیا۔

ماہ و سال اس گٹھڑی سے گر گر کر اس کا بوجھ ہلکا کرتے رہے۔ لیکن اسے اپنے بوجھ کا احساس ویسے ہی رہا۔ کم نہ ہوا۔

یادیں... یادیں... بھوت ہوں یا نہ ہوں، لیکن جس شخص کا آج اس کے بیتے دنوں سے آزاد نہ ہو، وہ بھوت ہی ہوتا ہے۔ صاف نظر بھی آتا ہے اور غائب بھی ہوتا ہے۔ کلپنا کی طرف دیکھ کر بھی پتہ نہ چلتا تھا کہ وہ سامنے ہے یا اوجھل۔

اور پھر ایک دن ادھیڑ عمر آدمی وارد ہو گیا۔

گجردم کلپنا نے دروازے پر... یا شاید دل پر... کھٹکا سا سنا۔ اٹھی جیسے کوئی نیند میں چلنے لگا ہو۔ اس نے برآمدے میں بتی جلائے بغیر دروازہ کھول دیا۔

''تم؟''

چاند گویا آج ہی صبح گھر گیا ہو۔ اور دن بھر کے کام دھندے کے بعد لوٹنے میں اسے اتنی دیر ہو گئی ہو۔ کرن سے گلے ملنے کے لئے وہ اس کی طرف بے اختیار بڑھتا چلا گیا اور جب وہ ملے تو کرن پھوٹ پھوٹ کر روتے ہوئے اپنے ہاتھوں سے اس کی چھاتی پیٹنے لگی، ''اتنی دیر سے کیوں آئے ہو؟''

آنگن سے اپنے بوڑھے باپ کی ہلکی سی کھانسی کی آواز سنائی دی۔ وہ دونوں تیزی سے الگ ہو گئے۔

''بیٹی، کون آیا ہے؟''

کلپنا چاند کا سوٹ کیس پکڑ کر آنگن کے دروازے کی طرف ہو لی ''وہ آگئے ہیں بابا... آگئے ہیں''

کلپنا کی پیٹھ پر نگاہ جما کر چاند نے لمبی سفید گردن سے پھسل کر کمر سے نیچے ہی نیچے جاتی ہوئی وہی کالی چوٹی دیکھی۔

پیٹھ کرن کی ہے... اور...

''آؤ نا'' کلپنا اس کی طرف مڑ کر مسکرانے لگی۔

اور چہرہ کلو کا۔

◆◆◆

بے گور

کلکتہ کے فائیو اسٹار ہوٹل میں اپنے کمرے کی گھنٹی کی آواز سن کر امریکی ڈاکٹر دروازہ کھولنے لگا۔

''کون؟''

''میں، رام دین ہوں صاحب!''

''تم آگئے؟ آؤ، میں تمھارا ہی انتظار کر رہا تھا۔''

''اگر آپ تیار ہیں تو چلیے۔''

''ہاں چلو، کیا پورے پچاس کا انتظام ہو گیا؟''

''ہاں صاحب، سو، یا ہزار بھی ہوتے تو یہاں کیا کمی ہے؟''

''تو چلو۔''

وہ دونوں کمرے سے نکل کر باہر ہوٹل کے پورچ میں پہنچے تو امریکی ڈاکٹر کا ڈرائیور اسے دیکھ کر کار وہیں لے آیا۔ امریکی ڈاکٹر پچھلی سیٹ پر بیٹھ گیا اور رام دین آگے ڈرائیور کے ساتھ۔

''کہاں چلنا ہے؟''

''چاؤرنگی۔''

''کیا یہ نام کسی بہت بڑے مردہ خانے کا ہے؟''

''نہیں... ہاں، یہی سمجھ لیجیے صاحب۔''

''چلو ڈرائیور!''

ڈرائیور نے گاڑی کو اسٹارٹ کیا تو وہ پہلے تو کسی ذی روح کے مانند کھی کھی ہنس پڑی

اور پھر گویا کھڑے کھڑے ہوٹل کے باہر آگے سڑک پر اڑنے لگی۔

''تم نے واقعی کمال کر دیا رام دین۔ ایک دم پورے پچاس کا انتظام کر دیا۔''

''ہمارے دیس میں بڑی سے بڑی ضرورت کا بھی ایک دم انتظام ہو جاتا ہے۔ بس آپ کی جیب میں پیسے ہوں۔''

''فکر مت کرو، مال ملتے ہی دام چکا دیے جائیں گے۔''

''نہیں صاحب، پیسوں کی مجھے فکر نہیں۔ آپ کے ملک سے میرا بڑا پرانا لین دین ہے۔ مجھے معلوم ہے امریکی بڑے کھرے اور زندہ لوگ ہوتے ہیں۔''

''یہی تو ہم ڈاکٹروں کی مصیبت ہے۔ ہمارے دیس میں کسی کے مرنے کی نوبت ہی نہیں آتی۔''

''لیکن مرنے والے تو مرتے ہی ہوں گے؟''

''نہیں... مرنے کا ارادہ کر کے بھول جاتے ہیں۔''

''ہہ... ہہ ہا... ہہ... ہمارے ڈاکٹر تو ہر وزٹ کی فیس کے ساتھ ساتھ چارج کر لیتے ہیں کہ اگلے وزٹ سے پہلے ہی مریض چلتا نہ بنے۔''

''ہاں، جہاں موتیں اتنی عام ہوں وہاں ڈاکٹر کیا کریں؟ چھوٹے چھوٹے بل وصول کرنے کے لیے کیا وہ مُردوں کے پیچھے ہو لیا کریں؟''

امریکی ڈاکٹر کی نگاہ اچانک باہر کے لوگوں کے سیلاب پر اُٹھ گئی اور وہ جھرجھری سی لے کر رہ گیا۔ کسی کے چہرے پر بھی زندگی کے آثار نہ تھے۔ سب ہی اپنے آپ اِدھر اُدھر آ جا رہے تھے۔ ایک دوسرے سے بے خبر، یہیں، لیکن نہ جانے کہاں۔ ان کی آنکھیں انھیں کچھ بتائے بغیر دیکھ رہی تھیں۔ پاؤں از خود اٹھ رہے تھے۔ اتنا شور و شغب تھا مگر انھیں کچھ بھی سنائی نہیں دے رہا تھا۔

ڈاکٹر نوٹ بک اور قلم نکال کر لکھنے لگا۔

15 رجون 1957ء... کلکتہ کی ایک سڑک۔ سڑک پر لوگوں کے ٹھٹ کے ٹھٹ ہیں، مگر تعجب ہے کہ کسی میں بھی زندگی کے کوئی آثار نہیں۔ معلوم ہوتا ہے کہ قبروں میں ان کا دم گھٹنے لگا اور سب کے سب باہر نکل آئے۔ یا باہر آ کے تھک ہار گئے اور اب قبروں کی طرف

لوٹ رہے ہیں...وہ لکھتے ہوئے رُک گیا اور کار کے باہر گھورنے لگا...کیا یہ لوگ واقعی زندہ ہیں؟...اس سانحہ کی طبی نوعیت تک پہنچنے کے لیے وہ بڑی جوش آفریں متانت سے سوچ رہا تھا...ہاں، کیوں نہیں، اگلے مہینے میں اپنے یہاں ڈاکٹروں کی کانفرنس میں بڑی سنجیدگی سے یہ سوال اٹھاؤں گا...عین ممکن ہے کہ...نہیں، نہیں کیوں؟ ہوسکتا ہے کہ انسانی مشین بدستور چلتی رہے مگر انسان مرچکا ہو۔ ہاں...اسے ثابت کیا جاسکے تو...نہیں، ایسا کیسے ہوسکتا ہے؟...وہ پھر باہر دیکھنے لگا...نہیں، جب ہو ہی گیا ہے تو کیسے نہیں ہوسکتا؟...وہ مسکرانے لگا۔

سامنے چوک پر میکانکی سرخ بتی آجانے پر ڈرائیور نے پٹری کی جانب اپنی رفتار میں گاڑی روک لی اور ڈاکٹر چہروں کی بھیڑ میں کسی ایک پر نظر جمانے کی کوشش کرنے لگا۔ مگر طغیانی میں آنکھیں کہاں تک پاتی ہیں؟ اسی اثناء میں اس کی گاڑی کے قریب سے چند لوگ گزرنے لگے۔ اس نے اپنا سر کھڑکی کی طرف بڑھا کر ان کی طرف مسکرا کر دیکھا، مگر وہ اس سے، ایک دوسرے سے، اپنے آپ سے بھی قطعی بے خبر چلتے گئے...گرین لائٹ آتے ہی کار حرکت میں آگئی...ان لوگوں میں سے کوئی شخص مجھ سے اپنی موت کا سرٹیفکیٹ طلب کرے تو؟ ہاں، کیوں نہیں؟ اگر وہ زندہ نہیں تو اسے اپنی موت کا سرٹیفکیٹ طلب کرنے کا حق حاصل ہے، یا پھر کسی موت کا قانونی سرٹیفکیٹ دینے سے پہلے کسی طرح کا طبی معائنہ صحیح ہوگا؟

ڈاکٹر نے اپنے خطیبانہ سوال سے بے چین ہوکر سگریٹ سلگا لیا، لیکن شاید سگریٹ نوشی کے خطرناک نتائج پر کسی مقالے کا اچانک خیال آجانے پر اسے فوراً بجھا دیا اور سیٹ پر سیدھا ہوکر بیٹھ گیا۔

''صاحب...!''

''ہاں...ں!'' ڈاکٹر نے اپنے خیالات سے چونک کر جواب دیا۔

''وہ...اُدھر...وہ پٹری ہے نا۔ کوئی پون گھنٹہ پہلے کی بات ہے کہ میں یہاں سے گزر رہا تھا...وہ، وہاں اس ستون کے پاس پڑی ہوئی ایک لاش یک بارگی اٹھ کھڑی ہوئی اور چلانے لگی۔ ''سنو! ارے بھئی!''...مگر کسی نے اس کی طرف دھیان نہ دیا۔ وہ اور زور

سے چلانے لگی۔ ''ایک لاش تم سے مخاطب ہے لوگو! سنو...'' لوگ اس کی طرف دیکھے بغیر ہی اپنی اپنی راہ چلتے رہے۔''

''کیا یہ نہیں ہوسکتا رام دین، جسے تم لاش کہہ رہے ہو، ساری بھیڑ بھاڑ میں صرف وہی زندہ ہو اور باقی سارے کے سارے مردہ!''

''مگر صاحب! ان باقی سب میں تو میں بھی تھا۔ اگر آپ میرا فری میڈیکل ٹیسٹ کرنے پر رضامند ہیں تو بے شک اطمینان کر لیجیے کہ میں تو زندہ ہوں۔''

''تو پھر تم ہی اُس لاش کی مدد کرنے کے لیے رُک گئے ہوتے۔''

''کیسے رُک جاتا؟ مجھے عین وقت پر آپ سے ہوٹل میں ملنا جو تھا۔''

''پورے پچاس کا انتظام کر کے آئے ہو نا...؟''

''ہاں صاحب! کہہ دیا نا پورے پچاس کا۔ آپ چاہیں تو پورے سو بھی خرید سکتے ہیں۔''

''ویری گڈ!... اچھا بتاؤ، بھلا وہ لاش کہنا کیا چاہ رہی تھی؟''

''صرف یہ کہ مجھے زم توڑے چھ گھنٹے سے بھی اوپر ہو لیے ہیں، کوئی خدا کا بندہ مجھ پر رحم کھائے اور کسی قبرستان کی راہ پر ڈال آئے۔''

''پھر؟''

''پھر کیا؟ کسی نے اس کی طرف دیکھا بھی نہیں۔ بے چاری مایوس ہو کر آپ ہی اپنے لیے کوئی قبرستان ڈھونڈنے کہیں نکل گئی ہوگی۔''

''مگر کیا وہ لاش سچ مچ کی لاش تھی؟''

رام دین ہنسنے لگا۔ ''آپ اتنے پہنچے ہوئے ڈاکٹر ہیں۔ آپ کو کیسے سمجھاؤں کہ لاش ہوگی تو سچ مچ کی ہی ہوگی۔''

''ہاں... ہاں، اس میں کیا شک ہے؟''

امریکی ڈاکٹر کی سمجھ میں نہ آرہا تھا کہ کیا سوچے۔ اس لیے سوچے بغیر وہ رام دین سے پوچھنے لگا۔ ''کیا تمھارے یہاں موت کا سرٹیفکیٹ لینا ضروری نہیں؟''

رام دین پھر ہنس پڑا۔ ''آپ امریکی لوگ اتنے سمجھ دار ہوتے ہیں صاحب، پھر بھی

بھولے کے بھولے۔ اس لاش کو کوئی قبرستان کے راستے پر بھی نہیں ڈال رہا تھا۔ غریب موت کے سرٹیفکیٹ کے لیے دفتروں کے چکر کہاں کاتتی پھرتی... یا پھر رشوت دے کر زندگی میں ہی سرٹیفکینٹ حاصل کرلیتی۔ مگر رشوت کے پیسے ہوتے تو ان سے دوا دارو کرلیتی۔ اس کا مرنا ہی کیوں ہوتا؟''

رام دین کے مذاق کا لہجہ ڈاکٹر کو بھونڈا بھی لگ رہا تھا اور دلچسپ بھی۔

آپ شاید یہ سوچ رہے ہیں صاحب، کہ سرٹیفکیٹ کے بغیر اس بھلے آدمی کو پتہ کیسے چل گیا کہ اس کی موت واقع ہو چکی ہے؟''

''ہاں، ہمیں تو کسی کے مرنے کا یقین اس وقت ہی آتا ہے، جب اس کی موت کی ڈاکٹری تصدیق ہو جائے۔''

''آپ کی بات اور ہے صاحب۔ ہمارے سارے سرٹیفکیٹ جعلی ہوتے ہیں، اس لیے ہمیں اپنی موت پر اسی وقت یقین آتا ہے جب ہم آپ ہی محسوس کرنے لگیں کہ ہم مرچکے ہیں... ڈرائیور! اب یہاں سے بائیں طرف مڑ جاؤ۔ ہمیں اسی گلی میں آنا تھا۔''

''تم لوگ اپنے ہسپتال اتنی تنگ اور گندی گلیوں میں کیوں بنواتے ہو؟''

''یہاں ہسپتال نہیں ہے۔''

''مگر مردہ خانہ تو ہسپتال کے ساتھ ہی ہوتا ہے۔''

''آپ آئیے تو صاحب! ہمارے غریبوں کو دواخانے اور مردہ خانے کہاں نصیب ہوتے ہیں...''

''ٹھہر جاؤ ڈرائیور... بس یہیں!''

گاڑی رُک گئی۔

امریکی ڈاکٹر نے بھی دیکھا کہ کئی پھٹے حال بوڑھے، جوان اور بچے گلی میں ایک طرف قطار باندھے کھڑے ہیں۔

''یہاں کہاں لے آئے ہو؟''

''جہاں ہمیں آنا تھا۔'' رام دین گاڑی سے نکلتے نکلتے بات پوری کرنے کے لیے رُک گیا۔

''آپ کے پاس آنے سے پہلے میں ہی انھیں یہاں کھڑا کر گیا تھا۔''

''مگر میں نے تو مُردوں کا آرڈر دیا تھا۔''

''غور سے دیکھیے صاحب، کیا یہ لوگ آپ کو زندہ معلوم ہوتے ہیں؟''

''مجھے یہ مذاق پسند نہیں، رام دین!''

''میں مذاق نہیں کر رہا ہوں صاحب، مُردوں کو تو اپنے مر چکنے کا احساس بھی نہیں ہوتا، مگر انھیں غور سے دیکھیے، ہر ایک کو پورا احساس ہے کہ وہ مر چکا ہے۔''

امریکی ڈاکٹر گھبرا کر ان مفلوک الحال لوگوں کی طرف دیکھنے لگا۔

''عجیب آدمی ہو! میں نے تو کہا تھا ہمیں اپنے ملک میں طبی تجربوں کے لیے پچاس مُردوں کی ضرورت ہے۔''

رام دین ہنسنے لگا۔ ''نہیں صاحب، مجھے معلوم نہ تھا کہ آپ اتنی دور سے قبریں کھدوانے کے لیے آئے ہیں۔ میں نے تو سوچا تھا ساری دنیا کے ملک ہمارے دیس سے آدمی لے جاتے ہیں، آپ کو بھی ان سے کوئی ایسا کام لینا ہوگا جو صرف مرے کھپے لوگ ہی کر سکتے ہیں۔'' رام دین اپنی ململ کی ٹوپی اتار کر سر کھجانے لگا۔ ''ایک بات کہوں صاحب!...ان سب کو آج کل میں مر ہی جانا ہے۔ بہت سے تو راستے میں جہاز پر ہی دم توڑ دیں گے...ان کی شکلیں دیکھیے اور بتائیے، کیا میں غلط کہہ رہا ہوں؟''

''تم کہنا کیا چاہ رہے ہو؟''

''میں یہ کہنا چاہ رہا ہوں کہ چپکے سے ان ہی کو لے جائیے۔''

''بکواس بند کرو اور صاف صاف بتاؤ...کیا تم پچاس مُردے...سچ مُچ کے مُردے مہیا کر سکتے ہو؟''

رام دین نے سر کھجا کر اپنی ٹوپی پھر اُسی جگہ پر سجالی۔

''آپ کی میڈیکل سائنس تو ہماری سائنس سے بہت آگے نکل چکی ہے صاحب۔ آپ خود ہی ان سب کا ٹھونک بجا کر معائنہ کر لیجیے۔ آپ کو یقین آجائے گا کہ یہی سچ مچ کے مُردے ہیں۔ ٹھہریے...میں آپ کو موٹے طریقے سے سمجھاتا ہوں۔''

رام دین گاڑی سے نکل کر اس قطار کی طرف گیا اور کچھ بولے بغیر اس نے ایک آدمی

کے منہ پر زور سے تھپڑ دے مارا۔

اُس آدمی نے مدافعت کی نہ گالی بکی، بس چپ چاپ جوں کا توں کھڑا رہا، گویا کچھ ہوا ہی نہ ہو۔

رام دین فاتحانہ چال سے واپس امریکی ڈاکٹر کے پاس آ کھڑا ہوا۔

''کیا اب بھی آپ کو یقین نہیں آیا کہ یہ سب کے سب سو فیصد مُردے ہیں؟''

امریکی ڈاکٹر نے سراسیمہ خفگی کے ساتھ اپنے ڈرائیور کو مخاطب کیا۔ ''واپس چلو ڈرائیور۔''

''ٹھہریے صاحب۔ میری مانیے تو انھیں لے جایئے۔ آپ جیسا تجربہ کرنا چاہتے ہیں، اطمینان سے ان ہی پر کر لیجیے۔ ٹھہرو ڈرائیور...! پیسے چاہیں تو اپنی تسلی کے بعد ادا کیجیے صاحب۔''

''چلو، ڈرائیور!''

''اس میں آپ ہی کا فائدہ ہے صاحب، ویسے مُردے ہوتے تو آپ کا کارِیج کا خرچ الگ ہوتا۔ یہ بے چارے تو آپ ہی اپنا سارا بوجھ اٹھا کر جہاز پر سوار ہو جائیں گے۔''

''چلو، ڈرائیور!''

امریکی ڈاکٹر کی گاڑی آگے بڑھی تو رام دین ان لوگوں کی طرف متوجہ ہوا۔

''بڑے بدقسمت ہو... اگر واقعی مر چکے ہوتے تو ٹھاٹ سے امریکہ جا پہنچتے۔''

◆◆◆

گرین ہاؤس

یو۔این۔او کے ڈپٹی سکریٹری جنرل اس نجی سن ڈاؤنز سے مولو اب گھر لوٹنا چاہ رہا تھا۔مگر اس نے اتنی پی لی تھی کہ اسے ڈر تھا، اٹھا تو لڑکھڑانے لگوں گا۔

آسٹریلین لاکر اس کی خواہش اور خوف بھانپ کر ہنسنے لگا۔''پر جب نشے کا یہ عالم ہو تو گھٹنوں کو سیدھا ہی کیوں کیا جائے؟''

لاکر سے مولو نے پوچھنا چاہا کہ یہ کیا نام ہوا، لاکر؟...اور خود ہی جواب بھی دینا چاہا...اچھا، اپنے جرائم پیشہ باپ دادا کی یاد میں اب بھی تمھارا منہ بند ہے۔مگر اپنے سامنے ہی بیٹھے امریکی فارن آفس کے ایک سینئر آفیشل کو پا کر وہ اسی پر ٹوٹ پڑا۔''مسٹر لاکر، کیا تم ہماری امریکی سرکار کی کسی حالیہ بدحواسی پر تبصرہ کر رہے ہو؟''

''کیا مطلب؟''امریکی آفیشل کے کان اتنے کھڑے ہو گئے کہ وہ اپنے کان ہی کان نظر آنے لگا۔

''مطلب یہ کہ جب سے روسیوں نے تائب ہو کر کان پکڑ لیے ہیں، وہائٹ ہاؤس نشے میں اپنی دو ٹانگوں پر کھڑا ہی نہیں ہو پا رہا۔تم یہی کہنا چاہ رہے تھے نا مسٹر لاکر؟''مولو نے اپنی بات سے محظوظ ہو کر اسٹیورڈ سے ایک اور وہسکی طلب کی۔''ان حالات میں کیا یہ بہتر نہیں، مائی ڈیئر بلیک برڈ...''اس نے امریکی آفیشل سے پوچھا۔''امریکی سرکار ذرا دم لینے کے لیے چپ چاپ بیٹھی رہے؟''

لاکر نے شاید وہسکی کا گھونٹ بھرنے کے لیے منہ کھولا تھا مگر وہ بول اٹھا۔

''امریکی کا تو خاصہ ہے کہ دم لینا ہو تو اور تیز چلنے لگتا ہے۔''

''میں بھی تو امریکی ہوں۔''مولو نے اسے جواب دیا۔''میں تو دم لینے کے لیے دم

ہی لیتا ہوں۔''

''اسی لیے وہ امریکی سیاست دان... کیا نام ہے اس کا... وہ تمھاری امریکیت کو مشکوک قرار دیتا ہے۔'' لاکر کو نشے میں زبان کو ڈھیلا چھوڑ دینا بڑا خوشگوار لگ رہا تھا۔'' وہ تمھاری ساری صحافتی سلطنت خریدنے کے لیے ایڑی چوٹی کا زور لگا رہا ہے۔''

''سنو! مسٹر لاکر۔'' مولو پل بھر بے چین سا ہو کر وہی مول چند دھرم چند نظر آنے لگا جو کوئی ڈیڑھ ایک دہا پہلے کینیا کی آزادی پر وہاں اپنا سارا بزنس بیچ کر یو۔ایس۔اے میں آبسا تھا۔'' سنو، سودا اگر واقعی پٹ گیا تو تم دیکھو گے، تمھارا وہ گھاگ سیاست دان ہی سرتا پا بک جائے گا۔'' اسے گویا اپنا یہ بیان بھی ناکافی لگا۔'' میرا مطلب ہے، بشرطیکہ میں نے اسے خریدنا چاہا۔''

مولو نے ایک ہی ڈیک میں اپنی ساری وہسکی حلق سے اتار لی تو آپ ہی آپ پُرسکون ہو کر مسکرانے لگا۔

بلیک برڈ کے کان بھی ڈھیلے ہو کر نیچے لٹک آئے اور وہ ہنس کر کہنے لگا۔'' اگر تم میری تنخواہ کی دگنی رقم دینے پر تیار ہو مولو، تو مجھے ہی کیوں نہیں خرید لیتے؟''

''دگنی تنخواہ پر کیوں؟''

''ہیٹی کہتی ہے۔'' بلیک برڈ بدستور ہنستے ہوئے اپنی بیوی کی طرف دیکھنے لگا، جو پینے سے سیر ہو کر کھا کھا کر منہ ہلائے جا رہی تھی۔'' اگر تم دگنی تنخواہ نہ لائے تو تمھیں طلاق دے دوں گی۔''

''طلاق کے جھنجھٹ میں کیوں پڑتی ہو، ہیٹی ڈارلنگ؟'' مولو نے بلیک برڈ کی بیوی کو مشورہ دیا۔'' دگنی تنخواہ کے لیے دو خاوند کرلو۔''

ہیٹی اور بلیک برڈ نے سب سے اونچا قہقہہ لگایا۔

''اپنی بیوی کو ساتھ کیوں نہیں لائے ناٹی بوائے؟'' ہیٹی مولو سے پوچھنے لگی۔

''کیسے لاتا؟ عین وقت پر اس کے ایک دانت میں درد جاگ پڑا۔ گھریلو نسخوں سے بات بننے میں نہ آئی تو میں نے ڈاکٹر کو فون کیا۔'' مولو نے اسٹیورڈ کو ایک اور وہسکی کا اشارہ کیا۔'' میں اسے ڈاکٹر کے گھر چھوڑ کر یہاں چلا آیا ہوں۔''

''خوبصورت عورتوں کو رات کے وقت جوان ڈاکٹروں کے گھر نہیں چھوڑنا چاہیے۔''
ہیٹی اپنے پرس سے شیشہ نکال کر ہونٹوں پر لپسٹک کی تہہ جمانے لگی۔
''خوبصورت عورتوں کی ترجیح اگر یہی ہو۔'' مولو ایک عرصے سے محسوس کر رہا تھا کہ وہ اور اس کی بیوی ایک دوسرے کے لیے اپنی محبت کو دہرا دہرا کر از حد بور ہو چکے ہیں۔ ''تو ہمارے امریکی قانون کے تحت شوہروں کو اس کے سوا کوئی چارہ نہیں کہ انھیں ان ہی کی ترجیحوں پر چھوڑ دیں اور اپنی ترجیحیں دریافت کریں۔''
جواباً ہیٹی نے اپنے بال جھٹک کر کچھ اس طرح آنکھیں مٹکائیں گویا کہہ رہی ہو، میں تو تمھارے سامنے بیٹھی ہوں، مگر مجھے دریافت کرنے کے لیے تم نامعلوم کہاں بھٹک رہے ہو۔ ''تمھیں گھر جانے کی اتنی جلدی کیوں ہے؟ کیا پتہ ڈینٹسٹ ساری رات اسے علاج کے لیے وہیں روکے رکھے۔''
''مگر تم یہ کیوں سمجھتی ہو لٹل گرل، کہ گھر لوٹ کر ہم واقعی گھر جا پہنچتے ہیں؟''
''تو پھر کہاں جا پہنچتے ہیں؟'' ہیٹی کا خیال تھا کہ انجان پن کے میک اپ سے عورت کی جنسی کشش میں ڈھیروں اضافہ ہو جاتا ہے۔
''کیا پتہ، کہاں؟'' اگر ہیٹی کا شوہر وہاں موجود نہ ہوتا تو مولو ہیٹی کے قریب سرک کر اپنا سر اس کے سینے پر ٹکا لیتا۔ ''برڈی۔'' اس نے ہیٹی کے شوہر کو مخاطب کیا۔ ''اگر میں واقعی تمھیں خریدنا چاہوں تو کتنے پیسے لوگے؟'' اور پھر اپنے سوال کے جواب کا انتظار کیے بغیر اس نے ہیٹی کی طرف منہ کیا۔ ''ہاں، ہیٹی ڈیئر، کیا پتہ، کہاں؟''
لیکن مولو کے ذہن میں اپنے گھر کا تصور صرف اسی ایک گھر سے بندھا ہوا تھا جہاں وہ پیدا ہوا تھا... ہمالیہ کے کوہستانی سلسلہ کے کچھ ہی فاصلے پر اس چھوٹے سے میدانی شہر سیالکوٹ میں ایک چھوٹا سا نہایت پرانا مکان، جو اتنا بڑا تھا کہ اتنے سالوں کی دوری سے بھی مولو کو ویسے ہی صاف دکھائی دیتا تھا، اور اتنا پکا کہ ابھی تک اس کے دل و دماغ میں جوں کا توں کھڑا تھا۔ سیالکوٹ میں وہ کبھی گھر پہنچنے سے لیٹ ہو جاتا تو یہاں ٹرنکوں والے بازار سے اس جینیوں کی گلی میں ڈگ بھرتے ہوئے وہ وہاں اس پل پر آ پہنچتا اور پھر وہاں سے دوڑتے ہوئے ایک ہی سانس میں مندر کے پڑوس میں اپنے گھر کے دروازے کے

سامنے...

''بھابو جی!''

وہ گلا پھاڑ کر ماں کو آواز دیتا اور اس کی باؤلی ماں گویا اپنے بھیتر اسی کو ڈھونڈ رہی ہوتی اور اس کی آواز سنتے ہی بے اختیار اندر سے وارد ہو کر اسے اپنے بازوؤں میں لے لیتی۔

''تو کدھر نکل گیا تھا سئیں، مولو؟'' بچپن میں بھی مول چند کو سب مولو ہی کہہ کر پکارا کرتے تھے۔ کہہ کر جایا کر، پُترا!''

''یا پھر ہیٹی!'' مولو نے اچانک ہیٹی کی طرف منہ اٹھا کر کہا۔ ''گھر وہ ہوتا ہے جہاں ہمارا انتظار کیا جاتا ہے۔''

بلیک برڈ نے زور سے قہقہہ لگایا۔ ''کس سے مخاطب ہو مولو؟ میری بیوی کو اس کی ایک دوست لے گئی ہے... کہاں؟... یہیں کہیں کسی دلچسپ آدمی سے ملانے۔''

''دلچسپ آدمی!'' مولو نے منہ میں بڑبڑا کر وہاں سے ایک بار پھر اٹھنے کا ارادہ کیا لیکن لڑکھڑا سا گیا اور پھر بیٹھ گیا۔

''تمھارا گھر بہت دور ہے مولو۔ کیا تمھیں یقین ہے، بہ حفاظت پہنچ جاؤ گے؟'' آسٹریلین لاکر نے مولو سے بھی زیادہ چڑھا رکھی تھی۔ لیکن وہ کسی عادی مجرم کی طرح بڑا پُرسکون اور مطمئن نظر آ رہا تھا۔

''فکر مت کرو، لاکر۔'' بلیک برڈ بولا۔ ''ہماری امریکی گاڑیاں نہایت قابلِ اعتماد ہیں۔''

''کیا وہ تمھاری شراب نہیں پیتیں؟'' روسی سفیر ایک جرمن امریکی فائر آرمز ڈیلر کے بازو میں اپنا بازو ڈالے کسی عرب ری پبلک کے نمائندے کے ساتھ یک بیک ان کے سروں پر آ کھڑا ہوا۔

''نہیں، وہ ہماری مقدس مادرِ وطن کا تیل پیتی ہیں۔'' عرب جمہوریہ کا نمائندہ سب کی طرف دادطلب نظروں سے دیکھتے ہوئے اپنے دونوں ساتھیوں کے ساتھ وہیں بیٹھ گیا۔

''میں سمجھا تھا ایکسی لینسی! تم دعویٰ کرو گے، تمھاری مقدس مادرِ وطن کا دودھ پیتی ہیں۔'' مولو کے ہاتھ پیر جواب دینے لگتے تو اس کا ذہن تن جاتا۔ وہ سوچنے لگا، کیا ہی اچھا

ہو جو آدمی کا اٹھنا بیٹھنا... اس کی تمام تر ٹریفیکنگ صرف اس کے ذہن میں ہو، اس کے سارے کام یہیں انجام پاتے رہیں۔

اسے کھلکھلا کر ہنستے ہوئے پا کر سبھی اس کی طرف دیکھنے لگے۔

''میں دراصل پراچین بھارت کے ان رشیوں کے بارے میں سوچنے لگا تھا جو ایک بار کسی درخت کے نیچے کچی مٹی پر سمادھی لگا لیتے تھے تو مٹی میں اتنے مٹی ہو جاتے تھے کہ ان کے وجود پر درخت اگ آتے تھے۔ مگر وہ اندر ہی اندر متواتر دھڑکتے رہتے تھے اور ان کے وجود میں ساری کائنات سمٹ آتی تھی اور...''

''خدا کے لیے مولو!'' جرمن امریکی کارخانہ دار نے مولو کو ٹوکا۔ ''ہم تمھارا یہ آرٹیکل تمھارے گڈ اولڈ، آل ورلڈ میں پڑھ لیں گے۔ اس وقت صرف باتیں کرو، صرف منہ ہلاؤ۔''

''اس میں کیا مشکل ہے...'' مولو نے جرمن امریکی کو کھانے کی پلیٹ پر ہاتھ صاف کرتے ہوئے دیکھ کر کہا۔ ''پیٹ بھرتے جاؤ، منہ ہلتا رہے گا۔''

''اس سے میرا کام بہت مشکل ہو جائے گا۔'' اسی گروہ کے ایک کونے میں عالمی ادارے کے فوڈ فار آل پروگرام کا باس بھی چپکے سے آ بیٹھا تھا۔

''ہاں، مائی ڈیئر مولو، اگر ہم نے اپنا کھانا شروع کر دیا...'' جرمن امریکی نے اشیائے خوردنی سے ہاتھ کھینچ لیا۔ ''...تو تمھارے ہندوستان بھیجنے کے لیے کیا بچے گا؟''

''فائر آرمز، مائی ڈیئر ان ڈیتھ!''

سبھوں کے قہقہے کسی بم کے مانند پھوٹ پڑے، جس سے آس پاس کے لوگ انھیں تجسس سے دیکھنے لگے۔

''ایک بات میری سمجھ میں نہیں آتی...'' فوڈ فار آل پروگرام کا باس کہنے لگا۔ ''جب ہندوستان اور پاکستان کے پاس پیٹ بھر کھانا بھی نہیں، تو وہ کسے بچانے کے لیے اپنا سارا پیسہ ڈیفینس پر خرچ کر دیتے ہیں؟''

''اور کسے؟ اپنی بھوک اور...''

''اور خدا کو... ہے نا؟''

''ہاں، ہندوستانی ہو یا پاکستانی، خدا کو بھی اپنے سامان میں باندھ کر پناہ کی تلاش میں دنیا بھر میں مارا مارا گھوم رہا ہے۔''

''خدا کو بھی کیوں؟''

''خدا کے بغیر اس کی لڑنے جھگڑنے کی خواہش کیوں کر پوری ہوگی؟''

سب ہنس دیے۔

''ہنسنے کی بات نہیں... گھر میں آگ لگی ہو...''

''کون لگاتا ہے آگ؟''

''گھر میں آگ لگی ہو۔'' بولنے والے نے ذہن میں بکھرتے ہوئے جملے کو جلدی سے ازسرِ نو یکجا کیا۔ ''تو ہر شخص عافیت کے لیے باہر کی طرف دوڑتا ہے۔''

''عافیت... مائی فٹ!'' جرمن امریکی انھیں بتانے لگا۔ ''میرے بھائی نے جرمنی سے لکھا ہے کہ وہاں بیسیوں مشکوک اڈوں پر ایک ایک کمرے میں ایک ایک درجن ایشیائی بیمار مویشیوں کی طرح فرش پر اوپر تلے پڑے رہتے ہیں اور پولیس ویزا چیک کرنے کے لیے چھاپہ مارتی ہے تو وہ دہائی دینے لگتے ہیں، ہماری کھال کھینچ لو، جان لے لو، پر ہمیں واپس گھر مت بھیجو...''

''تعجب ہے...! ان کے بیوی بچے...''

''بیوی بچوں کو بھی یہی ڈر لگا رہتا ہے کہ کہیں وہ گھر نہ لوٹ آئیں۔''

''تعجب ہے...!''

''اس میں تعجب کی کیا بات ہے؟ اگر گھر لوٹ جائیں تو انھیں پردیس سے پیسہ کون بھیجے گا...؟ کیوں، مولو...!''

''اوہ، شٹ اپ!'' مولو اسے بڑی موٹی گالی بکنا چاہتا تھا، مگر اسے وہ دن یاد آگئے جب وہ اپنے بوڑھے ماں باپ اور جوان بہن کو پیچھے چھوڑ کر پہلے پہل کینیا آنکلا تھا۔ ان دنوں ان کے یہاں اس کے بابا کا دور کا ایک رشتے دار آیا ہوا تھا جس نے کینیا میں اپنی گروسری سے لاکھوں کی دولت پیدا کر رکھی تھی۔ گروسر نے اس کی بی۔ اے کی تھرڈ کلاس کی ڈگری پر ریجھ کر اسے پھسلا کے کینیا چلنے پر آمادہ کر لیا تھا تاکہ وہاں پہنچ کر وہ اس کی لڑکی

سے شادی کر لے۔

کینیا میں مولو کی دلہن ایک دن اسے اپنے باپ کی گروسری وین میں نیشنل پارک لے گئی جہاں میلوں کے احاطے میں جنگلی جانور کھلے بندوں گھومتے پھرتے تھے۔ اس روز کا ایک منظر مولو گویا اس وقت اس سن ڈاؤنر میں بعینہٖ دیکھ رہا ہو۔ ایک جنگلی بیل سر جھکائے گھاس پر منہ مار رہا ہے کہ اس کی پشت سے اچانک ایک شیر اس پر چڑھ آیا ہے اور اسے چیرنے پھاڑنے لگا ہے۔ مگر بیل بدستور اپنی چار ٹانگوں پر کھڑا ہے، اور منہ میں آئی گھاس کو تیز تیز چبانے لگا ہے کہ مرنے سے پہلے اسے حلق سے اتار لے۔

وہ ساری رات مولو نے چپکے چپکے رو کر گزاری تھی اور اپنے ماں باپ اور بہن تینوں کو مخاطب کر کے ایک بڑی لمبی چٹھی لکھی تھی، اور انھیں یقین دلایا تھا کہ وہ ہر مہینے تنخواہ کے دن گھر پہنچنے سے پہلے انھیں اپنی نصف تنخواہ کا منی آرڈر پوسٹ کر دیا کرے گا۔ اس کے پہلے منی آرڈر کی وصولی پر بابا نے اسے فوری طور پر مطلع کیا تھا کہ یہاں پوری خیریت ہے۔ تمھارا منی آرڈر مل گیا ہے اور ہم نے سوچا ہے کہ اگلے تین ماہ کے منی آرڈروں سے پہلا کام یہ کریں گے کہ سارے گھر کا فرش پکا کروالیں... تمھاری ماں اور بہن کچے فرش کے لیپ پوت سے عاجز آچکی ہیں اور...

''شٹ اپ...!'' مولو نے سر اٹھا کر فائر آرمز ڈیلر سے کہا، مگر جب اس جرمن امریکی نے اسے ہنستے ہوئے بتایا، میں تو تم سے پوچھ رہا ہوں بھائی، تمھاری طبیعت تو ٹھیک ہے، تو اس نے آواز لٹکا کر جواب دیا، آئی ایم ساری ڈیئر منر۔

''تم بہت تھکے ہوئے لگ رہے ہو؟''

''نہیں، میں نے بہت پی لی ہے۔'' مولو نے کہا۔ ''ان حالات میں میرا نشہ اس وقت کم ہوتا ہے جب میں اور پیوں...''

''اور...!'' جرمن امریکی نے جھوم کر کہا۔ شراب کا نشہ ہو یا پاور کا، یا کوئی بھی، اس کا تدارک اسی طور ممکن ہے... اور!'' پھر وہ سبھوں کو مخاطب کر کے کہنے لگا۔ ''ہیئرز دا میسج فرام اور گریٹ امریکہ... اور...! ہمیں اور کچھ نہیں چاہیے، بس اور...! گلاس اٹھاؤ دوستو اور اپنے اس امریکی دوست کی خوشی کی خاطر ایک ہی ڈیک میں سارا بچا کھچا اور پی جاؤ...''

سبھوں نے اپنے گلاس خالی کر دیے تو دو اسٹیورڈ بڑی خاموش مستعدی سے آگے بڑھ کر ان کے لیے اور شراب انڈیلنے لگے۔

مولو نے اپنے بھرے ہوئے گلاس پر نگاہ ڈالی اور اسے چھوئے بغیر کھڑا ہو گیا۔

''تھینک یو ایوری باڈی! باقی کی میں اب گھر جا کے پیئوں گا۔''

''یہیں کیوں نہیں؟'' بلیک برڈ نے اس سے پوچھا۔

''کیوں کہ اپنے مکان کی چار دیواری میں مجھے اپنا آپ بھروسے کے قابل معلوم ہونے لگتا ہے۔ یہی ایک جگہ ہے جہاں میں دُھت چین سے سو جاتا ہوں۔''

ہیٹی اس وقت انھی کی طرف لوٹ رہی تھی۔ مولو کا جملہ کان میں پڑنے پر وہ کہنے لگی۔

''مگر گھر میں سوؤ گے کس کے ساتھ، مولو؟ تمھاری بیوی تو اپنے ڈینٹسٹ کے پاس گئی ہوئی ہے۔''

''دی اولڈ بچ!'' مولو نے دل ہی دل میں کہا اور اس کی طرف ہاتھ ہلا کر آگے بڑھ گیا۔

بینکویٹ ہال میں ابھی وہ چند ہی قدم چلا تھا کہ ایک وِنگ سے اسے سنائی دیا۔

''جامبو، بوانا مولو۔''

اس نے دیکھا کہ کینیا کا ہائی کمشنر چند لوگوں میں سے اٹھ کر اسے سلام کہہ رہا ہے۔

''جامبو، ایکسی لینسی!'' اسے معلوم تھا کہ افریقی اور ایشیائی ری پبلکوں کے سفیر شاہی اہتمام سے پکارے جانے پر جامے میں پھولے نہیں سماتے۔

''آؤ، ہمارے ساتھ نہیں بیٹھو گے بوانا؟''

مولو نے سوچا کہ ترقی پذیر ممالک کے نوکر شاہوں کی دعوت بر سرِ راہ بھی قبول نہ کی جائے تو وہ اسے اپنی توہین پر محمول کر لیتے ہیں۔ ''ہاں، ہاں۔ کیوں نہیں، ایکسی لینسی۔'' وہ لڑکھڑائے بغیر اپنا آپ لڑکھڑاتے محسوس کر کے اس گروپ میں آ بیٹھا اور ایک نیگرو اسٹیورڈ اس کے سامنے گلاس رکھ کر شراب انڈیلنے لگا۔ نیگرو کے جھکے ہوئے سر کے بالوں کے چھلّے دیکھ کر مولو کو لگا کہ وہ اپنے کینیا کے گھر میں بیٹھا ہے اور اس کا کالا نوکر اس کا گلاس بھر رہا ہے۔

کینیا کی بیس بائیس سالہ زندگی بھی گروسر کے داماد نے راجہ بن کر بتائی تھی... ہندوستان سے وہاں آئے ابھی اسے دو سال بھی نہ ہوئے تھے کہ چند کالوں نے اس کے اکلوتے سالے کو قتل کر دیا۔ اس کا سالا نصف شب کو کیبرا دیکھ کر نشے کی حالت میں گھر لوٹ رہا تھا کہ لٹیروں نے اس کی گاڑی رکوا کر اسے ڈرائیور کی سیٹ پر ہی ختم کر دیا اور اس کا رنڈوا سسر بھی اپنے بیٹے کے غم میں چند ہی ماہ میں اس کے پیچھے ہولیا۔ پھر جب بڈھے کے وکیل نے اسے کل جائیداد کی تفصیل سے آگاہ کیا تو اس نے اپنی زندگی کو نئے سرے سے پلان کرنے کی ٹھان لی۔ اس نے اپنی اچھی خاصی سرکاری نوکری چھوڑ دی۔ بڈھا اتنا کچھ چھوڑ گیا تھا کہ وہ کام وام کے بغیر بھی ٹھاٹھ سے رہ سکتا تھا، تاہم بچے کے سامنے کھلونوں کا ڈھیر لگا ہو تو وہ کب تک کھیلنے سے ہاتھ روکے رکھے گا؟ تھوڑے ہی عرصے میں اس نے گروسری سنبھال لی۔ اس کے علاوہ اپنے بعض پرانے انگریز افسروں کی باقاعدہ کمیشن طے کر کے وہ کئی سرکاری اداروں کو ٹھیکے پر متفرق ضروریات سپلائی کرنے لگا۔ جوں جوں اس کا کام بڑھتا چلا گیا، وہ سارے ایسٹ افریقہ میں نئے طرز پر گروسری کی ایک لمبی طلائی زنجیر بنانے میں جٹ گیا اور اتنی دولت پیدا کر لی کہ کوئی ایک دہائی میں اس کا شمار ملک کے نصف درجن مالدار ترین اشخاص میں ہونے لگا۔

اس کے ماں باپ...؟ اب اسے اتنی فرصت کہاں رہی تھی کہ ان کی یاد میں گھلتا رہے۔ پہلے پہل تو اس نے کئی بار انھیں لکھا کہ وہ بھی اس کے پاس آجائیں۔ لیکن بوڑھا بڑھیا اَڑ گئے کہ وہ اس عمر میں سمندروں پار اپنا مردہ کہاں خراب کریں گے۔ وہ یہیں اپنے سیالکوٹ کے گھر میں اس کی طرف منہ اور من کر کے ٹھنڈی ہوائیں محسوس کر لیا کریں گے۔ چنانچہ وہ دونوں اس کی ٹھنڈی ہوائیں محسوس کر کر کے سلگتے رہے اور وہ ان کے ماہانہ الاؤنس میں ان کی شفقت و دعا کے صلے کی رقم بھی جوڑ کر انھیں اس وقت تک پیسے بھیجتا رہا جب تک اسے پتہ نہ چلا کہ اس کے پیسے چند ماہ سے ان کے بجائے نہ جانے کون وصول کرتا رہا ہے۔ انھیں مرے کھپے تو آدھے سال سے بھی اوپر ہولیا تھا۔

ان کی موت کی اطلاع پا کر اس شام کو وہ اپنے بنگلے کے ٹیرس پر تنہا آ بیٹھا تھا اور جانی واکر کے پیگ پے در پے چڑھاتے ہوئے اپنے دل میں ماں باپ کی جلتی ہوئی ارتھیوں پر

نگاہ جمائے ہوئے تھا اور اس کا رونا نہیں نکل رہا تھا، شاید اس لیے کہ وہاں کوئی نہ تھا جو اس کی ڈھارس بندھاتا... اس کی بیوی؟... نہیں، وہ اس کی ڈھارس کیسے بندھاتی؟ بانجھ لجاوتی کی کوکھ میں کینسر کا ٹیومر اُگ آیا تھا اور اس کے پیٹ میں چار سو پھیل رہا تھا۔ اسے تو آپ خود ڈھارس کی ضرورت تھی جسے پورا کرنے کے لیے مولو نے چوبیس گھنٹوں میں آٹھ آٹھ گھنٹوں کے لیے تین تربیت یافتہ نرسیں لگا رکھی تھیں... اس کے بچے؟ نہیں، اس کے کوئی اولاد نہ تھی جس کی توتلی آنکھوں میں کھو کر اسے اپنی نوہ کھوہ ہونے لگتی۔

جلتی ہوئی ارتھیوں پر بدستور ٹکٹکی باندھے اس نے ایک اور پیگ ہونٹوں سے لگا لیا اور جب شراب اپنا رستہ چیر کر اس کے معدے میں اتر رہی تھی تو چاند آسمان سے اس کے سر میں سمائے جا رہا تھا... چاند؟... جب کینیا آنے کے لیے سیالکوٹ سے اس کی گاڑی روانہ ہوئی تھی تو چاند اس کے ساتھ ساتھ دوڑے چلا جا رہا تھا... مولو؟... نہ جاؤ مولو... اپنے ماں باپ کو چھوڑ کر کہاں جا رہے ہو؟ مولو...! مولو...! اوشٹ اپ...! شٹ اپ...! تھوڑے ہی فاصلے پر ٹیرس کی لفٹ کے قریب افریقی بیرے مؤدب کھڑے انتظار کر رہے تھے کہ بوانا کو باکب بے ہوش ہو اور کب وہ اسے اسٹریچر میں ڈال کر اس کے بیڈ روم میں پہنچا دیں۔

''بوانا...؟''

''اوشٹ اپ...!'' مولو نے نشے میں ہڑبڑا کر کہا، اور یہ دیکھ کر کہ اس سے تو کینیا کا ہائی کمشنر ہم کلام ہے، اسے تأسف ہوا... ''آئی ایم ساری ایکسی لینسی۔ میں دراصل اپنے آپ کو ڈانٹ رہا تھا۔'' مولو نے اسٹیورڈ کو اشارہ کیا کہ اس کے لیے وِہسکی لائے...

''کامن ویلتھ کے مالکوں کو یہ ایک برٹش دین ہے...'' برٹش وائس کونسل وائس بھی وہاں موجود تھا۔ ''...کہ اپنے آپ کو ڈانٹ کر وہ اپنی اصلاح کرتے رہیں۔''

''چہ خوب!'' مولو نے سارے گروپ پر نظر دوڑا کر کہا۔ ''یہاں تو ہیڈ ماسٹر کی نگرانی میں پوری کامن ویلتھ کلاس روم میں موجود ہے۔ انڈیا، پاکستان، یوگنڈا، کینیا، آسٹریلیا، نیوزی لینڈ...'' اس نے اوب کر خود کو باقیوں کی طرف دیکھنے سے روک لیا۔ ''کیا وکٹوریہ راج کی برکتوں پر کوئی سبق جاری ہے مسٹر وانس؟''

''مسٹر مولو اسپیکنگ کوائٹ لائیک ہم سیلف!'' وانس نے کہا ''ہم سب تمھیں بس

کر رہے تھے۔''

وائس، کے لہجے میں سفید جھنڈا پا کر مولو نے اپنا انداز بھلا کر لینا چاہا۔ ''مسٹر وائس، آئی وِش آئی ہیڈ ناٹ ری ناؤنسڈ مائی برٹش سٹی زن شِپ...!''

''تم اگر درخواست دینا چاہو...'' برٹش وائس کونسل نے اسے جواب دیا۔ ''تو ہم پھر سے تمھاری برٹش سٹی زن شپ پر غور کر سکتے ہیں۔''

''تم برٹش لوگ اتنا غور مت کیا کرو مسٹر وائس۔'' وہسکی کا گلاس ہاتھ میں لے کر مولو خود کو روک نہ پایا۔

''کیا مطلب؟''

مولو وہسکی کا گھونٹ بھرنے کے لیے ذرا رُک گیا۔ ''اب یہی دیکھو مسٹر وائس، تمھارے گریٹ برٹین نے کینیا کے برٹش پاسپورٹ ہولڈروں کی برٹش شہریت تو قبول کر لی مگر بڑے غور و خوض کے بعد یہ فیصلہ کیا کہ وہ لوگ اپنی برٹش شہریت کے باوجود آپ کے ملک میں رہ نہیں سکتے۔''

''وطن کی محبت کا تقاضا تو یہ تھا مسٹر مولو...'' ہندوستان کا سفیر کمود پوچھنے لگا۔ ''کہ تم بھارت ہی لوٹ جاتے۔ آخر تم یہاں امریکہ کیوں چلے آئے؟''

''وطن کی محبت کا تقاضا پورا کرنے کے لیے، مسٹر... مسٹر کموڈ۔'' کمود سے بات کرتے ہوئے مولو کو ہمیشہ کموڈ کی 'ڈی' پر زور ڈالنے کی ترغیب رہتی ہے۔

''میرا مطلب ہے اسی کروڑ کی آبادی میں ایک اور نفس کا اضافہ کیوں ہو؟''

''اسی کروڑ!'' نیوزی لینڈر جنن استعجاب میں اپنی آواز کو پھیلاتا ہی چلا گیا۔

''کیا انڈیا کی عورتیں بارہ مہینے حاملہ رہتی ہیں، مسٹر کموڈ؟''

''ہاں، مسٹر جنن۔'' کمود کی بجائے مولو نے اسے جواب دیا۔ ''ہندوستانی مغربیوں سے اسی مانند اپنے بدلے چکاتے ہیں۔ آپ لوگ کہیں بھی مریں، وہ آپ کو اپنے ملک میں پیدا کر لیتے ہیں...''

''ریالی!'' جنن گھبرا کر اپنی ساری جنن ایک دم پی گیا۔ ''ٹیریبل! مجھے کسی ہندوستانی گھر میں پیدا ہونا پڑ جائے تو میں پیدائش پر ہی رو رو کر جان دے دوں۔''

''مگر ہم ہندوستانی ساری زندگی روتے رہتے ہیں۔ پھر بھی ہماری جان نہیں نکلتی۔''

''مگر ہم امریکیوں کو ہندوستانیوں میں شمار نہیں کرتے مسٹر مولو۔'' کمود کو مولو پر غصہ آ گیا۔

''مسٹر کموڈ، کیا مجھے پاکستانی سمجھ کر مجھ سے ناراض ہو گئے؟''

پاکستانی سفارت کار نے کمود کے گلے میں اپنا بازو ڈال دیا۔'' میری اور کمود کی دوستی پر شک کی گنجائش روا رکھ کے تم ہم دونوں سے ظلم برت رہے ہو مولو۔''

''یہی تو سارے اسکینڈل کی بنا ہے علی۔''

مولو کی پاکستانی سفیر سے بڑی گاڑھی چھنتی تھی۔'' اشخاص ایک دوسرے سے محبت کرتے ہیں اور ان ہی اشخاص کی سرکاریں شاید ان کی محبت کے باعث ایک دوسرے سے نفرت۔''

''بس اگر کشمیر کا مسئلہ حل ہو جائے۔'' پاکستانی سفیر نے کہا۔'' تو ہمارے درمیان اور کوئی تنازعہ ہے ہی نہیں۔''

''مگر کشمیر ہندوستان کا اِنٹی گرل پارٹ ہے۔'' کمود بولا۔

''نہیں، کشمیر پاکستان کی مذہبی اور تہذیبی کل میں واقع ہے۔'' علی نے فوراً جواب دیا۔

''نہیں...!''

''نہیں...!''

اسی دوران یو۔ این۔ او میں آسٹریلیا کا نمائندہ سب کو بتانے لگا۔'' چند سال پہلے اپنے سڈنی میں ایک کشمیری میرا شریک کار تھا۔ اس نے ہماری آسٹریلین شہریت اختیار کر رکھی تھی۔ ایک دن میں نے اس سے پوچھا، کیوں مسٹر ظہیر الدین! یہاں آنے سے پہلے تم کہاں تھے؟ ہندوستان میں، یا پاکستان میں...؟ پتہ نہیں کہاں...؟ اس نے جواب دیا... دنگوں سے جان بچانے کے لیے نامعلوم میں کہاں کہاں بھاگا پھرتا تھا مسٹر ڈاوَنر۔ مجھے تو یہاں آسٹریلیا پہنچ کر پہلی بار معلوم ہوا ہے کہ میں اپنے ہی وجود میں ہوں۔''

ہندوستان اور پاکستان کے سفارت کار ابھی تک اپنے چہروں کے یکساں خدوخال

سے برآمد ہوتے ہوئے ہونٹوں کو اتنی یکساں وسعت میں کھولے ہوئے تھے گویا محب و محبوب ہوں۔

''نہیں...!''

''نہیں...!''

گریٹ برٹین کے وائس نے نہایت سفارت کارانہ صناعی سے بات کا رُخ موسم کی خرابی کی طرف موڑ دیا۔ ''یہاں کی سردی بڑی خشک ہے۔ مگر ہمارے گریٹ برٹین کی سردی اپنے گیلے پن کے باعث ہمیں بہت عزیز ہے۔''

مولو شاید بور ہونے لگا تھا۔ ''کیا آپ لوگ اسی لیے نہانے سے بہت گھبراتے ہیں؟''

جب سب لوگ ہنس رہے تھے تو کینیائی ہائی کمشنر مولو کے اور قریب سرک آیا۔ ''پر میری سمجھ میں نہیں آتا بوانا، تم نے ہمارا کینیا کیوں چھوڑ دیا؟''

جواب میں مولو صرف مسکرا دیا۔

کینیا کی آزادی سے چند سال پہلے ہی اسے اندازہ ہو گیا تھا کہ حالات کیسا پلٹا کھانے والے ہیں۔ چنانچہ اس نے اپنی گروسری کی طلائی زنجیر کاٹنا اور جائیداد بیچنا اور دھیرے دھیرے اپنا سارا پیسہ امریکہ بھیجنا شروع کر دیا تھا۔ حتیٰ کہ آزادی کے آس پاس وہاں اس کے اکاؤنٹ میں لاکھوں ڈالر جمع ہو گئے تھے۔ جب اس نے امریکہ روانہ ہونے کا طے کر لیا تو آزاد کینیا کی لیجسلیٹیو کونسل کے ایک افریقی رکن نے اس سے پوچھا، جب ہندوستان کو آزادی ملی تو تم یہاں بھاگ آئے اور اب ہمیں ملی ہے تو تم امریکہ بھاگ رہے ہو۔ کیا تم وہاں نہیں رہ سکتے جہاں آقائیت کے اسباب نہ رہیں...؟

''شاید تم پوچھنا چاہ رہے ہو بوانا، میں وہاں کیوں نہیں رہتا۔ جہاں آقائیت کے اسباب پیچیدہ ہونے لگتے ہیں۔'' مولو نے اسے ہنس کر جواب دیا اور سوچنے لگا، میں اسے کیا بتاؤں؟ اس لیے کہ پناہ گاہیں بدلے بغیر میری نجی آقائیت کو خطرہ لاحق ہو جاتا ہے، جسے میں نے ایڑیاں رگڑ رگڑ کر اپنے پیروں پر کھڑا کیا ہے؟

''بوانا موانگی۔'' تھوڑے توقف کے بعد اس نے آزاد کینیا کی پارلیمنٹ کے رکن کو

دوبارہ مخاطب کر کے کہا۔ ''جس اکثریت کی سرکار کو تم بذریعہ اور برائے اکثریت قرار دے کر خوش ہوتے ہو، ذرا اس کی چیر پھاڑ کر کے دیکھو، جمہوری انتخابات میں ڈھول بجانے والوں کو نہ گنیں تو انتخاب کرنے والے بھی وہی ہوتے ہیں اور منتخب بھی وہی...''

''مگر بوانا...''

''نہیں، بوانا، تمھاری سواحلی میں ایک کہاوت ہے...لومڑ اپنی چار ٹانگوں پر اس لیے سیدھا نظر آتا ہے کہ اس کی کوئی کل سیدھی نہیں ہوتی۔ اس لومڑ کا دوسرا نام جمہوریت ہے۔''

''لومڑ و مڑ کو خارج کر کے سیدھی بات کرو۔''

''سیدھی بات یہ ہے، جمہوریت میں بھی سارے لوگ چند ایک کی حکمرانی میں ہی بسر کرتے ہیں۔''

''مجھے یقین ہے بوانا، امریکی تمھاری یہ نان سنس پسند نہیں کریں گے۔''

''اور مجھے یقین ہے بوانا موانگی، اٹ شوڈ میک پرفیکٹ سنس ٹو دا امیریکنز ...خیر۔''
گروسری کے دھندے نے مولو کو باتوں کا اتنا دھنی بنا دیا تھا کہ وہ تسلسل توڑے بغیر بات سے بات پیدا کر لیتا۔ ''جمہوریت کا یہ غیر اخلاقی پہلو اگر تمھیں ناپسند ہے تو آؤ، اس کا اخلاقی پہلو بھی دیکھ لو۔ یہاں بھی پہلا درس یہی ہے کہ آدرش جمہوریہ کسی ایک کی اقلیت کو ٹالنے کا بھی مجاز نہیں... ہہ ہاہہ...! جیسے بھی کہہ لو، کلیدی لفظ وہی ہے...واحد...فردِ واحد! سو جمہوریت کی تعریف یوں ہونی چاہیے...'' مولو اپنے لفظوں کو ترتیب میں بٹھانے کے لیے ذرا رک گیا۔ ''سرکار بہ رشتہ اقلیت، برائے اقلیت...اینڈ آف کورس... بذریعہ اقلیت...! بولو، ہے نا بوانا؟''

کینیا کی آزادی کے چند ماہ بعد مولو وہیں رُکا رہا، کہ اس کی بیوی کے دم کا بھروسہ نہ تھا۔ اس نے کئی بار ڈاکٹر سے مشورہ بھی کیا کہ کیا مرسی کلنگ مناسب نہ رہے گا؟ مگر اسی اثنا میں خدا نے آپ ہی اپنی مرسی کے دروازے کھول دیے۔ مولو نے پوری ہندو رسومات کے ساتھ مرحومہ کے دھوئیں کو بیکنٹھ کی طرف اڑانے کا اہتمام کیا اور خود آپ کینیا کی آزادی کا پہلا جشن خوب دھوم دھام سے منا کر امریکہ اڑنے کے لیے ہوئی جہاز میں آ بیٹھا۔ راستے

میں چاند اس کے جہاز کے ساتھ ساتھ دور تک دوڑتا رہا... مولو... مولو! شاید وہ اپنی سیٹ پر بیٹھے بیٹھے سوگیا اور... اور...

وہ سیالکوٹ میں اپنے ماں باپ کے کچے آنگن میں چاندنی میں اپنے سائے سے کھیل رہا ہے... مولو...! اسے اپنی ماں کی آواز سنائی دی ہے... اب اندر آ کے سو جاؤ بیٹا...! نہیں ماں، مجھے نیند نہیں آ رہی... مولو...! اس کے باپ نے اسے ڈانٹ کر بلایا ہے... چلو، اندر آؤ... آیا، بابا...!

مولو ہڑبڑا کر اپنی ہوائی جہاز کی سیٹ میں جاگ پڑا۔ مولو...! دوڑتے دوڑتے چاند کی سانس پھول گئی تھی، مگر وہ ابھی تک ویسے ہی اس کے پیچھے چلا آ رہا تھا... مولو...! یہاں سے بھی آگے جا رہے ہو مولو؟ وہاں تمھارا کون ہے؟ آؤ مولو، میں تمھیں بابا اور ماں کے پاس لے چلتا ہوں... آؤ! مولو کی آنکھیں پھر مُندنے لگیں۔

سو جاؤ مولو۔ بہت کھیل لیے ہو... آؤ، آ کے سو جاؤ... مولو...! آیا، ماں! وہ اپنے پہلے گھر کے کچے آنگن سے کوٹھری میں داخل ہو رہا ہے اور چاندنی بھی دبے پاؤں اس کے پیچھے چلی آ رہی ہے اور چند قدم میں ہی اس کے آگے ہو کے اس کی چارپائی پر اُچھل آئی ہے اور وہ اسے یہاں بھی پا کر کھلکھلا کر ہنس پڑا ہے... دیکھو، مولو کی ماں تمھارا باؤلا بالا آپ ہی آپ ہنسے جا رہا ہے...! سو جاؤ، بیٹے! سویرے اسکول جانا ہے... ہاں، بابا! چادر میں چاندنی کو بھی لیے مولو نے منہ سر لپیٹ لیا ہے اور حسبِ معمول سات بار اوم کا جاپ کرنے کے لیے منہ کھولا ہے۔ مگر چھٹی بار نیند ہی نیند میں ایک اور نیند میں اُتر آیا ہے... ماں... ماں...! ماں اور بابا کہاں کھو گئے؟ با... با...! وہ انھیں بابے بیری کے میلے میں ڈھونڈ رہا ہے...! ماں...! مولو بے اختیار رونے لگا ہے اور سارے میلے میں رو رو کر گھومتے ہوئے دونوں نیندوں کی سرحدوں سے باہر نکل آیا ہے۔

آنکھ کھلنے پر بھی وہ اپنے معصوم گریہ سے کان نہیں ہٹا پایا۔

اور...

مگر کینیا کا سفیر اسے مخاطب کر کے کہہ رہا تھا... ''اگلے ویک اینڈ کو میرا کینیا جانے کا پروگرام تھا بوانا مولو، مگر میں نے اپنی روانگی صرف اس لیے ملتوی کر دی ہے کہ تمھارے

گریٹ گبنز مرحوم کی برتھ اینی ورسری کا گریٹ ڈنر بھی اسی دن ہے۔''

''اٹ از آ ور گریٹ پریویلیج۔''

مولو گریٹ گبنز مرحوم کا پروٹیجی بھی تھا اور اس کی زندگی میں اس کے ''آل ورلڈ'' کا پارٹنر بھی۔ گریٹ گبنز کی بیوی یہاں امریکہ آنے سے پیشتر وہاں کینیا میں ہی ایک جرمن وائٹ ہائی لینڈر کی بیوی تھی اور وہاں مولو سے بھی اس کا افیئر چلتا رہا تھا۔ اسی کے ذریعے مولو کا گبنز سے رابطہ پیدا ہوا تھا، جس کے بعد دو ایک سال میں ہی وہ اتنے قریب آ گئے تھے کہ گبنز نے اسے اپنی صحافتی سلطنت میں برابر کا حصہ دار بنالیا تھا۔ گبنز کو شراب کی اتنی لت تھی کہ پیے بغیر ہوش نہ آتا تھا اور ڈاکٹروں کی باتوں میں آ کر کبھی پینے سے ہاتھ کھینچ لیتا تو بیٹھتے بیٹھتے بھی لڑکھڑا جاتا۔ اپنی بیوی کے مانند اسے بھی مولو سے عشق تھا، شاید اس لیے کہ اس کی ماں بھی ہندوستانی تھی... نہیں... وہ فوراً اپنے آپ کو درست کر کے مولو کو بتاتا... دراصل میرا باپ ہندوستانی تھا۔ میرا مطلب ہے، میری ماں ہی میرا باپ تھی، کیوں کہ اس نے ہی اپنی کڑی نگہداشت میں ہی مجھے اونچا کیا۔ گبنز ہنسنے لگتا... میرے بگڑنے کا یہی سبب ہے کہ میری ماں مجھے لحہ بھر بھی اپنی نظروں سے اوجھل نہ ہونے دیتی تھی۔ جب وہ مرگئی تو خود کو اس کی نظر سے بندھا ہوا نہ پا کر میں بے روک ٹوک اپنے موجودہ جہنم کی طرف بڑھتا چلا آیا...

''تمھارا باپ...؟''

''میرے امریکی باپ کو پیسہ کمانے سے فرصت ہی کہاں تھی؟ اسے تو یہ بھی خبر نہ تھی کہ میں اس کا بیٹا ہوں، یا اس کے کسی پڑوسی کا... اسے چھوڑو مولو، تم مجھے اپنی ماں کے بارے میں کچھ بتاؤ... نہیں، میری شراب میں پانی مت ملاؤ۔'' گبنز اسے ٹوکتا۔ ''مولو، ہندوستانی ماؤں کے بارے میں میری لاعلمی مضحکہ خیز ہے۔ تم اپنی ماں کا کچھ ایسا خاکہ کھینچو کہ میں بھی اپنی ماں کو جاننے پہچاننے لگوں۔''

گبنز اس لیے پیتا تھا کہ ہوش میں رہے، اور مولو اس لیے کہ ہوش کھو بیٹھے۔ کئی بار ایسے ہوا کہ شراب پی کر مولو خواہ آسمان کی طرف دیکھتا خواہ اپنے ذہن میں دھند ہی دھند میں کہیں سے وہی چاند آ نمودار ہوتا... آ ؤ گے نہیں، مولو...؟ آ ؤ، ماں تمھاری راہ

تک رہی ہے۔

''تم کہاں چلے گئے تھے مولو؟'' گبنز کی بیوی نے ایک دن اس سے کہا تھا۔ ''میں پچھلے دس دن سے تمھارا راستہ دیکھ رہی ہوں۔''

مگر نشے میں ہوش کھو کر وہ مولو کو اپنی ماں ہی معلوم ہو رہی تھی اور اس کی گود میں سر رکھ کر اس کا رونا تھمنے میں نہیں آ رہا تھا اور گبنز کی بیوی نے جلدی جلدی اس کے اور اپنے کپڑے اتار کر اسے اپنے ساتھ رضائی کی حدت میں لٹا لیا تھا اور اس سے والہانہ پیار کرنے لگی تھی۔ مگر مولو سسکیاں بھرتے ہوئے اپنے خواب میں ڈوبا جا رہا تھا۔

''مولو، تمھارے گریٹ گبنز کی دلچسپ گفتگو کی گونج ابھی تک ویسے ہی کانوں میں محسوس ہوتی ہے۔'' نیوزی لینڈر، جو یہاں، ایک مدت سے رہ رہا تھا، مولو کو مخاطب کر کے اس کی توجہ طلب کر رہا تھا۔

''اسی لیے ہمارے ''آل ورلڈ'' نے اس ڈنر میں ایک ایکٹر کی خدمات حاصل کی ہیں۔'' مولو نے اسے بتایا۔ اس ایکٹر کی باتیں سن کر یہی لگتا ہے کہ گبنز ہی راکٹ میں سوار ہو کر جہنم سے آ پہنچا ہے۔''

''کیا امریکی سرکار نے اپنی اسپیس ٹیکنالوجی شیطان کو بھی بیچ دی ہے؟'' پاکستانی سفارت کار سے نہ رہا گیا۔

''میں تو رائے دوں گا کہ جسے بھی ہماری اسپیس ٹیکنالوجی حاصل کرنا ہے وہ شیطان سے غیر مشروط راہ و ربط پیدا کرے۔''

''نعوذ باللہ...'' عرب ری پبلک کے نمائندے نے بے اختیار بہ آواز بلند کہا، جسے سن کر مولو کو اچانک گھر لوٹنے کی خواہش ہونے لگی اور وہ اٹھ کھڑا ہوا۔

''چیئر یو، ایوری باڈی۔''

چند ہی قدم پر ہال کے بیرونی دروازے پر میزبان اور اس کی بیوی جانے والوں کو شب بخیر کہنے کے لیے کھڑے تھے۔

''میں تم سے بہت خفا ہوں مولو!'' پچھلے ماہ مولو نے اپنے ''آل ورلڈ'' میں پورے نصف صفحے پر ہوسٹس ڈالی کی تصویر شائع کی تھی جس باعث وہ اس پر خاص مہربان تھی اور

اس سے بڑی بے تکلفی سے پیش آنے لگی تھی۔

''ڈالی ڈیئر، کل تک بھی اسی طرح ناراض رہنا۔''

''کیوں؟''

''اس وقت میں نشے میں ہوں۔'' مولو نے اسے جواب دیا۔'' اس وقت کیسے بتا سکتا ہوں کہ خفا ہو کر تم واقعی زیادہ خوبصورت معلوم ہونے لگتی ہو۔''

''ہاؤ نائی!''

''ٹا...ٹا!''

مولو آگے بڑھنے لگا تو اس کی چال ڈھال دیکھ کر ڈالی کا شوہر بولا۔'' ٹھہرو مولو، نشے میں ہو تو ایک ٹاٹ اور چڑھا جاؤ۔'' وہ شاید '' آل ورلڈ'' میں اپنے سن ڈاؤنر کے رائٹ اپ سے متعلق سوچ رہا تھا۔'' ہوش آجائے گا۔''

''ہوش آجائے گا مائی ڈیئر رولی، تو کون سا خدا نظر آنے لگے گا۔'' مولو آگے بڑھنے لگا تو رولی کے اشارے پر ایک اسٹیورڈ اس کے ساتھ ہولیا اور وہ گویا اسی کے پیروں پر چل کر اپنی کار کے پاس آکھڑا ہوا۔

مولو کو گاڑی چلانے کا ہوش ہی کہاں تھا؟ یہی سمجھ لیں کہ اس کی گاڑی آپ ہی آپ چلتی جا رہی تھی۔ اس کی زندگی کی گاڑی بھی یوں ہی چلتی آئی، اسی لیے وہ سیالکوٹ کے چاؤناں محلے سے یہاں نیویارک آپہنچا ورنہ اپنی مرضی سے اسے کہیں سے کہیں پہنچنا ہوتا تو محلہ چاؤناں سے محلہ دھاروال سے آگے قدم نہ رکھتا۔ دھاروال میں... کیا نام تھا اس کا...؟ جبیں رہا کرتی تھی۔ ستارہ جبیں مولو کی پہلی محبوبہ تھی اور وہ اسے ابھی تک اسی لیے نہیں بھول پایا تھا یا پھر شاید اس لیے کہ اسے اس کا نام بہت پسند تھا، یا شاید چہرہ، مولو کو اچانک ستارہ جبیں کا خیال آگیا تھا اور وہ اس کا چہرہ آنکھوں میں لانے کی کوشش کر رہا تھا مگر ایک اس چہرے کے سوا دنیا بھر کی عورتوں کے چہرے یکے بعد دیگرے اس کے سامنے آرہے تھے ...نہیں، وہ اس کی شکل بھولا تو نہیں تھا مگر... اس نے مسکرا کر سر ہلا دیا... مگر پتہ نہیں اس کی کیا شکل تھی۔ بڑی بھلی شکل تھی، اتنی بھلی کہ اس نے جبیں کو بے جھجک بتا دیا تھا، تم میرا آدرش ہو، میرا سب کچھ... نہیں، جی بی جی میں بتایا تھا۔ سچ مچ تو اس نے اپنی ستارہ جبیں

سے بات بھی نہ کی تھی۔ اسے تو شاید معلوم ہی نہ تھا کہ مولو اس سے محبت کرتا ہے۔ مولو نے اپنی محبت کو اپنی ذات کا ایک نہایت مقدس راز سمجھ کر سینے سے لگائے رکھا۔ مولو کھلکھلا کر ہنس پڑا... مقدس راز... عمر گنوا کر اس پر کھلا تو یہ تھا کہ محبت ایک پبلک افیئر ہے، جس سے بھی چاہو، محبت کرو، مگر اس کی اور اپنی سہولت کے مطابق کرو، اور چاہنے والے بہت زیادہ ہوں تو صبر سے کام لے کر اپنی باری پُر کرلو... اور کیا...؟ مولو پر جو ہنسی کا دورہ پڑا تو اس کی گاڑی ذرا غلط پہلو کی طرف کھنچ آئی اور مخالف سمت سے ایک برق رفتار کار کے ڈرائیور نے اپنے پھیپھڑوں سے آواز بلند کی... ''بلڈی فول!''

مگر مولو کو اپنی ترنگ میں جو خواہش اٹھی تو اس نے یہی راگ الاپنا شروع کردیا۔

آئی ایم اے بلڈی فول!

آئی ایم اے بلڈی فول!

وہ اپنے سامنے سڑک پر نگاہ جمائے نامعلوم کہاں پہنچا ہوا تھا اور اس کی گاڑی از خود اُڑی جا رہی تھی۔ ڈرائیور کی سیٹ پر بیٹھ کر وہ گویا اسٹیئرنگ، تھرائل یا سوِچ بورڈ کے مانند گاڑی کا ہی کوئی حصہ بن جاتا، گاڑی ہی بن جاتا اور اس پر بھی اپنے آپ کو سوچتے ہوئے پا کر اسے تعجب ہونے لگتا کہ گاڑیاں کیوں کر سوچ سکتی ہیں۔ چند ہی روز پہلے اس نے اپنے ''آل ورلڈ'' میں Human Automobiles کے ایک مڈل میں اپنے قارئین کو یہ واقعہ سنایا تھا: پرسوں میں اپنی کار میں ڈیوک آف ایڈنبرا کی آمد پر اس سے انٹرویو کرنے برٹش ایمبیسی جا رہا تھا۔ ایمبیسی سے تھوڑی ہی دور میری کار اچانک پنکچر ہوگئی۔ ڈیوک آف ایڈنبرا سے میری اپوائنٹ منٹ کا وقت گزرا جا رہا تھا اور مجھے گاڑی کا پہیہ تبدیل کرنے کے خیال سے الجھن ہو رہی تھی۔ پانچ سات منٹ گومگو میں ہی گزر گئے اور پھر مجھے ایک دم جیسے اپنی مشکل کا حل سوجھا... ارے...! دو سو گز کا فاصلہ ہی تو ہے۔ پیدل ہی کیوں نہ چلا جائے... ارے ہاں... اس انکشاف پر خوشی سے میرے ہاتھ پاؤں پھول گئے۔ میں بھول ہی گیا تھا میری ٹانگیں بھی ہیں... آئی ایم اے بلڈی فول!

مڈل یاد آنے پر مولو گویا اپنے سامنے ''آل ورلڈ'' کھولے ڈیوک آف ایڈنبرا سے اپنا انٹرویو پڑھنے لگا تھا۔

مجھے زرد رو پا کر ڈیوک آف ایڈنبرا کو شاید خیال گزرا کہ آل ورلڈ نے اپنے جونیئر اسٹاف میں سے کسی کو بھیج دیا ہے، پھر بھی اس نے... جیسا کہ اس کے تعلق سے مشہور ہے... خوشدلی سے کہا" ہیلو! کیا نام ہے تمھارا؟"

"یوئر رائل ہائی نیس۔" میں تو سوچ کر ہی آیا تھا کہ مجھے اسی طرح انٹرویو کو شروع کرنا ہے۔" ایک زمانہ تھا کہ لوگ مجھے بھی ڈیوک آف ایڈنبرا کہا کرتے تھے۔"

"مائی!" مجھے معلوم تھا کہ ڈیوک آف ایڈنبرا کی مزاج کی رگ اگر پھڑک اٹھے تو وہ اپنی لاگت پر بھی بولنے سے نہیں چوکتا۔" کیا تمھاری بیوی بھی کہیں کوئی ملکہ ہے؟"

"ہاں! یوئر رائل ہائی نیس۔ آپ کے یہاں تو گروسر کی بیٹی کو پرائم منسٹر کے آفس تک ہی روک دیا جاتا ہے مگر ہمارے یہاں ایسٹ افریقہ میں ہندوستانی گردسروں کی بیٹیاں ملکائیں قرار دی جاتی ہیں، اور ہم ہندوستانی درآمد شدہ بھوندو شوہر، آپ کے مانند ڈیوک۔"

ڈیوف آف ایڈنبرا کسی اسکول بوائے کی معصومیت سے ہنسنے لگا تھا۔" تو آؤ، اپنی اس کامن پرابلم سے ہی انٹرویو کا آغاز کریں۔"

"یوئر رائل ہائی نیس، اگر اپنی بیوی کی بجائے آپ حکمراں ہوتے تو..."

میرا پورا جملہ ادا ہونے سے پہلے ہی ڈیوک نے جواب دیا۔" تو میں اپنی ساری بیچارگی اور ڈیوک آف ایڈنبرا کا لقب فوری طور پر کوئین کو سونپ دیتا۔"

قہہ قہہ ہنستے ہوئے مولو کو محسوس ہوا کہ اس کی گاڑی کے پہیے سڑک کے ٹیڑھے میڑھے پتھروں پر اچھلنے لگے ہیں۔ وہ سوچنے لگا تھا کہ اگر میں اپنی بیوی کے علاج میں اپنی دعائیں بھی شامل کر لیتا تو شاید... مگر وہ اپنے آپ کو بتانے لگا کہ کسی نے بھلا شیطان کو بھی دعائیں مانگتے دیکھا ہے۔ شیطان کی شہزادگی تو خدا کا مذاق اڑانے کے دم سے ہے۔ دعا کی صلاحیت کھو کر ہی وہ اتنے بڑے امریکی فورتھ اسٹیٹ کو اپنی ملکیت میں لا پایا ہے... مسٹر پریزیڈینٹ... اس نے ایک دفعہ اپنے ایک ایڈیٹوریل میں یو ایس اے کے صدر کو راست مخاطب کر کے متنبہ کیا تھا۔ یہ کیا تک ہوئی کہ جہاں تمھاری منطق جواب دے جاتی ہے وہاں تم کانگریس کو خدا کا واسطہ دینے لگتے ہو...؟ مولو اپنے واقف کاروں کو بتایا کرتا کہ مجھے جب بے منطق نیکیوں کی تحریک ہوتی ہے تو خواہ مخواہ خدا کو ڈسٹرب کرنے کی بجائے میں

خوب شراب چڑھا کر اپنی گاڑی میں بے تحاشہ جنگلوں کی طرف ہولیتا ہوں اور وہاں کسی ٹری ٹاپ ہالی ڈے ان کے محفوظ چبوتروں سے اس وقت تک چوپایوں کی زندگی کے فطری اسباب کا مطالعہ کرتا ہوں جب تک میری سمجھ میں پوری طرح نہ آجائے کہ سب سے بڑی نیکی کیوں کر وہ ایک ہے جو ہرذی جان اپنے ساتھ برت پاتا ہے، اور نہ برت پائے تو کوئی اور اسی کی نیکی کو برت کر اسے ہڑپ کر جاتا ہے۔

''تم نیک انسان نہیں۔'' اس کی کینیا کی ہندوستانی بیوی اس سے لڑتے ہوئے، اکثر کہا کرتی۔ ''جب تم مجھے اپنی میں لیتے ہو تو میری کوکھ سکڑ کر بند ہو جاتی ہے اور میں تمھاری چوٹیں برداشت کیے جاتی ہوں اور بس...!''

سَن آ، اے بچ!... مولو اپنی بیوی کو کوس رہا تھا کہ شاید اس کی گاڑی کے پہیوں تلے رات کا کوئی جانور آ گیا مگر نشے میں کسی کی چیخیں کہاں سنائی دیتی ہیں... ساری زندگی مجھ سے نفرت کرنے کے باوجود شکایت کرتی رہی کہ میں اس سے محبت نہیں کرتا۔

''تو کیا کرتا ہوں؟''

''دھندا...!''

مولو کی موجودہ سفید بیوی بھی اس سے یہی کہا کرتی... ڈارلنگ، جب تم میرے بدن پر اُچھل کود میں مصروف ہوتے ہو تو مجھے لگتا ہے تمھارے کسی بیوٹی فل لٹل ایڈیٹوریل سے لطف اندوز ہو رہی ہوں، اور بس...

سَن آ، اے بچ...! اس نے اپنی بیوی کو بھی گالی بکی... میری بے مہر مباشرت کے باعث میرے بچے میرے خون میں ہی بوڑھے ہو کر رہ گئے ہیں اور میں ان ہی کا بلغم تھوکتا رہتا ہوں... اس نے شکر ادا کیا کہ اس کی اولاد پیدا ہونے سے رہ گئی، ورنہ پیدا ہوتے ہی کھانس کھانس کر اس سے مخاطب ہو کر کہتی... ڈیڈ! فرماں بردار باپ اپنی اولاد کے احکام کو تولتے نہیں، انھیں بجالاتے ہیں۔ ہہ ہاہہ...! مولو کی ہنسی روکے نہ رُک رہی تھی، شاید وہ اپنے خون میں کھانستی اولاد کے کھوسٹ رویوں پر ہنسے جا رہا تھا، یا شاید یو این او کے ڈپٹی سکریٹری کے سن ڈاؤنر میں اس بوڑھے ایشیائی پروفیسر رادھا سوامی پر، جس کی باتوں میں گھر کر تین چار حسیناؤں کو پتہ نہیں چل رہا تھا کہ وہ فرار کی کیا صورت اختیار کریں۔

لڑکیوں کی بیچارگی کے منظر سے محظوظ ہوکر مولو بھی پروفیسر کے گھیرے میں جا داخل ہوا تھا۔

''بھوک خدا کی سب سے بڑی نعمت ہے خوبصورت لڑکیو...!'' ایشیائی پروفیسر کی نظر امریکی لڑکیوں کو چاٹ چاٹ کر کھا رہی تھی۔ ''تمھارے امریکہ کا سب سے بڑا مسئلہ اس کا رجھاپن ہے۔ اسے بھوک ہی نہیں لگتی، مگر کوئی کھائے گا نہیں تو جئے گا کیسے؟ لہٰذا امریکہ موت کے خوف سے بے بھوک کھاتا رہتا ہے۔''

''میں آپ کے کھانے کے لیے کچھ کرتی ہوں۔''

''نہیں۔'' پروفیسر نے بولنے والی لڑکی کے کندھے کو مضبوطی سے تھام لیا۔

''پہلے میں تمھیں ایک مہاراجہ کی کہانی سناتا ہوں۔ اس کہانی سے میری ساری بات واضح ہو جائے گی۔''

اسی دم بوڑھے پروفیسر کی نوجوان بیوی بھی اسے ڈھونڈتی ہوئی آ پہنچی اور اس کا آخری جملہ سن کر بولی۔ ''تم اپنا خواہ مخواہ وقت ضائع کر رہی ہو لڑکیو۔ میرا شوہر اپنی بات کو کبھی واضح نہیں کر پائے گا۔ اسے سن کر مجھے تو وہ کچھ بھی غیر واضح معلوم ہونے لگتا ہے جو پہلے عین واضح تھا۔''

''کیا واضح تھا؟'' فلسفے کا پروفیسر اپنی بیوی سے پوچھنے لگا، جو ماحولیاتی آلودگی کے انسداد پر تحقیق کے کام پر مامور تھی... ''پولیوشن؟''

''ہائی مولو!'' مسز رادھا سوامی مولو کو بھی وہیں پا کر کھل اٹھی۔ ''مائی ڈیئر ہزبینڈ کو سمجھاؤ مولو، کہ پولیوشن صرف دھوئیں اور گیس سے نہیں ہوتی، باتونی لوگوں کے شور سے بھی پولیوشن بڑھ رہی ہے۔''

''میں نے تو سنا ہے لاجی۔'' مولو نے مسز رادھا سوامی کو جواب دیا۔ ''کہ آدمی کے بُرے خیال بھی سانس کے راستے ماحول میں بگاڑ پیدا کرتے ہیں۔''

لاجی نے اس کی طرف دیکھ کر کرشن کی گوپی سی بنے اپنی ساؤتھ انڈین پتلی کمریا کو بل دیا، گویا یہ کہنے کے لیے، کچھ بُرا بھلا سوچو تو جانوں بھی مولو، نہیں تو کیا پتہ، کیا؟

''کیا یہ سچ ہے؟'' حسیناؤں میں سے ایک نے سوال کیا۔ ''کہ ہماری پولیوشن سے ہماری دنیا گرین ہاؤس میں منتقل ہوتی جا رہی ہے؟''

''ہاں!'' دوسری بولی۔ ''پولیوشن سے یہ جو آسمان میں گرین ہاؤس بن رہا ہے، کیا مجال اس کی دیواروں سے باہر کچھ جا پائے۔''

''گرین ہاؤس کی چھت موٹی ہوتی چلی گئی تو ہمارا گلوب جہنم بن جائے گا۔''

''مولو۔'' مانو اچانک یاد آنے پر مسز رادھا سوامی رُک نہ سکی۔ ''میں نے آج تمھارے ''آل ورلڈ'' میں پڑھا ہے کہ چاند کے پہلے ٹرپ کے لیے دھڑا دھڑ بکنگ جاری ہے؟''

مولو...! مولو...! مو...لو...! مولو کی گاڑی ہوا سے باتیں کر رہی تھی کہ اسے یک بیک چاند کی مانوس آواز سنائی دی جو آسمان سے اُتر کر اس کی متصل نشست کی کھڑکی پر آبیٹھا تھا... چلو مولو، میں تمھیں لینے آیا ہوں... کہاں کیا؟... آؤ... مولو...!

مولو نے سوچ رکھا تھا کہ گھر پہنچنے سے پہلے وہ وہسکی نہیں پیے گا، مگر اپنی خواہش سے مغلوب ہو کر اس نے ڈرائیور کی سیٹ کے پہلو کے ایک تھیلے سے وہسکی کی بوتل نکالی اور ابھی اسے کھول کر منہ سے بھی نہ لگا پایا تھا کہ اس کی گاڑی سڑک کے کنارے اس موڑ پر مڑتی ہوئی نیچے وادی میں لڑھک گئی۔

مولو بچ گیا تھا۔

اسے اسپتال میں داخل ہوئے کوئی ہفتہ بھر ہو لیا تو ایک صبح ڈاکٹر نے اس کے زخموں کے معائنے کے بعد تشفی میں سر ہلایا اور اسے بتانے لگا۔ ''جب تمھیں یہاں لایا گیا تھا مسٹر مولو، تو ہم دو ڈاکٹروں کی رائے میں تمھاری مکمل موت واقع ہو چکی تھی، مگر پھر کیا ہوا، کہ تم نے یک لخت آنکھیں کھول لیں۔''

''میں آنکھیں کیسے نہ کھولتا ڈاکٹر...؟'' مولو اسے بتانے لگا۔ ''میری روح واقعی اُڑان بھر چکی تھی، مگر کہاں جاتی؟ ذرا سی اوپر گئی تو گرین ہاؤس کی چھت کے نیچے ہی پھڑ پھڑا کر رہ گئی... اور نجات کی کوئی راہ نہ پا کر اپنا جہنم جینے کے لیے لوٹ آئی۔''

◆◆◆

ہیر رانجھا

''ہائے۔ ئے!''

''کیوں، کیا ہوا؟'' بوڑھے رانجھے نے کھانس کھانس کر گلے سے بلغم نکالنے کی ناکام کوشش کرتے ہوئے پوچھا اور ہیر کے جواب کا انتظار کیے بغیر اضافہ کیا'' کھ کھا۔ کھ۔ ہم نے اپنی ساری زندگی اوٹ پٹانگ میں ہی نکال دی ہیرے۔ کھ۔''

''ہاں، مگر ابھی نکلی کدھر ہے۔'' ہیر کی آواز اس کے جھریائے منہ سے پھڑ پھڑا کر برآمد ہوئی۔

''پر ہیرے، اب نکل ہی جائے تو ٹھیک ہے۔ کھا کھا۔ کھاؤں!... اُخ تھو!'' رانجھا گلے میں پھنسا ہوا بلغم نکل جانے پر خوش نظر آنے لگا۔'' لوگوں نے ہمیں چنگی بھلی موت کے بعد بھی مرنے نہ دیا۔''

''ہاں ، رانجھے، لوگ تو لوگ ہی ہوتے ہیں، جینے دیتے ہیں، نہ مرنے۔ ہائے۔ ئے!''

''کیوں، کیا ہوا؟''

''اور کیا؟ وہی جوڑوں کی پرانی پیڑ۔''

''تو پھر روتی کیوں ہو؟ جوڑوں کی پیڑ ہی تو ہے۔ اس کے گلے میں بلغم کا ایک اور گچھا کھسک آیا تھا۔'' کھ کھا۔ کھاؤں... دوسرے بھی لوگ تو ستر اسی سال بھوگ کر مزے سے پار جا لگتے ہیں۔ کھ!۔ ایک ہم ہیں۔ کھاؤں! کہ ٹھکانے لگنے میں ہی نہیں آرہے۔''

''سچی ابھی تک ہم زندہ ہیں رانجھے؟''

''عجیب عورت ہو۔ زندہ ہیں مور کھے تو زندہ ہی تو ہیں۔''

"ہائے۔ ئے۔"

"تمھاری ہر دخت کی ہائے ہوئے سے میں تنگ آ گیا ہوں"۔

"تنگ آ گئے ہو تو میرا گلا کیوں نہیں گھونٹ دیتے؟"

"ارے بھئی، تمھیں جوڑوں کی پیڑ ہے اور مجھے پسلیوں کی۔ تمھاری طرح میں کوئی آسمان تو سر پر نہیں اٹھائے رکھتا۔"

"تمھیں کیا پتہ، جوڑوں کی پیڑ کتنی جان لیوا ہوتی ہے؟"

"پسلیوں کی پیڑ بھی جان لیوا ہوتی ہے، پر لابھ کیا؟ جانیں ہماری تو ویسی کی ویسی انکی ہوئی ہیں۔"

"ہاں، جان نکل جائے تو چین نہ آ جائے؟ لوگ ہمیں اب اپنی کتھا کہانیوں سے باہر کیوں نہیں دھکیل دیتے؟"

رانجھا اچانک بے اختیار ہنسنے لگا۔

"روتے روتے ایک دم ہنسنے لگتے ہو تو معلوم ہوتا ہے، تمھاری پسلیوں کی پیڑ بڑھ گئی ہے۔"

"ہہ ہہ ہا۔ ہہ!۔"

"دھیرے ہنسو، نہیں تو کوئی پسلی ٹوٹ جائے گا۔"

"ایک بات پوچھوں، ہیرے؟"

"دس پوچھو، پر ہنس ہنس کر مجھے ڈراؤ مت۔"

"ذرا سوچو، جوانی میں ہم کتنا جھوٹ بولا کرتے تھے۔"

"کیسا جھوٹ؟"

"جھوٹ کیسا ہوتا ہے؟۔ بس جھوٹ۔ بڑا میٹھا، پر جھوٹ ہی جھوٹ!"

"تو کیا ہوا؟ میٹھا تو تھا۔"

"جھوٹ بولنے کی مکھنی خواہش سے میرا منہ بھر جاتا تھا اور پھر تمھارا ہاتھ پکڑ کر، لہجے میں ٹھیس پیدا کر کے..."

"جوانی میں پتہ ہی نہیں چلتا، رانجھے، کہ ہم خوش ہیں یا ناخوش۔"

''نو بتی کیوں ہو؟۔ تمھارا ہاتھ پکڑ کر میں بول اٹھتا تھا، میں ہی تمھاری ہیر ہوں، ہیرے۔ ہہ ہہ ہا ہہ!۔ اور تم مجھے اسی بھرے بھرے لہجے میں جواب دیتی تھیں، اور میں تمھارا رانجھا، رانجھے۔ سر نہ پیر۔ آپ ہی ہیر اور آپ ہی رانجھا۔ ہہ ہا ہہ۔ ہہ!۔ نری پری بکواس!۔''

''بڑیا، بکواس کیوں کہتے ہو؟ روح کی دُکھن میں ہر کوئی اپنا آپ ہی لگتا ہے۔''

''ہہ ہہ ہا۔ کھ کھاؤں کھاؤں۔ کھ!''۔

''میں نہ کہتی تھی اتنا مت ہنسو؟''

''اخ تھو!۔'' بلغم تھوک کر رانجھے کو پھر قرار آ گیا۔

''ہائے۔ ہائے!''

''اب کیا ہو یا؟''

''تمھیں کیا؟ کبھی اپنی پسلیوں کو بھولو تو میرے جوڑوں کی بھی سوچو۔''

''لڑتی کیوں ہو؟ صبر سے کام لو۔''

''صبر سے کیسے کام لوں؟''

''یہی تو تمھیں بتانے جا رہا تھا کہ...''

''میں سب جانتی ہوں تم کیا بتانے جا رہے تھے۔''

''کھ کھ۔ کھاؤ!۔'' رانجھے کے گلے میں بلغم کا ایک اور گچھا آن پھنسا تھا۔ ''درد تو تبھی جان پڑتا ہے جب اپنے ہی بدن میں دُکھن ہو۔''

''اتنے سیانے بنے پھرتے ہو رانجھے، کوئی اُپائے کیوں نہیں نکالتے، جس سے اب ہماری چھٹی ہو جائے۔''

''اس کا تو صرف ایک ہی اُپائے ہے۔''

''جلدی بتاؤ، کیا؟ جیسے بھی ہو اب اس مرمر کے جینے سے چھٹکارہ ہو۔ ہائے۔ ئے!''

''خدا کے لیے پہلے اپنی یہ ہائے ہائے بند کرو۔''

غصے میں رانجھے کو پھر کھانسی چھڑ گئی۔

''تم بھی خدا کے لیے پھر سے ہنسنا شروع نہ کر دینا، نہیں تو کھانسی تھمنے میں ناں آئے گی۔''

''کھ۔کھاؤں۔کھ!۔'' رانجھے کے گلے میں پھنسا ہوا بلغم کا گچھا یکبارگی اس کے منہ کے سامنے آ گرا، اور وہ چین سے مسکرانے لگا۔ ''ہاں، میں کیا کہنا چاہ رہا تھا۔''

''میں کیا جانوں؟''

''ہاں، یہ، کہ جینے سے چھٹکارہ پانے کا ایک ہی طریقہ ہے۔''

ہیر خوشی سے اپنے جوڑوں کا درد بھی بھول گئی۔ ''بات کو ہمیشہ بے وجہ لمبا کیے جاتے ہو۔ جھٹ سے بتاؤ، کیا؟''

''یہ، کہ کسی طرح اپنی کتھا سے باہر آ بسو، پھر دیکھو کیسے چٹکیوں میں جان نکلتی ہے۔''

''تو پھر آؤ، اپنی کتھا سے باہر نکل آتے ہیں۔ انتظار کا ہے کا؟ آؤ!۔''

''مورکھ کی مورکھ ہو۔'' رانجھا اپنی بڑھیا کو جی بھر کے دیکھنے کے لیے ذرا رک گیا۔

''امر کہانیوں کے جادوئی تانے بانے سے نکلنا کوئی خالہ جی کا گھر نہیں۔''

◆◆◆

سانس سمندر

نہیں، بلو، میری عمر تو ایک اسی دن پر اٹک کر رہ گئی جب میں یہاں سے نکل پڑا۔ اس کے بعد جینا ہی کہاں ملا؟

تو پھر اتنے بڈھے اور بھیانک کیسے نکل آئے ہو، بھالو کے بچے؟

دیکھو مجھے کچھ بھی کہہ لو، مگر بھالو کہو گے تو سر پھوڑ دوں گا (ہنس کر کرسی اس کے قریب سرکا لیتا ہے)

ابھی تک ویسے ہی اپنے اصل نام پر چڑ جاتے ہو شیخ محمد اکرام۔ ہہ ہاہہ!... بوڑھے ہو گئے ہو پر بڑے نہیں ہو پائے۔

ہاں یار، یہی تو کہہ رہا ہوں کہ میں ابھی تک وہیں کا وہیں اٹکا ہوا ہوں۔ ذرا بھی بڑا نہیں ہو پایا۔ (وقفہ) بڑے تو ہم گھر کے اندر ہی ہو پاتے ہیں۔ بے گھروں کو بھی کبھی بڑا ہوتے دیکھا ہے؟

گھر کیا ہوتا ہے بھالو؟ جس چھت تلے بیوی بچوں کے ساتھ رہ رہے ہوں، وہی گھر!...

نہیں، بلوا، تمھیں کیا پتہ؟ گھر وہاں ہوتا ہے جہاں پاس پڑوس میں ہی باپ دادا کی قبریں ہوں اور ان کا فاتحہ پڑھنے کے لیے انہی کی رفاقت میں پہلے ہم کشاں کشاں اپنی گلی کے نکڑ پر جا پہنچیں اور پھر نکڑ سے ایک آدھ فرلانگ کے کچے راستے پر ہی قبرستان میں...(وقفہ)

رونے کیوں لگے ہو؟ سوائے تمھارے میں نے کبھی کسی بھالو کو روتے ہوئے نہیں دیکھا۔

چاہیے تو یہ تھا کہ تم ہندوؤں کو ہی مار پیٹ کر پاکستان بھیج دیا جاتا۔ تم اپنے بڑوں کو

جلا پھونک دیتے ہو، سو جہاں چاہو ہولو، ہم اپنے مرحوم باپ دادا کو سوتے میں چھوڑ کر کیوں نکل پڑے؟

فکر مت کرو۔ تمہارے بزرگ ابھی تک ویسے ہی بڑے چین سے سوئے پڑے ہیں۔

جھوٹ مت بولو، بلوا۔ بھابی تو کل بتا رہی تھیں کہ قبرستان کے بیچوں بیچ ایک سنیما کھڑا کر لیا گیا ہے۔

تو کیا ہوا بھالو۔ تنہائی میں دادا جان کا جی گھبرا اٹھتا ہوگا اور وہ گیٹ کیپر کو دیکھے بغیر بڑی شان سے ڈی لکس کلاس میں مفت آبیٹھتے ہوں گے۔

میں کئی بار سوچتا ہوں، اچھا ہی ہوا، تم کافروں سے نجات تو ملی (ڈھیلا ہو کر سامنے میز پر چائے کی پیالی کی طرف ہاتھ بڑھاتا ہے) گناہوں کی لت پڑ جائے تو آدمی مُڑ مُڑ کے دوزخ کی طرف ہی دیکھتا ہے۔

تمھاری پیالی خالی ہے۔ ٹھہرو، میں اور چائے انڈیلتا ہوں۔ (اس کی پیالی بھرتے ہوئے) جی بھر کے پیو۔ پاکستان میں تمہیں اتنی اچھی چائے کہاں ملتی ہوگی... سنو، باہر بے موسم بادل گرج رہے ہیں۔

یاد ہے بلو؟ ایک دفعہ جب ہم کالج ٹک شاپ کی دو ماہ کی چائے کا بل ادا نہ کر پائے تو ٹھیکیدار نے پرنسپل سے شکایت کر دی...

ہاں، بخوبی یاد ہے... پرنسپل نے ہمیں تیس تیس روپے جرمانہ کر دیا۔ تم فریاد کرنے لگے، سر ہمارے پاس جرمانے کے پیسے ہوتے تو ہم چائے کا بل ہی کیوں نہ ادا کر دیتے؟ ہہ ہاہہ... ارے سموسہ بھی کھاؤ۔ کتنی دیر سے ہاتھ جوڑ جوڑ کر کہہ رہا ہے، مجھے منہ میں ٹھونس لو (پلیٹ سے ایک سموسہ اٹھا کر اپنے منہ کی طرف لے جاتا ہے)

کھانے کو مجھ سے کہہ رہے ہو بھیڑیے، اور منہ اپنا کھول رکھا ہے۔

تو کیا ہوا؟ ایک تم بھی اٹھا لو۔ اسے تمہارے منہ سے کھالوں گا.. لو، کھاؤ... ! تم لوگ تو گوشت کے سوا کچھ کھاتے ہی نہیں... اچھا، تو پھر یوں کرتے ہیں، جتنے دن یہاں ہو، کھانے کے اوقات میں فلائی کر کے اپنے پاکستان ہو آیا کرو۔

نہیں، میں...

میں میں کیا؟ بکرے کھا کھا کے بکرا ہی بن گئے ہو۔

نہیں، بابا، میں پکا وجیٹیرین بن چکا ہوں۔

پکا وجیٹیرین!... ہہ ہا!... پکے فراڈ ہو، میری بہن شیلی بھی یہی کہا کرتی تھی کہ تم پکے وجیٹیرین ہو گئے ہو۔ تم دونوں کا افیئر شروع ہونے کے بعد میں اسے رحمت بی کہہ کے پکارنے لگا تھا... کہاں ہے وہ؟ اس مانند پوچھ رہے ہو جیسے اچانک خیال آنے پر... شیلی آج کل ممبئی میں رہتی ہے... اور کس کے ساتھ؟ اپنے شوہر اور ڈھیر سارے بچوں کے ساتھ، جو اس سے بھی بڑے ہو چکے ہیں اور وہ خود آپ، اتنی موٹی جتنے تم بوڑھے...

کیا بک رہے ہو؟

وہی جو سن رہے ہو۔ کوئی بوڑھا ہو کے بوڑھا ہو جاتا ہے اور کوئی بوڑھا ہو کے موٹا۔ رحمت بی اتنی موٹی ہو گئی ہے کہ اس کے ساتھ لگ کے کھڑے ہو جاؤ گے تو کہیں نظر بھی نہ آؤ گے۔ تمھاری گھگیائی آواز سن کر وہ یہی سوچے گی کہ تم کہیں پاکستان میں بول رہے ہو اور ذرا سی خوش ہو کے سر جھٹک کر پھر اپنے کام میں لگ جائے گی...

شیلی موٹاپے کا کوئی علاج کیوں نہیں کرتی؟

تم اپنے بڑھاپے کا کوئی علاج کیوں نہیں کرتے؟ شکر کرو تمھارے پاس ممبئی کا ویزہ نہیں، وگرنہ اس کا شوہر (ہاتھوں کو لمبائی اور چوڑائی میں پھیلا کر) اتنا بگڑا اور تعصبی سکھ سردار ہے اور ابھی تک جنسی شدت سے نفرت کر پانے کا اہل۔

اچھا؟... مجھے شیلی کی فیملی کی ساری تفصیلات بتاؤ۔

چھوڑو یار، تم مسلمان عشق کرنے کے سوا کچھ جانتے ہی نہیں۔ نامعلوم اپنا پاکستان کیسے چلا رہے ہو... باہر بادل کی گرج بڑھ گئی ہے۔ پانی برسے گا۔

تم جو ہندوستان چلانے کا اتنا جتن کر رہے ہو، بتاؤ کیا وہ پچاس پچپن کا ہو کے بھی چلنا سیکھ گیا ہے؟... تمھارا سموسہ واقعی بہت لذیذ ہے بلو۔

بنگو حلوائی کا ہے۔ بڑا پہنچا ہوا حلوائی ہے۔ تقسیم پر جیسے تم وہاں چلے گئے وہ بھٹک کر اپنی دیہہ وہاں سے یہاں تروینی کے کنارے اٹھا لایا۔ کہتا ہے، پتہ نہیں بچے موت پر میرے پھول یہاں لاتے یا وہیں کسی نالے میں پھینک دیتے۔ سو اچھا ہے میں آپ ہی اپنے آپ

کو یہاں اٹھالایا ہوں...بنگو خالص پنجابڑا ہے مگر اس کے بچے یہاں اتنی شدھ ہندی میں سدھ گئے ہیں کہ بے چارہ انھیں بالکل سمجھ نہیں پاتا...تمھارے بچے کیا تمھاری زبان سمجھ لیتے ہیں بھالو؟

میرا ایک لڑکا ڈاکٹر اشرف میرے ساتھ رہتا ہے، ایک امریکہ میں مقیم ہے اور ایک لڑکی انگلینڈ میں۔ تینوں میری زبان نہیں سمجھتے۔ ان سے میں ہمیشہ اپنی زبان کے انگریزی ترجمے میں بات کرتا ہوں۔

مگر تمھاری انگریزی تو نہایت کمزور تھی... ہہ ہاہہ!... بوندا باندی شروع ہوگئی ہے... پتہ ہے بھالو، کیا؟...اپنے بچوں سے بات کرتے ہوئے میں بھی اپنی اردو ہندی میں بولنے لگتا ہوں، حالاں کہ ہندی سے نابلد ہوں۔

اور کیا اردو سے نہیں؟

ہہ ہاہہ... کچھ بھی کہہ لو، یارم، بات تمھاری غلط نہیں۔ یہاں سیاسی پارٹیاں اردو کے حق میں یا خلاف کچھ ایسے بیان دیتی رہتی ہیں مانو یہ زبان صرف مسلمانوں کی ہو۔ اب تو یہ صورتِ حال ہے کہ دل کی کوئی چھوٹی سی بات کرتے ہوئے بھی یہی معلوم ہوتا ہے اسلام کی تبلیغ کرر ہا ہوں۔

یہ تو بڑی اچھی بات ہے۔ اسی طرح شاید کبھی راہِ راست قبول کرلو۔

اور راہ راست پر چل کر سیدھا پاکستان آ پہنچوں۔

کبھی بھول کر بھی آ پہنچو تو کیا کہنے؟ ادھر میں ہی تمھاری جانب آنکھیں باندھے رکھتا ہوں۔ اپنا آس پاس مجھے دِکھتا ہی نہیں ایک اپنا یہ الٰہ آباد ہی آنکھوں میں بسا رہتا ہے۔

بڑے خوش قسمت ہو بھالو، کہ کچھ تو آنکھوں میں بسائے ہوئے ہو۔ میں تو صرف وہی دیکھ پاتا ہوں جو عین اس وقت دِکھ رہا ہو... بارش بڑھ رہی ہے...تم واقعی خوش قسمت ہو، ورنہ الٰہ آباد کی جن گندی گلیوں میں میں بدک بدک کر چلتا ہوں، اپنے ذہن میں انھی میں چلتے ہوئے تمھاری ناک میں خوشبوؤں کی پوٹلی کیوں کھل جاتی ہے؟...ارے، پھر سے رونی صورت بنالی ہے!...

تم کافروں نے ہمیں بیٹھے بٹھائے اپنی جنت سے نکال دیا۔ میں رہتا وہاں ہوں بلو،

مگر جیتا یہاں الہ آباد میں ہوں۔

نہیں، تم وہیں رہتے ہو اور وہیں جیتے ہو۔ روؤ مت! ہر کھیل میں اپنا چھوٹا سا رونا مار کر بازی مار لیا کرتے تھے۔

میں تو اپنی ہر بازی ہار چکا ہوں بلوا۔

ہار بھی چکے ہو تو کیا ہوا؟ کم سے کم ہر بازی کھیل تو لی۔

کھیلی بھی کہاں؟ میری زندگی تو وہیں اٹک کر رہ گئی جہاں کوئی بازی ابھی شروع بھی نہ ہوئی تھی۔

نہیں، جیسے بھی کھیلا کیے زندگی کی بازی تو ناگزیر طور پر اپنے انجام پر آ پہنچی (وقفہ) (سگریٹ سلگا کر) لو، بھالو، تم بھی پیو...نہیں؟...کیوں، تم تو خواب میں بھی منہ سے سگریٹ کا دھواں چھوڑتے رہتے تھے؟

ڈاکٹر کہتا ہے، جان بچائے رکھنا ہے تو سگریٹ چھوڑ بھی نہیں۔

مت چھوڑو...(سگریٹ کا ایک لمبا کش لے کر) زندگی کی سب سے بڑی ترغیب یہی ہے کہ جان کو بہر حال بچا لیا جائے...خواہ مخواہ سگریٹ پینے سے خود کو روک کر، اور خواہ فسادات میں گھر بار چھوڑ کر پاکستان میں پناہ لے کر۔ (ایک اور لمبا کش لیتا ہے) دیکھو، باہر موسلا دھار بارش ہونے لگی ہے۔

وہ دن تمھیں یاد ہیں بلو؟ الہ آباد میں فسادات ابھی شروع نہ ہوئے تھے مگر ایک کھٹکا سا لگا رہتا تھا اور پھر اس روز ہم اسی گھر کے پچھواڑے کرکٹ کھیل رہے تھے۔ میں نے بال کو اتنے زور سے ہٹ کیا تھا کہ تمھارے ہاتھ کیچ کا پیالہ بنائے رہ گئے اور بال اوجھل ہو کر جانے کہاں جا گرا۔ اسی اثنا میں میرے بھائی جان دوڑتے ہوئے وارد ہوئے...چلو!...چلو!...

چھوڑو، یہ قصہ تم کئی بار اپنے خطوں میں دوہرا چکے ہو...تمھارے بھائی جان تمھیں بازو سے کھینچ کر گھر سے باہر گلی کے کنارے لے آئے جہاں ان کی گاڑی کھڑی تھی... چلو!...گاڑی میں قدم رکھتے ہی تم نے کیا دیکھا کہ بھابی تمھاری ہچکیاں لے لے کر ننھے پپو کو گود میں چپ کروا رہی ہے اور پپو کا بڑا بھائی جمی بھی بھابی کے پہلو میں سہم کر بیٹھا ہوا ہے۔

ہاں، میں نے چیخ کر پوچھا، کیا ہوا ہے؟...بلوائیوں نے ہمارے گھر کو آگ لگا دی

ہے!...آگ بجھی نہیں؟...اب کیا بجھے گی؟...ہماری گاڑی ہوا میں اُڑ رہی تھی بلو اور میرے ابو، امی، دادا جان، دادی اماں۔ سب کے سب اپنی قبروں سے برآمد ہو کر بے پر ہماری گاڑی کے پیچھے پیچھے...او ظالمو! او ہمیں کس کے سہارے چھوڑے جا رہے ہو؟...او ہمیں بھی اپنے ساتھ پاکستان لے جاؤ!...

رولو...رولو! (اس کا ہاتھ بڑی ملائمت سے اپنے ہاتھ میں لے لیتا ہے) سکھوں میں دُکھ یاد کر کے آدمی اجلا نکل آتا ہے۔

نہیں، یار! تم کہتے ہو جان بچالینا ہی زندگی کی سب سے بڑی ترغیب ہے، مگر جان بچا کر جینا بھی تو ملے۔

ملا، اسی لیے تو سانس لے رہے ہو، اسی لیے نیا گھر بار بنالیا ہے، بچے پیدا کر لیے ہیں اور جینا بھوگ بھوگ کر بوڑھے ہو لیے ہو... ہاں، میرے بھائی، مرتے دم تک ہر سانس پر بے اختیار سانس لیے بغیر بن نہیں پڑتی (ٹیلی فون کی گھنٹی سن کر اٹھ کھڑا ہوتا ہے) ہیلو! ہیلو!... بھابی!... ہاں، اکرام میرے پاس ہی بیٹھا ہے۔ ہاں، ابھی آرہا ہے...لو، بھابی کراچی سے بلا رہی ہیں۔

ہیلو، فاطمہ!... کیا؟!...او۔نو!... اشرف کی زیادہ چوٹیں تو نہیں آئیں؟....اسپتال میں ہے! گھبراؤ نہیں، میں آج ہی شام کی فلائٹ سے پہنچ رہا ہوں، نہیں، میں یہاں کیا کروں گا؟ اللہ حافظ!...

کیوں، کیا ہوا؟

اشرف کی ڈسپنسری کے باہر بم پھٹا ہے۔ اشرف بھی زخمی ہو گیا ہے۔

ہاؤ سیڈ! (اس کے کندھے پر ہاتھ رکھ کے دباتا ہے)

میں آج ہی واپس جانا چاہتا ہوں بلو، ہو سکے تو اسی وقت۔

ہاں، ضرور!...

(او ظالما، ہم سے ملے بغیر ہی جا رہا ہے؟)

...ضرور!

(باہر مطلع یک بہ یک صاف ہو گیا ہے مگر بارش بدستور ہو رہی ہے) ◆◆◆

جیتے جی

بات اتنی موٹی ہے کہ سمجھ میں نہیں آ رہا ہے، اس کی پوری کہانی کیسے بنالوں۔

جمنا بائی میلے رنگ کی ایک چھوٹی سی عورت ہے، اتنی کمزور کہ اس کے چہرے کی سیاہی پھیکی پڑ پڑ کر سفید ہوتی جارہی ہے۔ افریقہ میں میں نے بڑی پیاری سیاہ فام عورتیں دیکھی ہیں۔ ان کی تندرستی اور کشش کی علامت ان کا چمکتا ہوا کالا کالا بدن ہے، جیسے کسی جوان اور بے لگام گھوڑی کی جلد کی تابندہ سیاہی، جسے دیکھ کر آدمی کا جی چاہے کہ اچھل کر اس پر چڑھ جائے اور وہ بے قابو ہو کر اسے نیچے پھینک دینا چاہے، مگر یہ تو جانور کی بات ہے جو غریب ہوتا ہے، نہ امیر، بس جانور ہوتا ہے، لیکن میری جمنا بائی بڑی غریب عورت ہے۔ بڑی پتی ورتا ہے، اسی لیے اپنے بیمار پتی کو گھر میں اکیلا چھوڑ کر ساڑھے چھ سو روپے ماہوار پر تندہی سے میری سیوا میں جٹی رہتی ہے، تاکہ میں اس سے پرسن ہو کر کسی پراچین رشی منی کی طرح اس سے پوچھوں، بتاؤ دیوی تمھاری کیا اچھا ہے؟

میرا مرد بہت بیمار رہتا ہے...

سوری جمنا بائی، میں کوئی ڈاکٹر نہیں ہوں۔ تمھارے پتی کے دوا دارو کے لیے تمھاری تنخواہ کے پچیس روپے بڑھائے دیتا ہوں۔

ہر انسان کو خدا اُتنا ہی دیتا ہے جتنا لینے کی اُسے خواہش ہو۔ جمنا بائی کی یہی خواہش ہے کہ میری تنخواہ کے پچیس روپے بڑھ جائیں اور پھر ان پیسوں سے وہ اپنے شوہر کا علاج بھی کروالے، اپنی اپاہج بیٹی روپا کے لیے بازار سے بیساکھیاں بھی لے آئے، اپنی کھانسی کے لیے حکیم سے پڑیاں لایا کرے اور...اور...

مگر:

ماں...ماں...

ہاں، ہاں، سن لیا ہے روپا۔ آج تمھاری بیساکھیاں کھرید لاؤں گی۔ (چلے بغیر چلو لڑکی... یا چلنا کیا ضروری ہے؟...اپنے باپ کے پیروں میں چپ چاپ جا بیٹھو۔)

روپا، پانی!

میں کیسے چلوں، بابا۔

اپنی ماں سے بولو، بیٹی۔

ماں ساب کے کام پر گئی ہے۔

تو تم ہی اٹھو بیٹی۔ میں پیاس سے مر رہا ہوں۔

(اگر بابا مر جائے تو اس کی دوائی کا پورا خرچ بچ جائے اور ماں مجھے جھٹ بیساکھیاں لا دے اور میں اٹھ کر جھٹ بابا کے لیے پانی لے آؤں)۔ بابا، آپ جلدی جلدی ٹھیک ہو جائیں نا۔

اپاہج سی خواہش!

اگر روپا اپاہج نہ ہوتی تو کیا واقعی چل سکتی؟...روپا کی ماں کیوں چلنے پھرنے سے قاصر ہے؟ اس کی تو دونوں ٹانگیں سلامت ہیں۔

معمولی سی بات ہے، مگر کہانی چوں کہ بے مطلب اور آوارہ ہے اس لیے منہ اٹھائے ہر طرف ہو لیتی ہے اور ہر ایرا غیرا بات سے آنکھیں لڑانے پر آمادہ ہو جاتی ہے، مگر سچ پوچھیے تو ایک آوارگی سے ہی دنیا بھر کا تمدن قائم ہے۔ آوارہ خواہشوں کے بغیر معمولی ناک نقشے کی عورتوں کی طرف کون متوجہ ہوگا؟ عین سامنے موجود ہونے کے باوجود ہماری نظروں سے غائب رہیں اور پھر ہر بیس مردوں کے آس پاس مشکل سے ایک آدھ عورت ہی نظر آئے...اور پھر؟...پھر وہی قدیم زمانے کی لے دے...بیس مرد اور ایک عورت، دنگا، فساد، قتل و غارت، جب ایک عورت کی خاطر ایک ایک کو بیس بار اپنا خون کروا کے اپنی باری کا انتظار کرنا پڑتا تھا... ہاں اور کیا؟ معمولی عورتوں کی شناسائی سے بھی ہماری امن و آشتی کی خواہش قائم ہے۔

... ہاں، یہی تو... بے مسنی کہانیوں کی بدولت ہی ہمارے سارے معانی محفوظ ہیں اور ہمیں برتر زندگی بسر کرنے کی تحریک ہوتی ہے۔

مگر جمنا بائی کی کہانی تو اتنی بے معنی ہے کہ سرے سے کہانی ہی معلوم نہیں ہوتی۔ میرے ایک مہمان کہانی کار کو ایک غریب سے نسوانی کردار کی ٹوہ لگی ہوئی تھی۔ میں نے تجویز کیا، میری ملازمہ کے سفید سفید سیاہ چہرے کو ایک نظر دیکھ لو، شاید تمھیں اپنا کردار مل جائے۔

وہ کھلکھلا کر ہنس پڑا۔

تمھاری ملازمہ کے چہرہ ہی کہاں ہے جو اسے دیکھوں؟

جواباً میں نے جمنا بائی کے چہرے کی طرف دیکھا جو ہمارے سامنے میز پر چائے کا سامان رکھ رہی تھی۔ واقعی کوئی شکل وصورت نہ بنتی تھی۔

کیا ہم کہانی کا محض کوئی نام رکھ کے کہانی لکھ سکتے ہیں؟ جمنا بائی... لکھو، اس عنوان پر کیا لکھو گے؟

میرا دوست شاید بکواس ہے... جمنا بائی کی بے ہیئتی کی وجہ سے ہی اس کی داخلی ہیئت ابھرتی ہے۔ جمنا بائی ماڈرن ایسٹریکٹ آرٹ کا ماڈل ہے۔ اس کا چہرہ اس کے پیٹ میں ہے۔ اپنی ماں کے پیٹ سے برآمد ہوتے ہی وہ اپنے پیٹ میں چلی آئی۔ جمنا بائی ابھی پیدا نہیں ہوئی۔ اس نے جب اپنے پیٹ سے باہر آنا چاہا تو اپنی بجائے اپنی اپاہج لڑکی کو، اپنے بیمار شوہر کی لنگڑی اور معذور خواہش کو جنم دے دیا۔

جس طرح روپا اپنا آپ ہونے کی بجائے اپنے باپ کی معذرت کا وجود ہے، اس طرح روپا کی ماں کی بے شکلی اس کے والدین کی محرومی کی شکل پیش کرتی ہے۔ ہمارے ڈھیروں لوگوں کی پہچان میں ان کی یہی بے شکل یکسانیت حائل ہے... جمنا بائی، آمنہ بی، محبوبی، کملا بائی... سب وہی ایک ہیں۔ کسی ایک کے بارے میں سوچیں تو معلوم ہوتا ہے کہ دوسروں کے بارے میں بھی سوچ رہے ہیں۔

بابو جی، اپنا کھانا میں گھر لے جا رہی ہوں۔

یہیں کھالو، آمنہ بی۔

نہیں، بابو جی، میرے بیٹے کو پلاؤ بوہت اچھا لگتا ہے۔

اور تمھیں؟

مو جھے بھی اچھا لگتا ہے۔

(اور مو جھے بھی... مو جھے بھی... مو....)

اور:

تم اپنے بیٹے کو پگلا کیوں کہتی ہو آمنہ بی؟

کیوں کہ وہ ہے ہی پگلا، بابو جی۔

پیدائشی پگلا ہے؟

پیدائشی ہی سمجھ لیو بابو جی، کام پر آتے ہوئے تالا لگا آتی ہوں۔

اسے اندر بند کر آتی ہو؟

اور کا کروں بابو جی؟

بڑے ظالم لوگ ہو۔

بھوکوں مارنے سے تو جے جلم اچھا ہے بابو جی۔ گھر جاتے ہوئے بھوکھ لگی ہوتی ہے تو مانو، اسی کی بھوکھ ماسوس کر کر کے جان گلے میں پھنسی ہوتی ہے۔ اپنے بچے کسے پیارے نہیں ہوتے بابو جی؟

ہاں، یہ تو ہے آمنہ بی۔ تمھارا بیٹا پاگل کیسے ہو گیا۔

کیا پتہ، اپنے آپ سے باتیں کر کر کے۔ اپنے آپ سے باتیں کر کر کے اسے کسی اور سے باتیں کرنا نہیں آتا۔

بابو جی؟

کہو، محبوبی۔

میرا لال بڑا ہوگا تو آپ کا کرجا اتار دے گا۔ بس تین سو روپے دے دیجیے، نہیں تو میرا مردوا جیل بھیج دیا جائے گا۔

تین سو!

ہاں، بس تین سو۔ میرے بیٹے کو گردی رکھ لیجیے۔

یہ سب لوگ ایک سے ہیں، گروی کے لوگ۔ ان کے باپ دادا نے بھی اپنی نسلوں کو گروی رکھ چھوڑا تھا اور یہ نسل بعد نسل یوں ہی چلے آرہے ہیں۔ ان کی اپنی کوئی مرضی، کوئی خواہش نہیں ہوتی اور اپنی کوئی خواہش ہی نہیں ہوتی تو ان کی اپنی کوئی شکل کیسے بنے؟ الگ الگ شکلیں تو الگ الگ خواہشوں سے ہی بنتی ہیں۔

میں محبوبی اور آمنہ بی اور دوسروں کو درمیان میں کیوں لے بیٹھا، مجھے تو صرف جمنا بائی کی کہانی بیان کرنی ہے۔

اگر کوئی جمنا بائی سے پوچھ لے، جمنا بائی، کیا تم اپنے آپ کو جانتی ہو، تو بے چاری گھبرا جائے، اتنی کہ اپنی سمجھ میں آئے، نہ ہماری۔

''بولتی کیوں نہیں، جمنا بائی؟... کیا تم اپنے آپ کو جانتی ہو؟''

''کیا بولوں؟ میں تو ایک اپنے گووند بھائی کو جانتی ہوں...''

''یہ گووند بھائی تمھارا بھائی ہے؟''

''نئیں، میرا بے مار کھاوند ہے جس کی سیوا میں جٹی رہتی ہوں اور پائی پائی کا حساب بروبر کر رہی ہوں''۔

''یہ کون سا حساب ہے؟''

''پچھلے جنم کا!''

''اگر تم یہ حساب برابر نہ کرو...''

''تو اگلے جنم میں مرا کھاوند میرا روگی باپ بن کر آجائے گا۔ لین دین پورا کیے بگیر کس کی مکتی ہوتی ہے بابو جی؟

کیا تم نے کبھی اپنے بارے میں بھی سوچا ہے جمنا بائی؟

نئیں، بابو جی، میں کون ہوں، جو اپنے بارے میں سوچتی رہوں۔ ایک تو میں اپنے گووند بھائی کے بارے میں سوچتی رہتی ہوں، ایک اپنی لولی لنگڑی روپا کے بارے میں، جو لولی لنگڑی نہ ہوتی تو اندھی بہری یا گونگی ہوتی...

کیوں؟

اس لیے بابو جی، کہ گریب کی اولاد اس کے بوجھ کی گٹھری ہوتی ہے۔ گریب اس

لیے جان سے لگائے رکھتا ہے کہ تھک ہار کر بھی اسے پٹخ نہ دے۔

مگر جمنا بائی، تم نے میرے سوال کا جواب نہیں دیا... کیا تم اپنے آپ کو جانتی ہو؟

بابو جی، اپنے آپ کو جانن کی کھاتر تو گیانی لوگوں کو بھی تیرتھ جاترا پر نکلنا پڑتا ہے...

نئیں، مو جھے تو اپنے ہونے کی کھبر بھی اسی وکھت ہوتی ہے جب میرے سامنے کوئی اور کھڑا ہو۔

جمنا بائی کا کہنا سچ ہے، وہ نہ ہے، نہ نہیں ہے، اپنے بھگوان کے مانند ہے، ہے، پر کہیں نہیں۔ میرے پاس کام پر آنے سے پہلے وہ اس لیے مندر جاتی ہے کہ اسے وشواس ہوتا ہے، بھگوان وہاں اسے نہیں ملے گا۔ بھگوان کی مورتی کے آگے ماتھا رگڑتے ہوئے اگر اسے بے جان مورتی پر ذی جان ہونے کا گمان ہونے لگے تو خوف کی شدت سے اس کا ایمان چیخ بن کر اس کے منہ سے آ گرے۔ شعوری طور پر وہ اپنے بھگوان کو اس لیے مانتی ہے کہ غیر شعوری طور پر اسے بھگوان کے نہ ہونے کا یقین ہے۔

جمنا بائی بلا ناغہ مندر جاتی ہے۔

جمنا بائی، تمھیں اتنا کام کرنا ہوتا ہے۔ اپنے فالتو کام چھوڑ کیوں نہیں دیتیں؟

پھالتو کام؟

ہاں، مندر نہ جاؤ تو کیا ہرج ہے؟

رام رام بولو مالک۔ میری تو سویرے آنکھ ہی اس لیے کھلتی ہے کہ بھگوان کے درشن ہوں گے۔

اگر تمھیں سچ مچ بھگوان کے درشن ہو جائیں جمنا بائی تو؟...

رام رام بولو مالک، مجھ پاپن کو بھگوان کیا درسن دیں گے۔

نیک لوگ شاید اس لیے گناہ سے ہاتھ نہیں کھینچتے کہ خدا کے ساتھ شیطان سے بھی تعلق بنا رہے۔ آڑے وقتوں پر وہ نہیں سنے گا تو وہ کام آ جائے گا، مگر اس بات کا اطلاق جمنا بائی پر کیسے ہو سکتا ہے؟ وہ بے چاری تو نیک ہے، نہ بری... نیک بننا آج کل اتنا مہنگا پڑتا ہے کہ اچھے خاصے لوگ اس خرچ کو بڑی احتیاط برت کر اپنے بجٹ سے خارج کر جاتے ہیں۔ اتنا مہنگا زمانہ ہے، کوئی نیکی پر خرچ کرے یا روٹی پر۔

مگر جس طرح جمنا بائی کو نیکی کی توفیق نہیں، ویسے ہی اسے بدی کا بھی حوصلہ نہیں۔ کبھی حوصلہ کربھی لے تو کوئی الٹا سیدھا دھندا کرنے سے پہلے ہی پکڑی جائے۔

میں نے خواہ مخواہ جمنا بائی کی کہانی شروع کردی ہے۔ کوئی کہانی ہو تو کہانی بھی بنے۔ کسی انسان کی تصویر ہو۔ اس کی ایک طرف یہ خدا بیٹھا ہو اور دوسری طرف یہ شیطان، پھر اپنے آپ فرسٹ کلاس کہانی بن جائے، یا یہ نہیں، تو کسی درمیانے، درجے کی کہانی کے لیے اس انسان کے ساتھ کم سے کم صرف خدا بیٹھا ہو، یا صرف شیطان، یا یہ بھی نہیں تو وہ انسان کم سے کم انسان تو ہو۔

ایک بار میں نے جمنا بائی سے پوچھا، جمنا بائی، تمھارے جیون میں ایسی کوئی بڑی بات ہوئی ہے جو تمھیں ابھی تک نہ بھولی ہو۔

ہاں۔

میں خوش ہوگیا کہ جمنا بائی بے کہانی نہیں... بتاؤ۔

جمنا بائی اپنا باطن بلا جھجک ننگا کردیتی ہے، جیسے میری مرحوم بیوی میرے ذرا سے کہنے پر جھٹ اپنے کپڑے اتار دیتی تھی۔

بتاؤں کیسے، بابوجی؟ جے تو موجھے جاد ہے، کبھی کوئی ایسی بات ہوئی جرور تھی، پر جے یاد نئیں کے وہ بات کا تھی۔

لیجیے، بتایئے، جو عورت اپنی زندگی کو کھو کر جی رہی ہو اس کے بارے میں آپ کوئی اینٹی اسٹوری نہیں لکھیں گے تو کیا اسے کیمرے کے سامنے بٹھا کر کہیں گے اسمائیل پلیز!

میری مرحوم بیوی نے... اس کا چہرہ بھی بے نشان تھا، دودھ کے مانند سفید اور بے لکیر... اپنی موت سے چند روز پہلے جمنا بائی سے کہا تھا، بابوجی کا خوب خیال رکھنا جمنا بائی۔

اور وہ واقعی میرا بڑا دھیان رکھ رہی ہے، اتنا کہ مجھے احساس سا ہونے لگتا ہے کہ میں ہی اس کا بیمار پتی ہوں۔ کبھی کبھی مجھے بڑا سخت قسم کا فلو ہو جاتا ہے اور میرے انگ انگ میں سارے جہان کا درد بھر جاتا ہے اور میری اس حالت میں جمنا بائی کے ہاتھ جب بڑی فطری تشویش و رضا سے میرے جسم کو داب رہے ہوتے ہیں تو اس داب سے میں اپنے درد میں راحت آگیں ارتعاش محسوس کرنے لگتا ہوں۔ وہ مجھے سچ مچ کی عورت معلوم ہونے لگی ہے،

میرے بدن کی ہمراز۔ میرے جسم کے مزاج کا سارا احساس اس کی انگلیوں پر چلا آتا ہے اور...اور... میں شاید خواب دیکھ رہا ہوں۔ 'شاید' اس لیے کہ ہو سکتا ہے یہ خواب نہ ہو...اور زور سے دابو بائی...اور... یہاں ... یہاں ...درد کے سمندر میں اس کے نابینا ہاتھوں نے میرے ڈوبتے ہوئے بدن کو ڈھونڈ لیا ہے اور اسے کنارے پر کھینچ رہی ہے اور کنارے پر لاکر یہاں ڈال دیا ہے اور آپ بھی بے دم پڑ گئی ہے اور اس کے بے سدھ پڑے پڑے میں نے اسے...کیا یہ قابل یقین ہو سکتا ہے کہ...

چند ایک بار مجھے بے خواہش سا خیال آیا ہے کہ جمنا بائی اگر میری بیوی ہوتی، تو ہو بہو بیوی ہوتی، ایسی ہی، جیسی ہے... میں نے اپنی بیوی سے کبھی محبت نہیں کی، میری بیوی نے سدا میری ہر آسائش کا خیال رکھا، نہایت وفاداری سے میری ہر خدمت انجام دی۔ میں اپنی بیوی سے بڑا خوش تھا۔ میں جمنا بائی سے بھی بڑا خوش ہوں... کیا جمنا بائی میری بیوی سے کم ہے؟... نہیں، خوشی خوشی فلو کا شکار ہونا کسے پسند ہے؟ مگر جوڑ جوڑ میں سارے جہان کا کیچڑ، درد بھر آئے تو...؟ تو کیا؟... یہی، جو ہو جاتا ہے... نہیں، وہ بدچلن نہیں۔ میرے پاؤں ہی داب رہی ہوتی ہے، باقی جو بھی ہوتا ہے وہ میں ہی کرتا ہوں...

رجھا ہوا آدمی دراصل آپ ہی اپنے آپ سے ہم بستری کرتا ہے اور اسی کے بطن سے بھوک جنم لیتی ہے۔ دنیا بھر کے غریب اور بھوکے لوگ انہی خود پسند ہیجڑوں کی غیر فطری اولاد ہیں جو اپنے ساتھ ہی محبت کر کر کے محبت کرنے کے نااہل ہو جاتے ہیں، لیکن جمنا بائی ہر کسی کو یقین دلاتی رہتی ہے کہ میرے بابو جی بڑے دیالو ہیں۔

اس بھگوان کو تو کبھی دیکھا نہیں ساب، ہمارے پالن ہار تو ہمارے بابو جی ہیں۔

جمنا بائی پر ترس کھانا میری سب سے پسندیدہ غذا ہے جسے اس سے بہترین کون تیار کر سکتا ہے۔

وہ آج کل بیمار رہنے لگی ہے اور کئی بار کام پر نہیں آپاتی۔ پچھلے چار پانچ روز سے وہ کام پر نہیں آ رہی۔ مجھے اس کی غیر موجودگی کا احساس شدت سے ہو رہا ہے۔ خدا ساری دنیا کو رزق پہنچا سکتا ہے، مگر اپنا پیٹ بھرنے کے لیے ایک چپاتی بھی نہیں بنا سکتا۔ جمنا بائی جب ڈیوٹی پر موجود ہوتی ہے اور میرے گھر کے سارے کام بڑی مستعدی سے سنبھالے

ہوتی ہے تو اس کی طرف میرا دھیان نہیں جاتا، عین سامنے موجود ہوتی ہے، مگر دِکھتی ہی نہیں۔ مجھے اپنی بے حسی پر بڑا غصہ آتا ہے اور اسی کی بنائی ہوئی مزیدار کافی پیتے ہوئے میں جی ہی جی میں اپنے آپ کو اس سے بھی مزید ڈانٹ پلانے لگتا ہوں... میں کتنا اچھا ہوں کہ مجھے اپنی کوتاہی پر فوراً غصہ آجاتا ہے۔ اپنی بے انصافی بھی مجھ سے دیکھی نہیں جاتی۔ وہ غریب بھی آخر میری طرح انسان ہے، اس کے بھی کوئی احساسات ہوں گے...

دراصل جمنا بائی کو ہمدردانہ فہم سے پڑھے بغیر ہی میں نے اسے بے کہانی سمجھ رکھا ہے۔

جمنا بائی چھوٹی سی تھی تو اپنے ماں باپ کی بیٹی تھی... میں نے اپنے شک کو دبا کر اپنے آپ کو ڈانٹ کر سمجھایا ہے کہ وہ واقعی اپنے ماں باپ کی بیٹی تھی... مگر... شٹ اپ!... میں جو کہہ رہا ہوں کہ وہ بیٹی تھی... میں اپنے آپ سے جھٹ ہی اتفاق کر لیتا ہوں، سو میں نے مان لیا ہے کہ جمنا بائی کا بیٹی ہونا عین ممکن ہے۔ پھر یہ ہوا کہ اس کے ماں باپ مر گئے... کیا یہ بھی صحیح نہیں ہوسکتا کہ جب وہ زندہ تھے تو زندہ نہ تھے... شٹ اَپ... اچھا، بابا، لڑتے کیوں ہو؟... جب جمنا بائی کے ماں باپ مرے تو اصل میں وہ نہ مرے، بلکہ ان کی بیٹی مرگئی (ہاں، اب اسے بیٹی کون کہے گا) پھر جمنا بائی بھول گئی کہ وہ بیٹی ہے۔ وہ ابھی چھوٹی سی تھی کہ اس کی اتنی بڑی عمر کے شوہر نے اس سے شادی کر لی... مگر وہ اتنی بڑی تو ہوگئی ہوگی کہ اسے معلوم ہو، شادی کا کیا مطلب ہوتا ہے... نہیں اسے معلوم نہیں تھا ڈ مگر اس کے شوہر نے کسی باپ کی طرح اشاروں اشاروں میں... یا اس کی سمجھ میں نہ آتا ہوگا تو سختی برت کر سیدھے سیدھے سمجھا دیا ہوگا کہ شادی کا کیا مطلب ہوتا ہے...

چند روز میں اس کا بوڑھا شوہر مر جائے گا تو دراصل اس کا شوہر نہیں مرے گا، پھر اسی کی موت واقع ہوگی (ہاں، اب اسے بیوی کون کہے گا؟)... پھر؟... پھر کیا؟ اس کے شوہر کی موت کے بعد کیا اس بیمار بڈھے کی اپاہج خواہش زندہ رہے گی؟ روپا بھی بیساکھیوں کی چاہ جی میں لیے مرکھپ جائے گی تو وہ نہیں مرے گی، مرے گی اس کی ماں (ہاں، اب اسے ماں کون کہے گا؟)... اب باقی رہ ہی کون گیا ہے؟... جمنا بائی... جو بیٹی ہے، نہ بیوی، نہ ماں... اپنا نام ہی نام ہے۔ اسے دیکھ کر یہی لگتا ہے کہ ہمیں اس کا خیال سا آگیا ہے۔

اپنی بیماریاں جھیل جھیل کر اسے کیوں کر اپنے سچ مچ کوئی ہونے کا یقین نہ ہوگا؟

اپنا علاج کرو جمنا بائی، نہیں تو مر جاؤ گی۔

اب تو جی مانگتا ہے بابو جی، مر ہی جاؤں۔

کہنے کو سب کہہ دیتے ہیں کہ مر جائیں، لیکن اس کی آنکھوں میں جھانک کر میں ٹھنک جاتا ہوں۔ وہ واقعی مر جانا چاہتی ہے۔

پر جمنا بائی کو تو جینے کا تجربہ ہی نہیں، پھر اسے مرنے کی خواہش کیسے ہوگی؟... یا شاید مرے مرے ہی سہی، وہ جی ہی تو رہی ہے۔

چند ہی دن پہلے وہ کام پر آئی تو بخار سے اس کا بدن پھنک رہا تھا۔ مجھے غصہ آنے لگا کہ اس حالت میں بھی وہ کام پر کیوں چلی آئی ہے۔

جاؤ جمنا بائی، گھر جا کر آرام کرو اور علاج کرواؤ۔

ہکیم ساب نے ادھار پر پڑیاں دینے سے ناں بول دی ہے بابو جی۔

میں نے اسے پچیس روپے اس کی تنخواہ میں سے اور پچیس اوپر سے دے کر ہدایت کی، جاؤ علاج بھی کرواؤ، آرام بھی کرو اور... اور اچھی خوراک بھی کھاؤ اور...

میں اس کی تکلیف کو بھول کر اپنی حماقت پر کھلکھلا کر ہنسنے لگا۔

اور اپنے بیمار پتی کی سیوا اور علاج بھی کرو اور روپا کی بیساکھیوں کے لیے چند روپے بھی بچا کر رکھو اور...

اور میں نے آج ہی سنا ہے کہ جمنا بائی چل بسی ہے۔

مگر یہ دیکھیے، نامعلوم وہ کیوں کر اور کہاں سے کام پر بھی چلی آئی ہے... ہاں، وہی تو ہے۔

میں حیرت اور خوف سے ذرا پیچھے ہٹ گیا ہوں۔

میرا نام جمنا بائی ہے بابو جی۔ پتہ چلا ہے آپ کی کام کرنے والی مر گئی ہے۔

میں نے اطمینان کا سانس لیا ہے۔

ارے ہاں، آؤ!

◆◆◆

مقامات

نیند میں آدمی کی موت واقع نہ ہو چکی ہو تو وہ پو پھٹنے کے آگے پیچھے جاگ ہی پڑتا ہے، بہت دیر سے سہی، جمال نے بھی آنکھ کھول لی ہے، اس کا خواب ٹوٹ گیا ہے لیکن ابھی تک اس کی نظروں میں پیوند اُڑ رہا ہے۔

امی!... امی!...ی!... وہ ننھا سا ہے اور کھویا ہوا ہے اور رو رو کر اس کی گھگھی بندھی ہوئی ہے... امی!... ہر طرف لوگ ہی لوگ ہیں۔ اس کی طرف کوئی دھیان نہیں دے رہا اور اپنی ناک کی سیدھ میں چھوٹے چھوٹے قدموں سے چلتے ہوئے وہ اور کھوتا جا رہا ہے۔ کسی نے بھی اسے روک کر نہیں پوچھا ہے۔ ''کہاں جا رہے بالک؟'' مگر وہ بلک بلک کر بتا رہا ہے، امی! امی کے پاس!... اور پھر ایک دم دو بانہوں نے کہیں سے کوند کر اسے لپیٹ لیا ہے اور اپنی امی کو دیکھے بغیر اسے پتہ چل گیا ہے کہ وہ امی ہی ہے اور... امی کی پیشانی پر سے راستہ سیدھا ان کے گھر ہی کو جاتا ہے...

آؤ!...

جمال کے بچپن کے گالے پھر ایک دوسرے کی طرف کھنچ آئے ہیں۔ سپنا پھر گھنا اور گہرا ہونے لگا ہے اور اس کی آنکھیں مند گئی ہیں۔

''پڑھو! بسم اللہ الرحمٰن الرحیم۔ پڑھو، بسم اللہ...''

''بسم اللہ''

''الرحمٰن الرحیم''

''الرحمٰن''

''الرحیم''

''الرحیم''

''بسم اللہ الرحمٰن الرحیم''

''مولوی صاحب! لوگوں کے دس دس ہوتے ہیں، پر میرا تو ایک ہی ہے۔ میرے جمال کو جلدی سے قرآن حفظ کرا دیجیے۔ میں پورے دس کا نذرانہ پیش کروں گی''۔

''پڑھو جمال''۔

''پڑھ تو رہا ہوں مولوی صاحب''۔

''نہیں، دل سے پڑھو! خدا کے الفاظ کو دل سے پڑھو گے تو تمھاری آنکھیں کھل جائیں گی''۔

جمال نے آنکھیں کھول لی ہیں اور کھلی آنکھوں سے بھی اسے کچھ دکھائی نہیں دے رہا ہے تو اسے یقین آ گیا ہے کہ وہ ابھی سویا ہوا ہے۔

''ابھی ابھی تو امی ہمارے ساتھ تھی خورشید۔ کہاں گئی؟''

جمال نے گھبرا کر اپنی بیوی سے پوچھا ہے۔

''امی!... جاؤ خورشید۔ دیکھو، امی کہاں رہ گئی ہے۔ اس کی آنکھوں میں موتیا اترا ہوا ہے خورشید۔ جاؤ، ہاتھ پکڑ کر لے آؤ''۔

''امی نظر نہ آئے تو دوسرے بھی آپ کو دکھائی نہیں دیتے''۔

''جاؤ خورشید! امی بے چاری کہیں ٹھوکر کھا کر گر پڑے گی''۔

''مجھ بے چاری کی طرف بھی آپ کیوں دھیان نہیں دیتے؟ جب سے شادی ہوئی ہے ٹھوکریں کھائے جا رہی ہوں''۔

''جاؤ خورشید!''

''آپ کی بیوی بننے سے تو اچھا تھا میں آپ کی ماں ہی ہوتی''۔

''اچھا! تم یہیں ٹھہرو۔ میں خود''۔

''نہیں، میں گھر جا رہی ہوں''۔

''خورشید!''

''نہیں!''

نصف شب ہولی ہے اور ایک پاگل بڑھیا جمال کے کمرے کا دروازہ پیٹ رہی ہے۔

''نہیں، جمال بیٹے! دروازہ کھولو۔ میں پاگل نہیں ہوں۔ جمال۔ جمال!''

''سوجاؤ امی!''

''نہیں، بیٹے، دروازہ کھولو اور میرے پاس آؤ۔ میرے پاس آکر بیٹھو بیٹے''۔

''کھٹ کھٹ۔ ٹھ!''

جمال نے بڑی بے بس نظر سے بیوی کی طرف دیکھا۔''نیند کی ایک اور گولی دے آؤں خورشی؟''

''...رنا چاہتے ہیں تو دے آیئے۔ پہلی گولی دیے ابھی پورا گھنٹہ بھی نہیں ہوا''۔

کھٹ۔ ٹ۔ ٹھ ٹھ۔ کھٹ!

''سوجاؤ امی! کل سویرے آفاق بیٹے کا اسکول کا امتحان ہے۔ خدا کے لیے سوجاؤ''۔

''چپ چاپ لیٹے رہیے۔ زیادہ توجہ دیں گے تو امی کا پاگل پن بڑھ جائے گا''۔

''میں پاگل نہیں ہوں بہو۔ دروازہ کھولو۔ مجھے بھی اپنے پاس بٹھالو جمال بیٹے۔ میں دم سادھ کر بیٹھی رہوں گی۔ کھولو''۔

کھٹ۔ ٹھ!۔

''اف فوہ! خدارا اپنی ماں کو پاگل خانے بھیج دیجیے، یا ہم سب کو۔ سنیے، آفاق بھی جاگ پڑا ہے۔ ابھی ابھی سویا تھا۔ اس کا امتحان''۔

''جمال!.....جمال۔ ل!''...کھٹ کھٹ۔ ٹھ!

جمال نے دیوانہ وار اٹھ کر دروازہ کھولا ہے اور ماں کو تیزی سے کھینچ کر چارپائی پر پٹخ دیا ہے۔ وہ چیخنے لگی ہے اور...اور جمال کے کانپتے ہوئے ہاتھ اس کی طرف بڑھتے ہوئے اکڑنے لگے ہیں۔ اور وہ ایک دم سنبھل کر رک گیا ہے۔

''نہیں...!''

جمال اپنی مرحومہ ماں کے خالی بیڈ روم میں بیٹھا ہوا ہے اور اس کی آنکھوں میں اپنی ماں کی صرف ناک، یا صرف ماتھا یا سر یا کوئی اور حصہ گھوم رہا ہے...اب ماں کی آنکھیں

جھپک رہی ہیں۔ اب ہونٹ ہل رہے ہیں۔ اب ٹھوڑی... جمال اس کے انگوں کو جوڑ جوڑ کر اس کی پوری شبیہ بنا لینا چاہتا ہے۔ یہ ماتھا۔ اور یہاں یہ آنکھیں اور... لیکن ماتھا آنکھوں کی جگہ پر سرک آتا ہے... نہیں، اب وہ کبھی اپنی ماں کی صورت نہیں دیکھ پائے گا۔ اپنی ماں کی صورت اس کے دل ودماغ میں ٹوٹ پھوٹ گئی ہے... نہیں!...

جمال کے خوابیدہ چہرے پر جنبش ہوئی ہے۔ جیسے کوئی مچھلی کانٹے میں اٹک کر تالاب کی ساکن سطح پر پھڑ پھڑائی ہو۔

''امی تو پاگل تھی خورشید۔ اسے کیا معلوم تھا، وہ کیا کر رہی تھی؟ اس کی کل کائنات ایک میں ہی تھا اور جب میں نے بھی اس سے منہ موڑ لیا تو باؤلی اور باؤلی کیوں نہ ہو جاتی؟... تمھیں معلوم ہے خورشید اوپر اوپر سے تو میں اس کا علاج کروار ہا تھا لیکن جی ہی جی میں دعائیں مانگا کرتا تھا کہ خدا اسے اٹھا لے۔ ہاں خورشی، اور کیا؟ میں ہی اسے موت کی طرف دھکیلتا رہا ہوں۔ مگر بے ذہن ماں کو کبھی اپنے بیٹے پر شبہ نہ گزرا۔ ذہن ہوتا تو گزرتا۔ مگر مرنے سے چند گھڑیاں پہلے... تم نے دیکھا؟... وہ ایسے ہو گئی جیسے کبھی پاگل تھی ہی نہیں... اس نے باری باری ہم سب سے پیار کیا۔ میں سب سے آگے تھا لیکن مجھ سے وہ سب کے بعد ملی۔ جو ہمیں سب سے زیادہ عزیز ہوتا ہے خورشی، اس سے بچھڑنا ہم پل پل ٹالتے ہیں۔ ہے نا؟۔ وہ مجھے کس کر بھینچ لینا چاہتی تھی لیکن ہڈیوں کے گچھے میں اپنی بانہیں اٹھانے کا دم نہ رہا تھا۔ میں اس کی گود میں سر رکھ کر پھوٹ پھوٹ کر رونا چاہتا تھا لیکن۔ لیکن''۔

بادل کے ٹکڑے آسمان میں یکجا ہو کر نیچے اترنے لگے اور اترتے ہوئے پانی پانی ہو کر بہہ کر نکلے ہیں اور جمال غوطے کھائے جانے کے باوجود ڈوب نہیں رہا ہے۔ وہ بھی بہتا جا رہا ہے اور ایک پل کے نیچے سے بہہ گیا ہے تو پھر وہی پل آ گیا ہے اور پھر بہہ گیا ہے تو پھر وہی پل... پھر وہی... پھر... اور اس نے سر جھٹک کر اپنے آپ کو اس طلسمی عمل سے آزاد کرنا چاہا ہے۔

شاید وہ جاگ پڑا ہے؟۔ نہیں، ابھی نہیں۔

ایک بات سنو خورشید! سنو گی تو شاید ہنس دو گی... امی کو مرے ہوئے کتنے سال

ہو گئے ہیں؟ پانچ۔ نہیں، چھ۔ مگر مجھے لگتا ہے، امی مری نہیں، ہمیں یونہی وہم ہو گیا ہے وہ مر چکی ہے... ذرا سوچو۔ ماں مر جائے، ہماری زمین ہی مر جائے تو ہم کیوں کر اپنے پیروں پر کھڑے رہ سکتے ہیں؟... نہیں خورشی۔ ماں ہمیشہ زندہ رہتی ہے۔ کون سی ماں چاہے گی کہ اس کے لہلہاتے پودے کھڑے کھڑے سوکھ جائیں؟ قدرت معصوموں کے ساتھ بے انصافی نہیں برتتی، ماں ہمیشہ زندہ رہتی ہے۔ ہمیشہ!

''آئی آفاق!'' بیٹے کی آواز سن کر ماں سب کچھ چھوڑ چھاڑ کر اسی کی طرف بھاگی ہے۔

''لو بیٹے آ گئی۔!'' بس یہاں سے یہیں بھاگتے ہوئے آفاق کی ماں کو کئی سال بیت گئے ہیں۔

''بھئی خورشید! بیچ میں ذرا رک کے ہمیں بھی دیکھ لیا کرو''۔ جمال اپنی بیوی کا راستہ روک لینا چاہتا ہے اور اس پر ٹکٹکی باندھ کر ٹھٹھک جاتا ہے... وہی باؤلا سا چہرہ، دودھیلی ممتا میں ڈوبی ہوئی جھریاں، تشویش...

''اتنی رات ہو گئی ہے، آج بھی آفاق نہیں آیا۔ آفاق کے ابا سن رہے ہو؟ آفاق ابھی تک کیوں نہیں آیا...؟''

اور آفاق کا ابا اسے ایک ٹک دیکھے جا رہا ہے... خورشید!...

''جائیے، پتہ کیجیے، آفاق کے ابا!... ٹھہریے!۔ سنیے! نہیں، پہلے میری سنیے آفاق کے ابا۔ آج میں آفاق کے لیے چاند کا ٹکڑا دیکھ کے آئی ہوں''۔

''آؤ آفاق بیٹا۔ تم تو ہمارے ساتھ ایک منٹ بھی نہیں بیٹھتے۔ سنو۔ میں تمھارے لیے دلہن دیکھ کے آئی ہوں''۔

''نہیں۔ شادی میری ہے، آپ لوگوں کی نہیں۔ دراصل میں۔ سچائی یہ ہے کہ میری شادی ہو چکی ہے۔ اگر آپ لوگوں نے چاہا تو میں اپنی بیوی کو یہاں لے آؤں گا نہیں تو ہم دونوں الگ رہیں گے''۔

''الگ رہیں گے؟'' آفاق کے ابا! سن رہے ہو؟ ہمارا بیٹا ہم سے الگ رہے گا۔ مجھے چکر آ رہا ہے۔ مجھے تھام لو''۔

''آؤ بہو... آؤ بیٹی! تم تو میرے لاڈلے کی دلہن ہو۔ میں تم دونوں سے الگ کیسے رہ سکتی ہوں؟۔ آؤ!...''

پھر وہی پل آگیا ہے اور جمال غوطے کھا کھا کے اس کے نیچے سے بہہ گیا ہے۔ پھر ویسے ہی بار بار وہی پل۔ جمال نے اتنے زور سے سر جھٹکا ہے گویا وہ جاگ پڑا ہو۔

مگر وہ بدستور تار تار سویا پڑا ہے۔

''دیکھیے امی! اپنے بیٹے کی طرف کم توجہ برتا کیجیے''۔

''کیا کہہ رہی ہو بہو؟۔ میں نے تو اندھی باؤلی ہو کر اپنے آفاق کو اونچا کیا ہے''۔

''لیکن امی! اب تو میں اونچا ہو گیا ہوں نا!''

''لیکن مجھے تو اب بھی ویسے ہی منے سے لگتے ہو''۔

''میں اب منا سا نہیں رہا امی۔ آپ کے اس قدر پیار اور توجہ سے مجھے وحشت ہوتی ہے''۔

بادل دھرتی کو سوکھا چھوڑ کر آسمان کی طرف اٹھنے لگے ہیں۔ برس جاؤ، خدا کے لیے برس جاؤ۔

''آفاق کے ابا! آفاق کے...''

''ہاں بھئی خورشی، اتنی گھبرائی ہوئی کیوں ہو؟''

''بہو نے میکے سے کہلوا بھیجا ہے کہ وہ ہمارے ساتھ نہیں رہے گی۔ جب تک آفاق کوئی الگ بندوبست نہیں کر لیتا وہ میکے سے نہیں لوٹے گی... اب کیا ہوگا آفاق کے ابا... یہ کیا ہو رہا ہے خدایا؟... میرا خون پانی ہو رہا ہے لیکن تم کچھ بھی نہیں کر رہے ہو آفاق کے ابا!...''

''آفاق!... اِدھر آؤ بیٹا... نہیں، جلدی میں بھی ہو تو تھوڑی دیر بیٹھ جاؤ... میں تمھارا زیادہ وقت نہیں لوں گا... کیا یہ سچ ہے بیٹا، تم ہمارے ساتھ رہنا نہیں چاہتے؟''

''اس میں حرج ہی کیا ہے ابا؟ آپ سمجھتے کیوں نہیں۔ ہمیں اپنی زندگی اپنی طرح جینا ہے''۔

''ہمیں کون، بیٹا؟... تم اور بہو نا...؟ مگر بیٹا، تمھاری ماں کی اور ہم سب کی خواہش

ہے کہ ہمیں بھی ہموں میں شامل کیے رکھو... نہیں بنیا۔ پہلے میری بات ذرا آرام سے سن لو... ہماری محبت صرف ایک شخص کے لیے ہی کیوں نہ ہو، اس میں دراصل وہ ساری محبتیں بھی کام کر رہی ہوتی ہیں جو ہمیں اوروں سے بھی ہوں... ہاں بیٹا آفاق! ماں یا بہن سے پیار کیے بغیر کوئی اپنی محبوبہ سے پیار نہیں کر سکتا... ہاں بیٹا۔ جو سب سے پیار کرتا ہے وہی صرف ایک سے پیار کر سکتا ہے... اب جاؤ خدا تمھاری مدد کرے''۔

باہر کھنکھناہٹ سی محسوس کر کے جمال کے ماتھے کے بھیتر دونوں کواڑ ذرا سے ہلے ہیں اور کوئی آواز کیے بغیر چوپٹ کھل گئے ہیں اور وہ ابھی کواڑوں کے اندر باہر ہی ہے کہ اسے پیر سال ممتا کی آواز گرتی پڑتی سنائی دیتی ہے:

''آفاق کے ابا!... آفاق کے... نہیں، آفاق نہیں! میں پاگل نہیں ہوں...''

جمال نے بڑی گہری... تھمی ہوئی نظر سے بے تاب آواز کی پرچھائیں کو دیکھا ہے اور اسے اپنے بازوؤں میں بھر لینے کے لیے بے اختیار بڑھ آیا ہے...

''امی! میری پیاری امی!...''

◆◆◆

جاگیردار

وہ بارہ تیرہ سال کی بڑی معصوم شکل کی چھوکری تھی۔ دروازہ کھلتے ہی پہلے تو مجھے دیکھ کر اس نے اپنا ہاتھ جھٹ سے پیچھے کر لیا اور پھر جھجکتے ہوئے اسی ہاتھ کو آگے بڑھا کر بولی۔

''یہ چٹھی!—''

میں اس کے ہاتھ سے کاغذ کا پرزہ لے کر پڑھنے لگا۔

جنابِ عالی! میں آپ کے محلے میں ہی رہتا ہوں۔ کبھی بہت اچھے دن دیکھے تھے۔ آج بہت نازک صورتِ حال سے دوچار ہوں۔ اپنی بیٹی کو بھیج رہا ہوں، ممکن ہو تو کم سے کم پانچ روپے بھیج دیجیے تاکہ گھر میں ہانڈی پک سکے۔ آپ کے پیسے جلد ہی لوٹا دوں گا۔ شریف آدمی ہوں مگر...

میں نے آخری دو سطریں پڑھے بغیر چٹھی لکھنے والے کا نام دیکھنے کے لیے نظر نیچے سرکائی— جاگیردار— اور جیب سے پانچ کا نوٹ نکال کر لڑکی کے ہاتھ میں تھما دیا۔

مجھے یہاں رہائش اختیار کیے پورا ایک ماہ بھی نہ ہوا تھا اور اتنے بڑے محلے کے سبھی لوگوں سے تو کیا، اپنے فوری پڑوسیوں سے بھی ابھی تک ناواقف تھا— ہوگا کوئی غریب بےچارہ— میں دروازہ بند کر کے واپس اندر آ گیا۔

اس واقعے کو کوئی ڈیڑھ دو ماہ ہو لیے۔ میں ایک دن سنیما کے میٹنی شو کے لیے جانے کی تیاری کر رہا تھا کہ کسی نے دروازہ کھٹکھٹایا۔

دروازے پر وہی لڑکی کھڑی تھی۔

مجھے خیال آ گیا کہ شاید پیسے لوٹانے آئی ہے۔

"یہ چٹھی!—"

اس کے باپ نے اسی عبارت کے ساتھ پھر پانچ روپے مانگ بھیجے تھے۔ میں نے جلدی سے جیب سے دو روپے نکالے اور لڑکی سے کہا "یہی لے جاؤ"۔

لڑکی چلی گئی تو مجھے شرمندگی سی ہوئی— کوئی ایسی مجبوری ہی ہو تو سفید پوش اس طرح ہاتھ پھیلاتے ہیں۔ مجھے پانچ ہی بھیج دینا چاہیے تھے۔

اس کے بعد وہ لڑکی مجھے تین چار ماہ تک نظر نہ آئی اور پھر ایک دن دروازے پر ویسی ہی کھٹکھٹاہٹ ہوئی۔

وہی لڑکی کھڑی تھی۔

"یہ چٹھی!—"

جاگیردار نے عین اسی عبارت میں اب کے دس روپوں کا مطالبہ کیا تھا۔ میں نے مسکرا کر لڑکی کے ہاتھ میں اس دفعہ بھی دو کا نوٹ تھما دیا اور یونہی سوچنے لگا کہ بھلا آدمی اسی طرح مانگ کر وقت کاٹنے کا عادی معلوم ہوتا ہے— چلو، میں نے دو ہی تو دیے ہیں۔ سر جھٹک کر میں اپنے کام میں مشغول ہو گیا۔

گزشتہ سات آٹھ ماہ کے بیشتر ایام میں نے کاروبار کے سلسلہ میں گھر کے باہر بتائے۔ اس دوران وہ لڑکی کبھی آئی تو مجھے معلوم نہیں۔ آج صبح کے وقت میں دودھ والے کا انتظار کر رہا تھا۔ تھوڑی دیر بعد گھنٹی کی آواز سن کر میں برتن لے کر باہر آ گیا کہ دودھ ڈلوا لوں۔ دروازے پر دودھ والے کی بجائے ایک ادھیڑ عمر شریف پوش شخص کھڑا تھا۔

"میرا نام جاگیردار ہے"۔

"آیئے"۔

"نہیں، مختصر سی بات کرنا ہے۔ یہیں کہے دیتا ہوں"۔

"کہیے"۔

اس بار لڑکی کو چٹھی دے کر نہیں بھیجا، آپ ہی حاضر ہو گیا ہوں— مجھے آپ سے یہ درخواست کرنا ہے کہ—

میں نے اسے روپیہ دو روپے دینے کے لیے جیب میں ہاتھ ڈالا۔

''نہیں، ٹھہریے، پہلے میری گزارش سن لیجیے — میں اپنی چٹھیوں میں جو رقم لکھوں، مہربانی کر کے آپ وہی بھیجا کریں''۔ میں اس کی طرف حیرت اور غصے سے دیکھنے لگا۔

''میری بیٹی اب پوری جوان ہو چکی ہے جناب، اب تو آپ کو پورے ہی پیسے چکانے ہوں گے!!''۔

◆◆◆

مہاجر

میں فقیر حقیر تمھیں اپنے بول کیسے سمجھاؤں؟ میں تو سننے والوں کو صرف اس لیے سننے کی تلقین کرتا رہتا ہوں کہ وہی مجھے میرے بول سمجھا دیا کریں۔ ہاں، تمھارا اعتراض غیر معقول نہیں کہ کوئی اپنے ٹخنوں میں کیوں کر بود و باش اختیار کر سکتا ہے، مگر جو ہو گیا، ہوا تو وہی— ہاں، بھائی، مجھ کھوسٹ کو سنانا نہیں آتا پر تمھیں سننا تو آتا ہے۔ آگے سنو۔ میری جوانی کے دن میرے بائیں ٹخنے میں ایک گرد آلود بستی میں بسر ہوئے۔ نہیں، بہت بڑی بستی تھی اور بیسیوں میل کی بالائی مسافت میں میرے گھٹنوں کے آس پاس تک پھیلی ہوئی تھی اور اس ساری بستی میں ایک میں ہی میں آباد تھا۔ نہیں، ٹھہرو۔ میرے علاوہ میرے دادا میاں چوہدری سلامت اللہ خاں بھی تھے جن کی پاؤ پاؤ بھر سفید مونچھوں کا تاؤ دونوں جانب اتنا اٹھا ہوتا کہ ان کی آنکھیں چبھنے لگتیں۔ دادا میاں کو بھی کوئی اور نہ دِکھتا تھا— میں؟— میری اور بات ہے۔ میں تو ہر لحظہ ان کے سامنے ہوتا۔ ہاں اس وقت بھی، جب سامنے نہ ہوتا وہ میری طرف اشارہ کر کے کہا کرتے، دیکھو، میں ابھی تک جوں کا توں جوان ہوں۔ ہاں، اسی لیے مجھے دادا میاں کی بجائے اپنا آپ ہی اپنا دادا معلوم ہوتا۔ ابا میاں؟ میرا مولا مجھے معاف کرے ابا میاں کا پدرانہ تحکم محسوس کر کر کے میرا خون کھولنے لگتا کہ کوئی فرماں بردار بیٹا بھلا اس مانند اپنے باپ سے پیش آتا ہے— سن رہے ہو؟— اپنی جوانی میں ساری دنیا بس ایک میرے لیے تھی اور میں، ایک بس اپنے لیے، میرے نزدیک میرے اپنے سوا ہر کوئی ہیچ تھا۔

ارے، سو گئے؟— اٹھو! نہیں سوتے رہو، جب تک سورج کی روشنی آنکھیں کھانے کو دوڑتی ہے، سوئے پڑے رہو۔ ہاں، صبح دم تو ہوا سولہ سنگار کر کے نکلی تھی مگر حکمراں اسے

اپنے محلوں میں اڑا لے جاتے ہیں اور دن بھر اس کی آبروریزی کرتے رہتے ہیں اور پھر شام ہوتے ہی اسے تاریکیوں میں بھٹکنے کے لیے چھوڑ دیتے ہیں۔ ارے بھائی میرے، میں کوئی سنی سنائی نہیں سنا رہا، اپنے ہی کیے کا اعتراف کر رہا ہوں۔ میری ساری جوانی اسی طور تو بیتی ہے اپنے بائیں نتھنے کی بستی میں، میں جس لڑکی کو بھی چاہتا سبھوں کے سامنے دن دہاڑے اسے چٹکیوں میں غائب کر دیتا— قاعدہ قانون؟— قاعدہ قانون تو حکمرانوں کی سواری ہوتا ہے، جدھر وہ چاہتے ہیں ادھر ہی اس کی لگام موڑ کر نوٹ پڑتے ہیں۔ دادا میاں نے میری مہم جوئی پر خوش ہو کر میرے چچا چوہدری انعام اللہ خاں کی بیٹی مہرالنساء کا ہاتھ میرے ہاتھ میں دینے کا ٹھہرالیا۔ مہرالنساء واقعی بڑی خوبصورت نکلی تھی۔ محبت؟— جس کے نزدیک اپنے سوا کوئی بھی قابلِ اعتنا نہ ہو وہ محبت کیا کرے گا؟ نہیں میں شادی وادی کے چکر میں بھی نہیں پڑنا چاہتا تھا، مگر ہوا یہ کہ مہرالنساء نے مجھے قبول کرنے سے دوٹوک نا کہہ دی۔ اب میں اڑ گیا کہ ہماری شادی ہو کر رہے گی۔ پھر؟— پھر یہ ہوا کہ مہرالنساء نے چپکے سے ہمارے پڑوس کے مرزا قطب الدین کے لڑکے سے نکاح پڑھوالیا اور دونوں کہیں رفو چکر ہو گئے۔

سن رہے ہو؟— ارے بھائی، ہنکارا بھرتے بھرتے اچانک اونگھنے لگتے ہو— ہاں، بوڑھے تو ہو لیے ہو، پر اتنے ہی جتنا میں— ہاں، تم ٹھیک کہتے ہو۔ میں تو جاگتے میں بھی سویا پڑا رہتا ہوں۔ کیوں؟ کیوں کہ میں کوئی کام اپنی مرضی سے ہاتھ میں نہیں لیتا ہوں، نہ اسے انجام دیتا ہوں، مانو اسے کوئی اور ہی انجام دے رہا ہو اور مجھ فقیر حقیر کا بس یہی کام ہے کہ میری نیک دعاؤں کے عوض میرا بھیک کا کاسہ خالی نہ رہے، بس میرا پیٹ بھرتا رہے، مگر پیٹ بھر جانے پر ذرا آنکھ لگ جاتی ہے تو اپنے خوابوں کی دنیا میں قدم دھرتے ہی میں خودمختار ہو جاتا ہوں— سن رہے ہو؟ کوئی مضائقہ نہیں، سوئے پڑے رہو۔ خوابوں میں داخل ہوئے بغیر احساس نہیں ہوتا کہ کائنات کتنی بڑی ہے اور ہم کتنے کارگر ہیں۔ باہر؟— باہر تو ہم صرف یہاں سے وہاں تک ہوتے ہیں، صرف وہیں، جہاں جا پائیں۔ اپنے بھیتر ہی بھیتر تو ہم چشم زدن میں کہیں سے کہیں جا پہنچتے ہیں— اور کیا؟ میں اور، کس لیے یہ دعویٰ کرتا پھرتا ہوں کہ کہاں ہے جہاں میں نہ گیا ہوں۔ یہی تو ہے... ہماری ساری مسافتیں

ہمارے اندر ہی واقع ہوتی ہیں۔

مہرالنساء؟ میں دانت پیستا رہ گیا اور مہرالنساء اپنے دولہا کے ساتھ فرار ہوگئی۔ دادا میاں؟— دادا میاں بھی آگ بگولہ ہوگئے اور حویلی کے آنگن میں نصب خاندانی توپ کا منہ مرزا قطب الدین کی دیوار کی طرف موڑ دیا، مگر توپ میں کچھ بارود بھی بچا کھچا رہ گیا ہوتا، تب نا، نوے سال سے بھی اوپر ہو لیے تھے۔ حویلی میں اپنی کوٹھری سے برآمد ہو رہے ہوتے تو مانو سیدھا عدم آباد کا رُخ کیے ہوتے۔ ایک دن غصے میں بڑبڑاتے ہوئے واقعی ادھر ہی نکل کھڑے ہوئے۔

'دادا میاں؟—''

''نہیں، مجھے روکو مت''۔

''پر جا کہاں رہے ہیں؟—''

''اور کہاں؟ مہرالنساء کی گوشمالی کے لیے''۔

''مگر—''

''نہیں، وہ مر کھپ چکی ہوگی، جو اپنے والدین کے گھر سے بھاگ نکلی اس میں اتنی شرافت کہاں، کہ وہ ابھی تک اپنے شوہر کے یہاں پڑی ہو''۔

دادا میاں کی روانگی کے بعد میں نے بھی رختِ سفر باندھا اور اپنے بائیں ٹخنے کی گرد آلود بستی سے گھٹنوں کی سرحد پار کر کے یہاں پیٹ کے نیچے دونوں ٹانگوں کے بالائی درمیان آن پہنچا اور یہیں ڈیرہ ڈال لیا۔ ہاں، فرنگستان کا یہ نقشہ بغور دیکھ لو تا کہ بھولے سے بھی اُدھر کا رخ نہ کرو۔ میرا مولا مجھے بخشے، شیطان سے میری ملاقات یہیں ہوئی— دیکھنے میں وہ اتنا خوبرو اور باکمال تھا کہ کسے معلوم، مولا نے ہمیں اسی سے بچنے کی ہدایت کر رکھی ہے؟

جاگ رہے ہو؟ اس تاریک خطے میں مصنوعی روشنیوں کی یلغار کا عالم تھا۔ کہیں کوئی چھوٹا سا کونہ بھی نہ تھا، جہاں بھلے لوگ فطری اندھیرے کی خنک حدت میں چین سے لمبی تان لیں۔ نہیں، مجھے کیا پڑی ہے کہ غلط بیانی سے کام لوں؟ ہر شخص کھڑے کھڑے جوں کا توں آنکھوں پر عینک جمائے ہوئے ہوتا تھا گویا خوفزدہ ہو کر ایک بار آنکھیں مُند گئیں تو قبر

میں اتار دیا جائے گا، یعنی جو ذرا واقعی سو گیا وہ اسی دم مرا۔ ہاں، اور کیا؟ میری آنکھیں وہاں جاگ جاگ کر اتنی چوڑی ہو گئی ہیں کہ نظر دھندلا کر رہ گئی ہے۔ یہاں کا کوئی واقعہ سناؤں؟— وہیں کا یہ سانحہ تو سنا رہا ہوں۔ لوگ جب روشنیوں کی یلغار میں کھڑے کھڑے اپنی دانست میں سو رہے ہوتے تو ہر کسی کے یہاں دفعتاً کوئی جہنمی پری وارد ہوتی اور اس کی طلسمی خوشبوؤں سے اس شخص کی آنکھیں آپ ہی آپ مند جاتیں اور پھر وہ اس کی آبروریزی میں جٹ جاتی اور جب اس کا جی بھر جاتا تو اپنی راہ لیتی۔

مولا کی رحمت کا حساب نہیں کہ اسی زندگی میں میری سزا کی تدبیر ہو گئی، ورنہ قبر میں بے تاب ہو ہو کر پہلو بدلتا رہتا اور مر کے بھی مرنا نصیب نہ ہوتا— ہاں، بھائی، یہی بتانے تو جا رہا ہوں۔ مجھے سنانا نہیں آتا، پر تم تو سن پانے کے دعویدار ہو۔ سنو اور محسوس کرو کہ ستمگرانہ سابقوں میں بھی کیوں کر اللہ کی رحمتیں مضمر ہوتی ہیں۔ ایک دفعہ اس جہنمی خطے کی ایک بے دل پری کو لگا کہ اس کے افسوں سے میرا دم نکل گیا ہے۔ اس نے مجھے بے پروائی سے میرے پیٹ کی بالائی سرحد پر گندے خون کی خلیج میں پھینک دیا۔ رضائے حق کا یہ کرشمہ تھا کہ میں بچ گیا اور بہتے بہتے دل کے جزیرے پر آ لگا۔ یہیں مہر النساء نے مجھے میرے دل کی بستی کے کناروں پر پڑا پایا۔ مجھے قبول کرنے سے انکار کر کے وہ دراصل میرے دل میں آ بسی تھی۔ اس نے میرے جسم اور روح کی تیمارداری میں دن رات ایک کر دیے اور یوں میری جان میں جان آئی۔

سن رہے ہو؟— میری جان میں جان تو آ گئی مگر جسے میں مہر النساء سمجھ رہا تھا وہ میرے سنبھلتے ہی نا معلوم کیوں کر یکبارگی معدوم ہو گئی۔ وہ نہایت غمگین تھی مگر اپنے غم میں بیکل ہونے کی بجائے دردمند متانت اور ٹھہراؤ سے میری تیمارداری میں مگن تھی۔ اس کا چہرہ کسی پاک دامن بیوہ کے چہرے کے مانند بے خواہش تھا اور میری صحت کے سوا اس پر اور کسی خواہش کا سراغ نہ ملتا تھا۔ ہاں، مجھے یہی خیال گزرا کہ اس کا شوہر انتقال کر چکا ہے اور اگرچہ وہ اپنی خواہش سے بے خبر ہے تاہم بہر حال میری خواہش مند ہے۔ اس سے پیشتر مجھے بھی کیا خبر تھی کہ وہ میرے ہی دل میل جاگزیں ہے؟ مگر جاگزیں تھی تو پھر اچانک غائب کہاں ہو گئی؟ ایسے غائب ہوئی مانو وہ وہاں تھی ہی نہیں۔

ہاں، یوں ہی ہوگا۔ وہ وہاں تھی ہی کہاں؟ دل کی بستی تو ہجر کی قیام گاہ ہوتی ہے۔ میں تو جی ہی جی میں اس سے یہاں سر جوڑے بیٹھا تھا اور وہ اس وقت بڑے مزے سے اپنے شوہر اور بچوں کے ساتھ کہیں بسر کر رہی تھی۔ میں نے اپنی خواہش کو ہی اس کی خواہش پر محمول کر کے باور کر لیا کہ وہ بیوہ ہو کر میرے پاس لوٹ آئی ہے اور ہم دونوں نے فوراً شادی کر لی ہے اور — اور بتاؤں، کیا؟ مجھے کوئی خونخوار جنگلی جانور سمجھ لو جسے جو بھی شے یا جان دار نظر آتا ہے وہ اسے کھانے کی شے سمجھ کر جھٹ منہ میں ڈال لیتا ہے اور جب اس کی مادہ اس کے پاس آتی ہے تو وہ اپنی چاروں ٹانگیں اوپر کر کے اس کے سامنے لیٹ جاتا ہے اور اس کے دانتوں میں کٹ کٹ کر اسے بڑا مزہ آتا ہے— کھاؤ یا خوراک بن جاؤ— مجھے اپنی جانوریت سے گھن آنے لگی اور میں اپنے آپ کو سمجھانے لگا، خدا کا شکر ادا کرو کہ اس بائیں ٹخنے، گھٹنے اور ٹانگوں کے بالائی درمیان سے دل تک آن پہنچے ہو، اپنی بخشش کی دعا مانگو اور اپنی محبوبہ کو فی الحقیقت چاہتے ہو تو اس کی اور اس کے شوہر کی اور ان دونوں کے بچوں کی باہمی خوشحالی چاہو— میں سجدے میں گر گیا اور صدق دل سے دعا مانگنے لگا مگر میرا مولا مجھے معاف کرے، دعا مانگتے ہوئے بھی میں چاہ رہا تھا کہ میری مہر النساء لٹ پٹ جائے اور بیوگی سے تار تار ہو کر مجھے در بدر ڈھونڈتی پھرے— میں اپنے آپ پر لعنت بھیجتا رہا، اور آخر دل برداشتہ ہو کر میں نے کان کھدوا لیے اور سبز چوغا پہن کر گلے میں بڑے بڑے منکوں کی مالا لٹکا لی اور ہاتھ میں کاسہ لے لیا اور فقیر ہو گیا۔

ارے میں فقیر حقیر بوئے جا رہا ہوں اور تم گہری نیند سو رہے ہو۔ اٹھو شام سر پر آ کھڑی ہوئی ہے— اچھا، ذرا اور سو لو۔ ذرا اور سو لو گے تو شاید ذرا اور بہتر انسان بن جاؤ گے اور پچھتاوے کے اہل ہو جاؤ گے— نہیں، بھائی، نیک جینا پچھتاوے کے بغیر ممکن نہیں، لہٰذا ان گناہوں پر بھی پچھتا لو جو ابھی تم سے سرزد نہیں ہوئے۔ کیوں؟— کیسے بتاؤں، کیوں؟ یوں کہہ لو جو کچھ ابھی ہونا ہوتا ہے وہ ہم اپنے گمان میں کر چکے ہوتے ہیں۔ کیسے؟ کیسے بتاؤں کیسے؟— یا پھر ایسے کہ جو کچھ ہو لیتا ہے، ہو لینے کے بعد وہ بھی گمان میں ہی ہوتے ہوئے محسوس ہوتو ہو، پھر؟— پھر کیا؟ جو ہو گیا وہ بھی ہو گیا اور جسے ابھی ہونا ہے، وہ بھی— پھر؟— پھر صرف یہ کہ کچھ کرنے سے پہلے ہی متاسف ہو لو— ہاں جیسے

کیسے پر۔

سمجھ میں نہیں آ رہا؟— میری سمجھ میں بھی کہاں آ رہا ہے؟ مجھے خیالوں میں ہی اتنا کچھ پیش آ جاتا ہے کہ میں اپنے سننے والوں کا منہ تکتا رہ جاتا ہوں اور میرے سننے والے، میرا۔ لو تمھیں ایک چھوٹا سا واقعہ سناتا ہوں۔ یہی دل کی بستی میں مجھ فقیر حقیر کا بھوک و پیاس سے دم خشک ہو رہا تھا۔ مولا پاک کا حکم ہے کہ خواہ مخواہ موت کو نہ روکنا گناہ کبیرہ ہے، پس میں نے ایک پھل فروش کی دکان سے خیال ہی خیال میں انگور کے گچھے اڑا کر بھوک و پیاس مٹالی اور پھر چوری کا پچھتاوا محسوس ہوتے ہی چپ چاپ پھل فروش کے سامنے اپنے گناہ کا اعتراف کر لیا۔ اس نے مجھ سے انگور کے گچھوں کی قیمت طلب کی۔ نتیجہ یہ ہوا کہ قاضی سے مجھے پانچ کوڑوں کی سزا ملی۔ کوڑے کھا کے مجھے اذیت تو ہوئی پر اس سے بھی بڑھ کے اس وقت راحت ہوئی جب نیند میں مہر النساء نیم گرم پانی کی پٹیوں سے تا دیر میرے زخم ٹکورتی رہی۔

سنا؟ مہر النساء میرے زخم ٹکورتی رہی— پچھتاوے کے کوڑے کھا کے بھی میں نے یہی کیا کہ ایک اور اعتراف کا حیلہ ہو جائے... نہیں، بھائی، دل کی بستی میں جو بھی کر لو اس پر بالآخر پچھتانا ہی پڑتا ہے۔ میں نے دل کی بستی سے بھی مہاجرت کا طے کر لیا اور موقع پاتے ہی سفر پر چڑھ نکلا— نہیں، بلندیوں میں قدم جمانے کی جگہ کہاں ہوتی ہے؟ پھر بھی میں نے ہمت کی اور کندھوں پر سوار ہو کر پاؤں لٹکا لیے— اپنے کندھوں پر سوار آدمی کتنا مضحکہ خیز معلوم ہوتا ہے مگر لوگ باگ میری سواری کی سج دھج سے مرعوب ہو کر تالیاں پیٹنے لگے تو میں بھی جھٹ ان میں شامل ہو گیا اور ان ہی کے مانند اپنے گن گاتا رہا اور آگے کا سفر میرے ذہن سے محو ہو گیا— پھر؟— پھر لوگ جب گھروں کو لوٹ گئے تو مجھے پتہ چلا کہ میں نے تو راہ کی گرد میں ہی مقام رکھا ہے۔ وہاں سے اٹھ کر کسی طرح میں یہاں آنکھوں میں آ نکلا۔ زندگی کے اس آخری کنارے پر واقع اس شہر افسوس میں، جہاں سے ہم اپنے سارے ماضی کو پلکوں میں دیکھ اور پرکھ سکتے ہیں اور زندگی رائیگاں معلوم ہونے لگتی ہے، یعنی سب ڈھونگ تھا۔ مجھے جو بھی پیش آیا اس سے محض میری مصروفیت کا سامان ہو گیا۔ ہمیں کچھ نہ کچھ تو کرنا ہی ہوتا ہے۔ نفرت یا محبت جو بھی— ہاں، جیسے پیش آیا ویسے ہی

کرلیا۔ مہر النساء؟— ہاں مجھے مہر النساء پیش آگئی۔ ہاں، بھائی اور کیا؟ اگر وہ انکار نہ کرتی تو میں بڑی سرگرمی سے بچے اور مونچھیں پالنے میں مصروف رہتا۔

ارے، شام کتنی گہری ہو لی ہے!۔ اٹھو اندھیرا ہوتے ہی ہمیں آسیب زدہ مقامات سے باہر نکل جانا ہے— نہیں، اٹھو، اس شہر افسوس میں اس طرح چت پڑے رہ گئے تو وہاں کیسے پہنچو گے؟ ہمیں وہاں پہنچنا ہے۔ آؤ میں تمھیں بتاتا ہوں، کہاں؟۔

سنو، ہمیں اپنی آنکھوں کے اوپر سیدھا اپنی پیشانی پر پہنچنا ہے جہاں ہم دیکھ نہیں پاتے، صرف نظر آتے ہیں اور جسے نظر آجائیں وہ ہمیں اپنی سانسوں میں بھر لیتا ہے۔ ہاں جسے بھی نظر آجائیں۔ یہ اور وہ اور تم۔ اور تم۔ اور تم۔ اور—

آؤ، ڈرتے کیوں ہو، اپنے ماتھے—اپنے مقدر تک رسائی حاصل نہ کرو گے؟۔

◆◆◆

مارکیٹ اِکانومی

یو۔ایس۔اے کا دیو قامت ہوائی جہاز دلی ایئرپورٹ پر اترتے ہوئے کوئی بھیانک میزائل معلوم ہو رہا تھا جو زمین کو چھوتے ہی پھٹ جائے گا اور پھٹتے ہی ساری دلی کو زیروزبر کر کے رکھ دے گا، مگر ہوائی جواز کے ہزار پایہ کمپیوٹر نے اسے اتنے غیر محسوس طور پر زمین پر لا اتارا کہ مسافر لینڈنگ کے بعد بھی اپنے گدوں پر بیٹھے بیٹھے بدستور ہوا میں اڑے جا رہے تھے۔

''لیڈیز اینڈ جنٹلمین، دا ٹمپریچر آؤٹ سائیڈ از ٹوئنٹی فائیو اسٹار سیلسیس''۔

''جسٹ دا ٹمپریچر فار سے بل گلوبل مارکیٹ''۔ ولیم ہٹ مین اپنے پہلو میں بیٹھی تربیت یافتہ نیگرو سکریٹری بلیک برڈ کی طرف دیکھ کر ہنسنے لگا۔''میں نے سنا ہے برڈی، کہ ہندوستان میں موسم اچھا ہو تو کوئی نہ کوئی وبا پھوٹی ہوتی ہے''۔

''میں چیک کر چکی ہوں''۔ بلیک برڈ نے فخریہ جواب دیا۔'' دہلی ٹھیک ٹھاک ہے۔ البتہ دہلی سے کوئی ساٹھ کلومیٹر دور ایک شہر میرٹھ میں کنجیک ٹیوائٹس کی وبا پھیلی ہوئی ہے''۔

''کنجیک ٹیوائٹس۔یعنی؟...''

''آنکھوں کی بیماری ہے جس سے...''

''نو مائی ڈیئر، ایکسپلین مت کرو۔ ہمیں یہاں کنجیک ٹوائٹس کی کوئی دوا ٹریڈ کرنا ہے؟''وہ اپنی سیٹ سے اٹھنے کی تیاری کرنے لگا۔'' آؤ، اب باہر نکلیں''۔

وہ دونوں اٹھ کر جہاز کے دروازے پر پہنچے تو ایک ہوسٹس نے جلدی میں ان کا پیچھا کر کے ہٹ مین کو اطلاع دی کہ میڈم اور لالہ سادھو رام نے ٹیلی فون پر...نو کوٹ دیم... ڈھیروں گڈ وِشیز بھیجی ہیں...

'' تھینک یو!'' ہٹ مین اسے ٹوک کر اپنی پرسنل سکریٹری کو مسکرا کر بتانے لگا۔

''ہمیشہ یاد رکھو برڈی، نیک خواہشات اور تحائف کی مارکیٹنگ ہمیشہ بڑے التزام سے سجا کر کی جاتی ہے، ڈھیر بنا کر نہیں''۔

جواباً اس کی سکریٹری کے علاوہ ہوسٹس بھی مسکرانے لگی اور اسے اپنی سکریٹری کی طرف متوجہ پا کر اسی کی طرف منہ کیے لالہ سادھورام کے پیغام کو جلدی جلدی پورا کر دیا۔

''اور کہا ہے کہ وہ دونوں لانج میں آپ کے منتظر ہیں''۔

'' تھینک یو!'' ہٹ مین نے اس کی طرف دیکھے بغیر کہا اور اپنی سکریٹری کی کمر میں ہاتھ ڈال کر جہاز کی سیڑھیاں اترنے لگا۔ '' مگر تم نے تو مجھے بتایا تھا برڈی، کہ لالہ سادھورام اور اس کی بیوی ایک دوسرے سے طلاق لے چکے ہیں''۔

بلیک برڈ نے سیڑھیوں پر ہی رک کر اپنے باس کو جواب دینا چاہا مگر اپنے پیچھے آتے ہوئے مسافروں کو دیکھ کر وہ ویسے ہی چلتی رہی اور اپنی کمر پر اس کی متحرک انگلیوں کا لمس محسوس کر کے یہ سوچ کر مسکرا دی کہ اس کا باس شاید بے دھیانی میں کورے چیک کی چکنی سطح پر کوئی ہندسہ لکھ رہا ہے۔

وہ سیڑھیوں سے نیچے اتر آئے تو وہ ہٹ مین کو بتانے لگی۔ '' تم نے مجھے غلط سمجھا ڈِلی''۔

'' مگر میں نے کیا غلط سمجھا؟''

'' یہی کہ، ہمارے لالہ اور اس کی بیوی نے ایک دوسرے کو چھوڑ رکھا ہے۔ وہ تو انھوں نے اپنے انکم ٹیکس صلاح کار کی رائے پر یونہی سی سرکاری طلاق لے رکھی ہے''۔

ولیم ہٹ مین ہنسنے لگا۔

'' یہ یونہی سی سرکاری طلاق کیا ہوتی ہے مائی ڈیئر برڈی؟''

بلیک برڈ نے بڑی سنجیدہ ہو کر اسے سمجھانا چاہا مگر اس نے اسے ٹوک دیا۔ '' نہیں، سمجھاؤ نہیں، مائی انوسینٹ برڈ۔ میں سب جانتا ہوں''۔ اس کا متحرک ہاتھ اپنی سکریٹری کی کمر پر ایک بڑا موٹا ہندسہ لکھنے کے لیے کمر کے آخری سرے تک صفروں میں اضافہ کیے جا رہا تھا۔ '' اگر میرا انکم ٹیکس وکیل مجھے مشورہ دے تو میں بھی جھٹ اپنی اولڈ گرل کو طلاق

دے دوں اور جانتی ہو، کیا؟..." اس نے بلیک برڈ کی طرف دیکھتے ہوئے مسکرا کر اپنی ایک آنکھ میچ لی۔ "اور..."

"ہاں، ہاں، اور؟..."

"اور تم سے شادی کرلوں"۔

بلیک برڈ اپنی مسرت کے ڈرامائی اظہار کے لیے اس کے بازو سے باہر اچھل آئی۔ "سچ؟ پھر تو ولی، میں تم سے شادی کرنے کے لیے آج سے ہی تمھارے وکیل سے عشق کرنا شروع کر دواں گی"۔

"ہاؤ بیوٹی فلی مس چیؤس!" ہٹ مین اسے پُرتوصیف نظر سے دیکھتے ہوئے کالے حسن کے طلسم سے مسحور سا دکھائی دینے لگا۔

جب وہ ایئرپورٹ کے لانج میں پہنچے تو ایک مختصر سے گروپ کے آگے ہٹ مین اینڈ لالہ فنانس (انڈیا) کا کوچیئر مین لالہ سادھورام اور اس کی بیوی اپنی کمپنی کے چیئر مین کی راہ میں آنکھیں بچھائے ہوئے تھے۔ لالہ سادھورام اپنے مغربی سوٹ کے باوجود سر پر پگڑی باندھے ہٹ مین کو مشرقی کہانیوں کا کوئی تماشہ گر سا معلوم ہوا۔ ہٹ مین کا امریکی نمائندہ خاص برائے انڈیا جیکل نارمن بھی ان دونوں کے پہلو میں نشان فجائیہ سا بنے سیدھا کھڑا تھا اور انھیں دیکھتے ہی ان کی جانب دوڑ آیا تھا۔

"ہیلو! ڈیئر اولڈ راسکل"۔ ہٹ مین نے اس کے کندھوں کو اپنے دونوں ہاتھوں میں لے لیا۔ "ایوری تھنگ آل رائیٹ؟"

"نیور سو گڈ اِن ڈیڈ!"

اس سے الگ ہو کر ہٹ مین لالاؤں کی طرف بڑھا۔

لالہ سادھورام ابھی اسے پہچان بھر دیکھ بھی نہ پایا تھا کہ رنگ دار ریشمی ساڑی میں لپٹے اور ماتھے کو سرخ ٹیکے سے خونریز کیے اس کی بیوی لپک کر ہٹ مین کی طرف آئی اور اتنی سرعت سے موٹے موٹے گنوں کا ایک نہایت لمبا ہار اس کے گلے میں ڈال دیا کہ اسے لگا وہ خود آپ ہی اس کے گلے میں جھول گئی ہے۔

"آئی ایم مسز لالہ۔ اوشا سادھورام"۔ اس نے ہٹ مین کے اندازے کی تصدیق

کرتے ہوئے اضافہ کیا۔ ''ویلکم ٹو انڈیا!''

''تھینک یو، مسز لالہ''۔

''ہاؤ ڈو یو ڈو، مسٹر ہٹ مین؟'' لالہ سادھو رام نے بھی موقع پا کر ہاتھ بڑھا دیا۔

''امید ہے آپ کا سفر مزے سے کٹا ہوگا؟''

''ہاں، بہت مزے سے''۔ لالہ سادھو رام سے بڑے کاروباری تپاک سے ہاتھ ملاتے ہوئے اس نے لالہ کو بلیک برڈ کی طرف دیکھتے پایا جس سے اس وقت جیکل بغل گیر ہو رہا تھا۔

''یہ میری پرسنل سکریٹری مس بلیک برڈ ہے''۔

بلیک برڈ فوراً جیکل سے علیحدہ ہو کر مسکرانے لگی۔

''بر ڈی۔ مسٹر اور مسز لالہ''۔

ہٹ مین پھر جیکل کی طرف مڑ گیا۔ ''اینڈ ہاؤ آر یو جیکل بوائے؟'' اس نے جیکل کا ہاتھ پکڑ کر لانج سے باہری دروازے کا رُخ کرنا چاہا کہ سادھو رام نے اس کے سامنے پانچ چھ آدمیوں کی قطار کھڑی کر دی۔

''یہ ہمارے ڈائرکٹر ہیں، مسٹر ہٹ مین''۔

''او، شیور!''

وہ ان سے باری باری ملنے لگا۔

''ہاؤ ڈو یو ڈو؟''

''اینڈ، مسٹر ٹوپی والا''۔

''ہاؤ ڈو یو ڈو، مسٹر ٹوپی والا؟''

''اینڈ...''

پہلے دو ایک اشخاص سے مل کر ہی وہ بور ہونے لگا اور جی ہی جی میں ہنسنے لگا کہ وہ ان دور دراز کے اجنبیوں سے ان کا حال چال کیوں پوچھے جا رہا ہے... مجھے کیا غرض؟... ہاؤ ڈو یو ڈو؟... غرض تو ہے۔ ہماری یکساں بیوپاری دلچسپیاں ہیں۔ اس سے بڑھ کر اور کیا رشتہ ہو سکتا ہے؟... ہاؤ ڈو یو ڈو؟... ٹو ہوں کے بغیر کامیاب مارکیٹنگ کیسے انجام پائے؟ خبر تو

رکھنا ہی پڑتی ہے... جذبہ خیر؟ نان سنس! یا چلو، جذبہ خیر بھی سہی، مگر کھڑے کانوں، کھلی آنکھوں!... ہاؤ...؟۔ ایک عورت سے ہاتھ ملاتے ہوئے اسے تعجب ہونے لگا کہ مسز لالہ دوبارہ ملنے کے لیے کیوں آ کھڑی ہوئی تو وہ اوہ! کہہ کر اس سے پوچھنے لگا'' کیا یہ خاتون آپ کی بہن ہیں؟''۔

''سبھی اسے میری بہن سمجھتے ہیں''۔ مسز لالہ پھول کر کپا ہونے لگی تو واقعی گول مول سی لڑکی نظر آنے لگی۔ ''یہ میری بیٹی کمو ہے''۔

''ڈونٹ ٹیل می، او شا جی!'' بلیک برڈ نے اسے راستے میں انڈیا ایکسپرٹ کی ہدایت کے مطابق، جی کہنے کی ریہرسل کروادی تھی، لہٰذا اس نے بلیک برڈ کی طرف دیکھ کر اپنی مارکیٹنگ کی داد چاہی.. سو اصل شے وہ شے بھی نہیں ہے۔ وہ خود کو بھی ویسے ہی حتمی انداز میں سمجھانے کا عادی تھا جیسے اپنے ماتحتوں کو... جس کی ہم مارکیٹنگ کرنا چاہتے ہیں۔ اصل شے مارکیٹنگ ہے، یعنی خواہ کچھ بھی نہ بیچو، مگر پورے دام وصول کرلو... ''ڈونٹ یو تھنک سو؟'' اس نے سوچتے سوچتے بہ آواز بلند جیکل سے پوچھ لیا۔ جیکل کی سمجھ میں کچھ نہیں آیا مگر اپنے باس کی عادت سے بخوبی واقف ہونے کے باعث اس نے مسکرا کر اثبات میں سر ہلا دیا، مگر ہٹ مین اتنی دیر میں ایک اور ملنے والے سے ہاتھ ملا رہا تھا...

''ہاؤ ڈو یو ڈو؟'' ... بہت اسمارٹ آدمی معلوم ہوتا ہے...'' کیا نام ... مسٹر ڈی سوزا... ہماری کمپنی کا چیف آف پبلک ریلیشننگ ... ویری گڈ!'' ... اسے پرفیکٹ فگر!

''ہم سب کام کرتے ہیں'' لالہ نے کہا۔'' مگر مسٹر ڈی سوزا، صرف باتیں''۔

''نہیں مسٹر لالہ، کام کی باتیں کام سے بھی مہنگی ہوتی ہیں''۔ آئی ہوپ دی اولڈ بروٹ ہیز ہم ویل۔'' جب ہم پھر ملیں گے مسٹر ڈی سوزا، تمھیں میں ان دنوں کی باتیں سناؤں گا جب میں بھی ایک جگہ پبلک ریلیشننگ کیا کرتا تھا۔ تم تو ہمارے چیف ہو۔ میں ایک معمولی پی۔ آر۔ او۔ تھا''۔

(۲)

پنڈت نہرو واقعتاً ہندوستان کا پہلا پرائم منسٹر تھا اور من موہن سنگھ حقیقتاً پہلا فنانس منسٹر۔ انگریزی راج کے بعد پنڈت جی نے ٹین ڈاؤننگ سٹریٹ سٹائل میں پہلی بار ہماری

سیاسی آزادگی کا آئینی اقدام کیا تو نتیجتاً پوری نصف صدی کے اقتصادی حبس میں لوگ باگ روٹی کی بجائے روٹی کے نعرے کھا کھا کر پلتے رہے اور پھر وہاہٹ باؤس کی گلوبل مارکیٹ اکانومی کا درس حفظ کر کے ہمارے سردار جی جب سرمایہ کاری کے کھنڈرات کو قابلِ ستائش بنانے کے درپے ہو گئے تو ہمارا جسم ہی چچا سیم کا سیاسی زندان بن گیا جسے بڑی آزادی سے جہاں چاہو لیے پھرو۔ ہندوستان میں ٹریڈ لبرلائزیشن کے آغاز میں ہی ہٹ مین نے اپنی بزنس ایمپائر کو بین الاقوامی وسعت میں پھیلانے کی ٹھان لی اور اپنے نمائندۂ خاص جیکل نارمن کو تمام تر اختیارات عطا کر کے یہاں بھیج دیا اور اس کی سفارش پر بلاتامل ہٹ مین اینڈ لالہ فنانس (انڈیا) کی باقاعدہ تشکیل کی اجازت دے دی۔ پھر کوئی سال بھر میں ہی اس نے اپنے جیکل بوائے کی نہایت عمدہ کارگزاری سے خوش ہو کر اپنی انویسٹ منٹ کو دوچند کرنے کا فیصلہ کر لیا اور اسے شاباش لکھی۔ بہت خوب جا رہے ہو، جیکل مائی ڈیئر۔ ہمارا فنانس کا دھندہ ایسے ہی چلتا ہے۔ ہم ڈالر لے کر ڈالر ہی بیچتے ہیں، یعنی لاؤ، دو ڈالر دو اور یہ لو ایک ڈالر لے لو، اور لینے والے کو لگے ہم کتنا سستے میں بیچ رہے ہیں۔ شاباش، جیکل بوائے، تمھاری سفارش کے مطابق اپنا سرمایہ دُگنا کر دینے میں مجھے کوئی عذر نہیں، اور بورڈ آف ڈائرکٹرز کی سالانہ میٹنگ میں اپنے اس فیصلے کا فارمل اعلان کرنے کے لیے میں ہندوستان آرہا ہوں۔

لالہ سادھورام نے ہٹ مین اور اس کی سکریٹری کو اپنے ساتھ ہی چکور وِلا کے گیسٹ وِنگ میں ٹھہرانے کا طے کر رکھا تھا۔ جیکل نے اپنے باس کی ترجیحات کے خیال سے کہا بھی تھا کہ ہوٹل کی بکنگ ٹھیک رہے گی، مگر لالہ نے اسے ہوٹل کی بکنگ سے روک دیا تھا۔ ''اب ہم ایک ہی فیملی ہو گئے ہیں تو ہمارا گھر کیا مسٹر ہٹ مین کا بھی نہیں؟''

جیکل سمجھ نہ پایا کہ لالہ اور ہٹ مین کی فیملی ایک ہی کیسے ہو گئی۔

''مسٹر ہٹ مین تو نیویارک میں بھی ہوٹل میں ہی رہتا ہے''۔ اس نے لالہ کو بتایا۔

لالہ کے کان کھڑے ہو گئے۔ ''کیوں، کیا اس کا کوئی گھر نہیں؟''

''کیوں، وہیں ہوٹل میں ہی مسٹر ہٹ مین نے اپنا گھر بنا رکھا ہے''۔ جیکل کو لالہ سادھورام کے تعجب پر تعجب ہونے لگا۔ ''بڑے آرام کا گھر ہے''۔

''ہاں ہاں، ساری بات تو آرام کی ہے، سو وہ جہاں بھی ملے''۔

لالہ سادھورام نے بھی دلّی کے ایک فائیو اسٹار ہوٹل میں اپنے لیے مستقل طور پر ایک لگژری اپارٹمنٹ بک کر وا رکھا تھا، جس میں اس نے بھگوان کی مورتی ستھاپت کی ہوئی تھی اور جب بھی گھر اور پیشے کی الجھنوں سے اس کا جی گھبرانے لگتا وہ سب کچھ تیاگ کر، اپنے گھربار سے بے لاگ ہو کے کچھ اس مانند فائیو اسٹار ہوٹل کا رخ اختیار کر لیتا جیسے پراچین رشی منی جنگلوں کی اور ہو لیتے تھے۔

''جا تو رہے ہو''۔ اس کی بیوی اسے چھیڑا کرتی تھی۔ ''مگر بھگوان کو اکیلا وہاں چھوڑ رکھا ہے۔ کون جانے وہ بھی اپنی مورتی وہیں چھوڑ کے من لگانے کہیں نکلا ہوا ہو؟''

''ایسا کیسے؟ میں جب بھی جاتا ہوں بھگوان میری راہ دیکھ رہا ہوتا ہے''۔

''مجھے بھی ساتھ لے جاؤ تو جانوں''۔

''تم یہاں ساتھ ہو، اسی لیے تو گھر کے مندر کی مورتی پتھر کی پتھر ہے''۔

چکور ولا دلّی کی آبادی سے پچیس تیس کلومیٹر کے فاصلے پر اپنے نام کی مطابقت سے چاروں طرف یکساں سراپا لیے زمین میں مضبوطی سے پاؤں گاڑ کر کھڑا تھا اور آس پاس کی کئی ایکڑ زمین پر قبضہ جمائے ہوئے تھا۔ ہوائی اڈے سے ولا پہنچ کر اوشا سادھورام انھیں گیسٹ ونگ میں لے جانے سے پہلے گھر کے مندر میں لے گئی جو ولا کے سائے میں ایک طرف نامعلوم گیتا کے کس ادھیائے کا پاٹھ کرتے ہوئے کیا سمجھانا چاہ رہا تھا۔

جب وہ مندر میں داخل ہوئے تو پجاری نے بھگوان کو بھول کر ہٹ مین کے چہرے پر اتنی شردھا اور بھگتی سے ٹکٹکی باندھ لی کہ بینکی کو خطرہ لاحق ہونے لگا کہ وہ کہیں پاگل نہ ہو۔

اوشا سادھورام نے آگے بڑھ کر اسے ایک ہار تھما کر کہا کہ وہ اپنے ہاتھوں سے بھگوان کو ہار پہنائے، جو فرض ادا کرنے کے بعد ہٹ مین نے مورتی کو بغور دیکھتے ہوئے رائے دی۔ بڑی قیمتی مورتی ہے اوشا جی۔ نیویارک میں کم سے کم ایک سو ہزار ڈالر پر اٹھے''۔

''مورتیاں خود آپ نہیں اُٹھتیں مسٹر ہٹ مین''۔ اوشا کی بیٹی کمو نے اسے ٹوکا۔

''ہندوستان میں ہم ہی مورتیوں کے سامنے اٹھتے بیٹھتے ہیں''۔

ہٹ مین کمو کے اس تابناک مشاہدے پر چونک پڑا۔ گڑیا سی خوبصورت عورت ہے اور منا سا نام ہے کمو، مگر کتنی بڑی باتیں کرتی ہے۔ ''مس لالہ، کیا سبھی ہندوستانی عورتوں کے نام اتنے چھوٹے ہوتے ہیں۔ کمو اور مسز لالہ کا نام۔ اوشا...؟''

''ہمارے ہندوستان میں لمبے چوڑے نام صرف مردوں کے ہوتے ہیں...''

''ہاں، جیسے مسٹر لالہ سادھورام...''

''نام تو تمھارا بولنے سے بھی منہ بھر جاتا ہے مسٹر ولیم ہٹ مین''۔

وہ مسکرانے لگا۔ ''مگر مجھے چھوٹا سا وِلی بہت پسند ہے۔ کاروباری میٹنگوں میں اپنا پورا نام سن کر مجھے اپنا آپ اپنے اولڈ ٹائم باپ دادا میں سے کوئی برٹش معلوم ہونے لگتا ہے''۔

کمو ہنس دی۔ ''امریکی مجھے اسی لیے اتنے اچھے لگتے ہیں۔ جوں جوں بڑے ہوتے جاتے ہیں اپنا نام چھوٹا کیے جاتے ہیں''۔

''ہاں مس لالہ، ہر وقت کسی لمبے چوڑے نام کا بوجھ سنبھالے رکھنے والا آدمی سدا ہانپتا رہتا ہے''۔

کمو کھلکھلا کر ہنس پڑی تو ہٹ مین کو بہت پیاری لگنے لگی۔ وہ اس کے قریب آ کر کھڑا ہوا۔

''آؤ، مسٹر ہٹ مین، میں تمھیں گیسٹ ہاؤس چھوڑ آتی ہوں''۔

جب وہ مندر سے باہر نکل رہے تھے تو ان کی پشت پر نظر جمائے اوشا سادھورام کا پہلے سے ہی خوب پیڈ کیا ہوا سینہ فخر سے اور ابھر آیا۔ ہماری بیٹی کتنی بے دھڑک ہے، نری پری امریکی۔

چوکور ولا کا گیسٹ ہاؤس ولا کے عقب میں واقع تھا۔ راستے میں آگے پیچھے طویل و عریض رقبے میں بڑے اہتمام سے ہموار کی ہوئی رہگزاروں کے کناروں پر پھولوں کے انبوہ، حسن و ادا کے عالم میں ایڑیوں پر کھڑے ہو کر انھیں دیکھ رہے تھے۔ ولیم ہٹ مین کو پھولوں کی یہ پوری بھیڑ بیک وقت اپنے ذہن میں اترتی ہوئی محسوس ہوئی اور اسے بہت بھلا لگا۔ ''اتنے پھول میں نے زندگی بھر نہیں دیکھے۔ کیا مسٹر لالہ انھیں ایکسپورٹ کرتے

ہیں؟''

''میرے دماغ میں تو اتنی بھیڑ دیکھ کر دلی کے ایک کروڑ لوگ گھس آتے ہیں اور وحشت ہوتی ہے، مگر پتا جی کہتے ہیں کہ...''

ہٹ مین اس کے منہ سے پتا جی سن کر بے اختیار اس لفظ کی صدائی سازش میں مبتلا ہو گیا۔ ''پتا؟۔ اس لفظ میں ایک شادماں چھلاوہ سا ہے''۔ وہ کمو سے پوچھنے لگا۔ ''کیا یہ تمھارے ڈیڈی کا گھریلو نام ہے؟''

''نہیں، غیر گھریلو!'' کمو بولی۔ ''گھر میں وہ ہوتے ہی کب ہیں۔ میرا مطلب ہے، گھر میں اپنا دفتر کھولے رہتے ہیں''۔

''بڑا اچھا لفظ ہے۔ پتا جی!۔ کیا مسٹر لالہ مجھے اجازت دے گا، میں بھی اسے پتا جی کہہ کر بلاؤں؟''

''میں کیا بتاؤں؟'' ہٹ مین کی خواہش پر وہ شاید یہ سوچ کر مسکرا دی کہ کیا وہ اسے اپنے شوہر کے روپ میں قبول کر سکتی ہے۔ ''تم خود ہی پوچھ دیکھو''۔ پھولوں کی بھیڑ بھاڑ سے اسے پھر وحشت ہونے لگی۔ ''کیا تمھیں بھی بھیڑ سے گھبراہٹ نہیں ہونے لگتی۔ میں کبھی شہر میں جا نکلتی ہوں تو ہجوم کے ہجوم سر پر چڑھے آتے ہیں''۔

ہٹ مین نے اسے ٹوک دیا۔ ''نہیں، مس لالہ آدمی تو قدرت کا سپر کمپیوٹر ہے۔ میرے خیال میں ہندوستان نے اسے ٹریڈ وردی بنانے کی طرف دھیان نہیں دیا۔ مال ساتھ ساتھ بکتا نہ رہے تو افراط قلت سے بھی خطرناک ثابت ہوتی ہے''۔

''سٹف! کیا آدمی بھی کوئی بکنے کی شے ہے؟''

''وائی ناٹ؟ نہ ہو تو اس کی کوئی قیمت نہ ہو''۔ اپنے منہ کو اتنی باتوں سے بھرا پا کر ہٹ مین کو خفیف سا خیال آیا کہ میں اسے دل تو نہیں دے بیٹھا؟... وہ اپنی ہنسی نہ روک سکا... تو پھر میں سانس کیوں کر لے رہا ہوں؟'' ہم جہاں جو بھی بیچتے ہیں مس لالہ، وہاں دراصل اپنا ہی بھاؤ تاؤ کرتے ہیں''۔

''تم تو میرے باپ کے بھی باپ معلوم ہوتے ہو، مسٹر ہٹ مین''۔

''اسی رعایت کی بدولت تو۔ کیا کہا تھا تم نے؟۔ وہ۔ پتا جی کی اتنی خوبصورت بیٹی کی

رہبری میں مزے سے گھوم پھر رہا ہوں''۔ اسے اپنے نیویارک کے بزنس کونسلر کی تنبیہ یاد آئی جو اس نے اسے جین آسٹن کا کوئی ناول پیش کرتے ہوئے کی تھی۔ یہ ناول پڑھ لو اور ہندوستانی عورتوں سے ملاقات پر ہمیشہ اتنی جگہ درمیان میں بنائے رکھو کہ ان کے والدین کھڑے ہو سکیں۔ وہ ناول ہٹ مین نے اسی دم اپنے کونسلر کو لوٹا دیا تھا۔ نو، اولڈ بوائے، اتنا لمبا ناول مجھے پڑھنا ہو تو تمھیں کس بات کی تنخواہ دیتا رہوں؟ تمھاری بات میری سمجھ میں آ گئی ہے... مگر اس وقت اس کی سمجھ جواب دے رہی تھی۔ یہ حسینہ مجھے فاصلے پر ہی رکے تھمے پا کر سوچے گی مجھے ٹھیک نمبر کے جوتے پہننے کی بھی تمیز نہیں۔ وہ ہنس پڑا۔ جس پر کمو نے کچھ کہنے کو منہ ابھی کھولا ہی تھا کہ وہ دونوں گیسٹ ہاؤس کے سامنے آ کھڑے ہوئے۔ بلیک برڈ پہلے ہی یہاں پہنچ کر دروازے پر اپنے باس کا انتظار کر رہی تھی۔

''سو لانگ، مسٹر ہٹ مین، ٹل وی میٹ ایٹ ڈنر''۔ لالہ سادھو رام نے آج شام کو اسے اور بلیک برڈ کو فیملی ڈنر پر مدعو کر رکھا تھا۔ ''اپنی بحث ہم وہیں پوری کریں گے''۔

''یس، مس لالہ، سو لانگ!''

کمو منہ موڑتے ہوئے رک گئی۔ ''بھوک بچا کر رکھنا۔ ہمارا ویجیٹیرین فوڈ کھا کر تم جانداروں کو کھانا بھول جاؤ گے''۔

ہٹ مین اس کی پیٹھ پر آنکھیں ٹکائے اپنا خالی منہ ہلائے جا رہا تھا۔

(۳)

ہٹ مین اور بلیک برڈ دونوں اپنے سویٹ میں داخل ہوئے تو سکریٹری نے اپنے مالک کو حکم دیا، اب تم اچھے بچوں کی طرح تھوڑی دیر آرام سے سو جاؤ۔

''ہاں، برڈی، اپنے میزبانوں سے بھلی بھلی باتیں کر کے میرا منہ اکڑ گیا ہے''۔

''تو کیا ہوا۔ میرے ساتھ چند بری باتیں کر کے منہ ڈھیلا کر لو''۔

''لاؤ، پہلے میرے لیے ایک کراؤن وہسکی تیار کر کے لاؤ''۔ سویٹ کے پارلر میں ہٹ مین کی نظر سب سے پہلے بار کاؤنٹر پر پڑی تھی۔ ''معلوم ہوتا ہے لالہ راسکل اس لیے ٹی ٹوٹلر ہے کہ اوروں کو نشے میں ڈھت کرتا رہے اور اس طرح اس کے دل میں اپنی وقعت اور بڑھ جائے''۔

جتنی دیر ہٹ مین کھڑے کھڑے سویٹ کا جائزہ لیتا رہا، بلیک برڈ دو گلاسوں میں وہسکی بھرلائی۔ ہٹ مین اس سے ایک گلاس پکڑ کر صوفے میں دھنس گیا اور ایک ہی ڈیک میں وہسکی کا اتنا بڑا پیگ خالی کر دیا۔ ''اور!''

''اس شرط پر، کہ کپڑے اتار کر ایک دم سو جاؤ گے''۔ وہ اس کے لیے ایک اور پیگ تیار کرنے کے لیے بار کاؤنٹر کی طرف مڑ گئی۔ ''دائیں طرف ہمارے لیے دو نہایت کوزی بیڈ روم ہیں''۔

''ایک ہی کیوں نہیں؟ ہم کوئی میاں بیوی ہیں جو الگ الگ سوئیں؟'' ہٹ مین نے اس کی پیٹھ سے مخاطب ہو کر کہا۔ ''آؤ، سو جائیں، دوسرا پیگ رہنے دو''۔

''نہیں، اب پی ہی لو''۔ بلیک برڈ نے سوچا کہ نشے میں غنودگی ذرا بڑھ جائے گی تو وہ آرام سے سو جائے گا۔

ہٹ مین اچانک کچھ سوچ کر سیدھا ہو کر بیٹھ گیا۔ ''برڈی میری بیوی حرافہ نیو یارک میں اپنے پچھلے شوہر کے ساتھ گل چھرے اڑا رہی ہو گی''۔ ہٹ مین کی یہ تیسری شادی تھی... ''اور...''

اور... اور... برڈی نے خوش ہو کر سوچا... اس کرمس تک تو ان کی طلاق انجام پا ہی جائے گی... پھر... وہ اسے وہسکی کا گلاس تھما کر اس کے پہلو میں بیٹھ گئی... پھر کیا؟... مارکیٹ اوپن ہو تو اتنا بڑا فنانسر ایسا سنہری موقع کہاں کھوتا ہے؟... برڈی کا باپ اگر چہ گھپ نیگرو تھا مگر اس کی ماں تڑک گوری، سو وہ کسی سنہری موقع سے ہرگز کم نہ تھی، چہرہ پکے تانبے کی پوری تاب لیے ہوئے اور بال ہر چند کہ سیدھے، تاہم بڑی دلآویزی سے چھلا چھلا بھی۔ ایک دفعہ نیو یارک میں جب آزادئ نسواں پر تقریر کرتے ہوئے اس کے رخسار تمتما اٹھے تھے تو ہٹ مین نے اسے تنبیہ کی تھی، اپنے آپ کو سنبھال کے رکھو برڈی، میں ہر من پسند شے کو خرید لیتا ہوں، اور شے اگر ذی جان ہو تو ظاہر ہے، اس کی قیمت اسے ہی ادا کرتا ہوں تاکہ ادائیگی کی رقم بھی میری ہی ملکیت میں رہے...ڈیول ان کارنیٹ!.... برڈی نے محبوبیت سے اسے جواب دیا تھا اور وہ ساری رات اسی کے ساتھ گزاری تھی۔

ہٹ مین نے اپنا دوسرا گلاس بھی جھٹ چڑھا لیا اور پھر اسے برڈی کی طرف بڑھا کر

کہا" ایک اور لاؤ"۔

"نہیں، اور نہیں! چلو اب میں تمھیں سلا دیتی ہوں"۔

وہ دونوں اٹھ کھڑے ہوئے اور ایک دوسرے کی کمر میں باہیں ڈال کر بغل کے بیڈ روم میں بستر پر آ گرے اور برڈی اس پر جھکے جھکے اس کا سر بھی سہلاتی رہی اور اسے چوم چوم کر امریکی نیگروں کی وہ جادوئی لوری بھی گنگناتی رہی جس کے بارے میں مشہور تھا کہ نیند کے غلبے میں جب عاشقوں کے تحت الشعور میں محبوباؤں کی آواز راہ پالیتی ہے تو وہ جاگتے میں بھی ان کے پیچھے اسی طرح بھاگتے پھرتے ہیں جس طرح سوتے میں۔

ہٹ مین جھٹ ہی سو گیا، مگر وہ اپنی آنکھیں ویسے ہی کھولے ہوئے تھا اور معلوم ہوتا تھا کہ کوئی لاش بہ چشم وا بدستور سانس بھر رہی ہے۔ بلیک برڈ نے جب اسے پہلی بار اس حالت میں پایا تھا تو خوف سے چیخ مار کر بھاگ کھڑی ہوئی تھی، مگر اب وہ عادی ہو چکی تھی، لہٰذا بڑے اطمینان سے ہاتھ بڑھا کر اس نے ہٹ مین کی آنکھیں آہستگی سے بند کر دیں، مانو بتی بجھائی ہو۔

"ڈاکٹر"۔ ہٹ مین کے سائی کی اٹیرسٹ نے جب ب کے پہلے وزٹ پر اس کے اس مرض کے تعلق سے تفصیلات بیان کرنے کو کہا تھا تو اس نے بتایا تھا" میں سو تو رہا ہوتا ہوں، لیکن مجھے سب کچھ ہو بہو نظر آ رہا ہوتا ہے..."

"تو پھر تم سو کیوں کر رہے ہوتے ہو؟"

"جیسے تم سوتے ہو، ڈاکٹر! لیکن چوں کہ میں دیکھ بھی رہا ہوتا ہوں اس لیے جو سچ مچ دیکھ رہا ہوتا ہوں وہ مجھے خواب میں ہی دِکھ رہا ہوتا ہے..."

" نو ڈاکٹر! نو! میری پچھلی بیوی بھی یقین نہ کرتی تھی مگر ایک دفعہ جب میں نے اسے بہ تفصیل بتایا کہ وہ کیوں کر اپنے ایک عاشق کی گود میں جا بیٹھی تھی اور پھر وہ دونوں کیسے ایک دوسرے کے بدن میں گھسے جا رہے تھے تو اس کا ماتھا ٹھنکا اور مجھ سے جلدی جلدی معذرت مانگ کر اس نے تجویز کیا کہ میں فوری طور پر کسی ڈاکٹر سے رجوع کروں..."

ڈاکٹر نے ایک مدت تک اس کا علاج کیا اور کوئی خاطر خواہ نتیجہ برآمد نہ ہوا تو اسے یہ رائے دے کر کیس کلوز کر دیا کہ جب وہ کھلی آنکھوں سے سو رہا ہو تو کوئی آہستگی سے اس کی

آنکھیں بند کر دے، اور یہ طبی مشورہ واقعی کار گر ثابت ہوا۔ آنکھیں بند ہوتے ہی وہ... ننھا منا ساوِتی کہیں اندھیروں سے دوڑتے ہوئے وارد ہو کر اپنی ماں کی گود میں آ گرتا اور اس کی ماں اسے چوم چاٹ رہی ہوتی تو ماں بیٹے کی شبیہ دھیرے دھیرے اندھیروں کی بڑی میٹھی حدت میں اتر جاتی اور نیند ہی نیند میں اسے اپنے کچھ بھی نہ ہونے کا نہایت راحت آگیں، نہایت سبک احساس ہونے لگتا اور پھر نا معلوم اجالا ہوتا، یا اندھیرا، اس کی بند آنکھوں کے سامنے پہاڑ، میدان، سمندر، آکاش... دو جہاں آپ ہی آپ ابھر آتے اور اسے معلوم ہوتا کہ وہ اپنے وجود کی بجائے انہی میں موجود ہے، یا نہ جانے، کیا؟... مگر اس کی نیند گہری ہوتی چلی جاتی، شعور خراٹے بھرنے لگتا اور تحت الشعور میں اس کی اولین نیکیاں رنگ برنگی تتلیوں کی صورت میں بھولے بھالے بکھر آتیں اور سو لینے کے بعد جب اس کی آنکھ کھلتی تو وہ مسکرا رہا ہوتا۔

ایسا ہوتا تو نہ تھا کہ اس کی سکریٹری یا کوئی اور... بیوی پر اسے بھروسہ نہ تھا... اس کے سو جانے پر اس کی آنکھیں بند نہ کرے، لیکن کبھی کبھار اتفاق سے ہو جاتا تو جاگنے پر ہٹ مین کو لگتا کہ وہ سویا ہی نہ تھا۔ اس نے اپنی دوسری بیوی کو اسی لیے طلاق دی تھی کہ ان کی کسی بات پر ٹھن جاتی تو وہ اسے سزا دینے کے لیے اس کی آنکھیں کھلی چھوڑ رکھتی۔

''میں دراصل ایک ایسی عورت کی تلاش میں ہوں برڈی'' اس نے ایک دفعہ اپنی سکریٹری سے کہا تھا۔ ''جو مجھے ہر رات ایک چھوٹی سی موت کے گھاٹ اتار دے''۔ پھر وہ، آپ ہی آپ ہنسنے لگا تھا۔ ''شاید اسی لیے مجھ سے شادی کے خیال پر ہر عورت پھولا نہیں سماتی''۔

''یو آر اے ویری ڈیئر راسکل، وِتی''۔ ہٹ مین کی سکریٹری نے اس کے کندھوں پر اپنی دونوں باہیں ڈال دی تھیں۔ ''آؤ اب ایک دوسرے سے لپٹ کر سو جائیں''۔

''مگر تم بھی سو گئیں برڈی، تو میں کیسے سو پاؤں گا؟''

برڈی کے ذہن میں یہ ڈر کہیں سے سانپ کی طرح رینگ کر گھس آیا تھا، میں اس آدمی کو شادی کے لیے رام تو کرتی رہتی ہوں، تاہم ہماری شادی ہو گئی تو مجھے ساری عمر آنکھوں میں گزارنا پڑ جائے گی۔

(۴)

لالہ سادھورام نے کمپنی کے چیف پی۔آر۔او ڈی سوزا اور ہٹ مین کے نمائندۂ خاص جیکل کو بھی اس خیال سے اپنے فیملی ڈنر پر مدعو کر رکھا تھا کہ پرسوں بورڈ آف ڈائرکٹرز کی میٹنگ ہے۔ اس گھریلو ڈنر پر بھی شاید کوئی کام کی بات نکل آئے۔ ڈی سوزا کے ساتھ اس کی خوش پوش شام رنگ بیوی پا پی بھی آئی تھی، آرائشی پیکنگ میں الکوہلک چاکلیٹ سی، جو گزشتہ زچگی پر ایک مردہ بچہ جننے کے بعد اور نشہ آور نکل آئی تھی۔ جیکل لالہ سادھورام کی اجازت سے اپنے ساتھ اسکول آف اکنامکس کی ناکتخدا، پرنسپل مِس ہودی کو لے آیا تھا جو دو ایک ملاقاتوں میں ہی جیکل پر اس لیے عاشق ہوگئی تھی کہ خوش باش امریکی، اکیلا ہے اور اس سے بڑھ کے یہ، کہ ہمیشہ اس کی ہاں میں ہاں ملاتا ہے اور اس سے بڑھ کے یہ، کہ شاید اس کے ذریعہ امریکہ میں مستقل رہائش کی کوئی صورت نکل آئے۔ لالہ سادھورام نے اپنے پریوار کے گورو شری شری امباجی مہاراج کو بھی آشیرواد کے لیے بھوجن پر بلا رکھا تھا۔

لالہ سادھورام نے چوکور وِلا کی وِشال بھومی کے ہی ایک کونے میں ایک ٹیلے پر شری شری مہاراج کے لیے آشرم بنوا رکھا تھا اور مہاراج کی اِچھّا انوسار وہاں وہاں جنگل کا سماں باندھ کر ایک ہرنی اور دو ہرن چھوڑ رکھے تھے۔ یہ دونوں ہرن ہرنی سے بھوگ ولاس میں پہل کے لیے ایک دوسرے کے سینگوں میں سینگ ڈال کر لڑتے بھڑتے رہتے اور شری شری مہاراج اس سے تک ہری اوم، ہری اوم کا پاٹھ کرتے ہوئے انھیں دیکھ کر اتی پرسن ہوتے جب تک ایک دوسرے کو پچھاڑ کر ہرنی کو اپنے آگے لگا کے پرے پار کی جھاڑیوں کی اور نہ ہو لیتا۔

اپنی سکریٹری کے پیچھے پیچھے ہٹ مین جب لالہ سادھورام کی پارلر میں داخل ہوا تو کمو کی طرف نظر اٹھنے پر تھم کر رہ گیا۔ کمو کے چاندنی بھرے چہرے کے عقب میں اس کے کھلے سیاہ بال آبشار کی طرح اُس کی پیٹھ سے کولھوں تک پھسل کر گھٹنوں میں نامعلوم کہاں جا غائب ہوئے تھے۔

''اتنے لمبے اور اتنے سیاہ، جیسے...''

''جیسے؟...'' ہٹ مین سے پوچھتے ہوئے کمو کا گیلا گیلا پورا چاند گویا آبشار پر کھنچ آیا۔

''جیسے...'' ہٹ مین کو اپنی کوئی اسکول ٹائم کہانی یاد آ گئی۔

''جیسے کوئی درجن گاڈیسیس اچانک اپنی داستان سے باہر نکل آئی ہوں''۔

اتنے میں کموکی ماں وہاں آ کر ان کے درمیان آ کھڑی ہوئی اور ہٹ مین نے اپنے امریکی کونسلر کی ہدایت کے مطابق اس کی ماں کی جگہ کھلی کرنے کے لیے ایک قدم پیچھے ہٹالیا۔'' میں مس لالہ سے پوچھ رہا تھا اوشا جی، اس نے دن کی ملاقات پر اپنے اتنے سارے بال کہاں چھپا رکھے تھے؟''

''اپنے سر میں، اور کہاں''۔ اسے اتنی حیرت میں پا کر کمو کو اسے مزید حیران کرنے کی تحریک ہونے لگی۔'' ابھی اور بھی کئی تہیں سر کے اندر جما رکھی ہیں''۔

''کیسے؟'' ہٹ مین کی آنکھوں میں نیویارک کے کسی ہوٹل میں حال ہی کا دیکھا ہوا ایک سٹرپ ٹیز شو گھوم گیا جس میں ایک لڑکی ناچ ناچ کر اپنے بدن کے کپڑے اتنے اشتہائی انداز سے اتارتی جا رہی تھی کہ تماشائی کی نظر بدحواس ہو کر اس کے باقی انگوں کا جامہ خود ہی تار تار کرنے لگتی تھی...اب!...اور اب!...مگر یہ لڑکی تو ہر ''اب'' کے بعد اپنے لباس کو اور بھاری کر لیتی ہے...ہٹ مین اپنے سر کو کھجانے لگا...''کیسے؟'' اب کے شاید اس نے خود سے ہی پوچھا تھا۔

''کیسے کیا؟'' یہاں سے تمھاری روانگی سے پہلے اپنے بال کٹوا دوں گی اور، پھر اپنی واپسی پر دیکھ لینا، کیسے اس سے بھی لمبے اُگ آئے ہوں گے''۔

ہٹ مین نے اپنے آپ کو تھام کر جواب دیا'' مگر میں تو اگلے ہی ماہ پھر آ رہا ہوں مس لالہ''۔

''کیا واقعی؟'' کموکی ماں نے خوشی کا اظہار کرنے کے لیے پوچھا۔ اسی دوران کہیں سے لالہ سادھو رام بھی اپنے گورو شری شری مہاراج کو ساتھ لیے آن وارد ہوا اور ان کے پیچھے پیچھے جیکل اور ہوو ی بھی۔

''ویلکم، مسٹر ہٹ مین''۔ لالہ سادھو رام نے اپنے گورو کی طرف اشارہ کیا۔'' ہمارے گورو دیو شری شری مہاراج سے ملو''۔

ہٹ مین کو اس کے امریکی کونسلر نے بتایا تھا کہ ہندوستان میں گیروے کپڑوں

والوں سے ملاقات پر ہمیشہ اپنے دونوں ہاتھ جوڑ کر ان سے ملو، چنانچہ اس نے اپنے دونوں ہاتھ جوڑ کر اپنا سر جھکالیا اور گورودیومہودے نے پرسن ہوکر اپنا دایاں ہاتھ سیدھا اٹھا کے کچھ اس مانند خالی ہتھیلی کھول دی جیسے اس میں سے دو جہان کا دھن برس رہا ہو۔

کموگورومہاراج کی چہیتی تھی اور کچھ بھی بول دیتی تھی۔

''گورودیو''۔ وہ، گورودیو سے اس لیے انگریزی میں مخاطب ہوئی تھی کہ اس کی بات ہٹ مین کی سمجھ میں آنے سے نہ رہ جائے۔'' اندرا گاندھی کے الیکشن سمبل کا سہارا کیوں؟ کیا مسٹر ہٹ مین کا ووٹ مانگا جا رہا ہے؟''

''بڑی چنچل ہو، سپتری''۔ گورودیو کی پلی ہوئی دیسی داڑھی مونچھوں میں اس کا منہ کسی معجزاتی غار کے سوراخ کی طرح کھلا۔

ہٹ مین اپنے جوڑے ہوئے ہاتھوں کو الگ کرنا بھول گیا تھا جس سے بلیک برڈ پریشان سی ہونے لگی تھی، اسے یاد دلانے کے لیے اس نے آگے بڑھ کر ان پر اپنا کیمرہ کھول دیا۔

''آیئے!'' ہوسٹس نے سبھوں کو صوفوں کی طرف بڑھ آنے کا اشارہ کیا۔

لالہ سادھورام اور ہٹ مین نے ایک وسیع تر مرکزی صوفے کی طرف قدم بڑھائے اور اوشا سادھورام کے مؤدب اشارے پر شری شری مہاراج کو ایک سنگل سٹیر پر براجمان ہوتے پا کر دوسرے بھی جہاں جگہ ملی، بیٹھ گئے۔

جیکل موقع ملتے ہی ہٹ مین کو اپنی دوست پرنسپل ہوودی سے متعارف کرانے لگا۔

''یہ میری دوست پرنسپل ہوودی ہیں، مسٹر ہٹ مین، ایشیائی اقتصادیات کا ایک بڑا نام!''

''چھوٹے نام اکثر بہت بڑے ہوتے ہیں''۔

ہٹ مین کا یہ جملہ سن کر ہوودی بیک وقت عالم اور اور محبوب نظر آتے ہوئے پھیلنے اور سمٹنے لگی... دبراؤن بچ!... ہٹ مین نے جی ہی جی میں کہا اور بولا'' میں نے کئی بار سوچا کہ اپنے نام میں صرف ہٹ رہنے دوں، یا صرف مین، مگر میرے تعلقات عامہ کے امریکی چیف نے مجھے روک دیا...'' اس کی نظر اچانک ڈی سوزا پر پڑ گئی جو اپنی بیوی سے جڑ کر اس کی توجہ کا منتظر بیٹھا تھا۔ اس نے گویا ڈی سوزا سے ہائی، کہنے کے لیے اس سے پوچھ لیا۔

''تمھارا کیا خیال ہے ڈی سوزا؟''

ڈی سوزا کا کوئی خیال نہ تھا، سو اس نے اپنے سر کے اندر ہی سر جھٹک کر وہی کہا جو کہنے کا انتظار کر رہا تھا۔ ''یہ میری بیوی ہے سر... پامی...''

''ہائی، پامی!'' ڈی سوزا کی بیوی اسے گھڑ گھڑ کر وضع کی ہوئی مورت سی لگی جس پر اس کے بالے شوہر کی تعریفی نظریں بیس بال کھیلتے ہوئے ہوم رن بنائے جا رہی تھیں۔ حالاں کہ ہٹ مین کو بلہ پکڑنا بھی نہ آتا تھا پھر بھی اسے ہر رات کوٹی۔ وی پر بیس بال دیکھنے کا اتنا شوق تھا کہ اس کی پہلی بیوی سونے کے لیے اکثر کسی اور کمرے میں چلی جاتی۔

''تمھارے ساتھ سونے سے تو یہی بہتر ہے کہ اپنے ساتھ ہی پڑی رہوں''۔

''نو مائی ڈیئر وائف، کیا تم خود کو اتنا گیا گزرا سمجھتی ہو؟''

ہٹ مین کو اچانک خواہش ہونے لگی کہ وہ بھی ڈی سوزا کی طرح کسی عورت پر نظر جمائے اسے اپنا آپ سونپ دے، مگر کسے؟... بلیک برڈ کو؟... وہ تو اس سے بھی پہلے اسے دیکھنا شروع کر دیتی ہے... پرنسپل ہووی کو؟... وہ اپنی ہی نظر کی آڑ میں اوجھل ہے... اس نے مسز لالہ کی طرف دیکھا جس کی تجربہ کار مسکراہٹ صرف اس کے منع کوش لالہ کی وجہ سے اس کا ریپ کرنے سے احتراز کر رہی تھی... وہ کسی کو بھی اپنا آپ سونپ دینا چاہتا تھا، مگر کسے؟... اس کی آنکھیں کمو کی بے دھڑک آنکھوں سے ٹکرا گئیں اور اس کے بالوں میں اوندھی جا گریں۔

لالہ سادھو رام کا سکریٹری ایک فائل لے آیا اور اسے لالہ کو پیش کیا۔ لالہ نے اسے ہٹ مین کی طرف بڑھاتے ہوئے کہا'' اس میں پرسوں کی میٹنگ کا پروگرام ہے مسٹر ہٹ مین، اگر کوئی ترمیم کرنا چاہو تو، ابھی کر لیتے ہیں''۔

ہٹ مین فائل لے کر بولا'' ترمیم کیوں؟'' اور اسے بلیک برڈ کی طرف بڑھا دیا۔

''مجھے کسی سخت ترین ڈرنک کی ضرورت محسوس ہو رہی ہے''۔ ہٹ مین ڈرنے لگا تھا کہ لالہ سادھو رام انھیں سوکھے سوکھے ہی ڈیجیٹیرین فوڈ کی میز پر نہ ہانک لے جائے۔

عین اسی دم دو باوردی بیرے ڈرنکس کے ٹرے سنبھالے آ گئے۔

''وِدھ سوڈا سر؟''

''نو، نیٹ، اینڈ تھری ان وَن''۔ ہٹ مین نے بیرے کو ہدایت کی۔

شری شری مہاراج کے لیے چاندی کے گلاس میں بھنگ کی لسی آئی اور لالہ سادھو رام کے لیے فالسے کا شربت جو لالہ اپنے گورو کے مشورے پر بلاناغہ لیا کرتا تھا اور اوروں کے لیے، جو چاہو لے لو۔

''نو، نیٹ!'' کمو کو سن کر اس کی ماں نے اسے روک دینا چاہا۔''نہیں، کمو، میری طرح سوڈا ملا کر پیو''۔

''تمھاری مشکل یہ ہے ممی، کہ تم زم بھی پی جانا چاہتی ہو اور سخت بھی''۔

اس لڑکی کو کب عقل آئے گی؟... مسز لالہ نے سوچا... سب کے سامنے جو منہ میں آئے، بَک دیتی ہے۔

''تمھاری ممی کی ترجیح یہ ظاہر کرتی ہے'' ہٹ مین کمو کو بتانے لگا'' کہ وہ ہمارے یو۔ ایس۔ اے کی نہایت مناسب پریزیڈنٹ ثابت ہوں گی۔

ہٹ مین کو سن کر مسز لالہ فرطِ مسرت سے اپنی بیٹی سے بھی چھوٹی معلوم ہونے لگی۔

''ری آلی؟''

''تم کبھی ہماری دیسی ڈرنک بھی پی کر دیکھو، مسٹر ہٹ مین''

شری شری مہاراج نے اس کی طرف اپنا گلاس بڑھا کر کہا۔''چیئرز!''

''چیئرز! لالہ سادھو رام بھی اپنا فالسے کا گلاس سب سے اونچا کر کے بولا۔

''میں نے سن رکھا ہے کہ انڈیا کے ہولی مین اتنی نشہ آور ڈرنک لیتے ہیں''۔ ہٹ مین اس سے پوچھنے لگا'' کہ گاڈ آل مائٹی جہاں بھی ہو وہاں سے دوڑ کر ان کے سامنے آ بیٹھتا ہے؟''۔

''ہاں، تمھیں بھی گاڈ کے درشن کرنا ہو تو ہماری یہ ڈرنک پی کر دیکھو''۔ شری شری مہاراج اسے بتانے لگا۔

''ہمارے دیوتا لوگ اسے سوم رس کہا کرتے تھے''۔

''نو، ریورنڈ شری شری مہاراج، تھینک یو! اگر گاڈ آل مائٹی کو میرا سراغ مل گیا تو میری ہی بنائی بزنس ایمپائر پر رتیجھ کر وہی اس پر قبضہ کر لے گا''۔ وہ سب کی طرف دیکھ کر

ہنسنے لگا۔ ''میں تو اپنے ملک میں بھی اسی لیے گرجوں سے دور رہتا ہوں''۔

''نہیں، مسٹر ہٹ مین''۔ شری شری مہاراج نے اس سے کہا'' گاڈ کی بھگتی کرو تو وہ بھی تمھارا بھگت بن جاتا ہے''۔

'' ہٹ مین شری شری مہاراج کے جملے کو اپنی سوچ میں گھلتا ہوا محسوس کر کے رک گیا۔'' ونڈرفل! اب میری سمجھ میں آرہا ہے کہ آپ کے ملک میں لوگ لوگوں کی ہی عبادت کیوں کرتے ہیں؟'' اس کا جی چاہا کہ اپنا بیان جاری رکھنے سے پہلے وہ دو چار گھونٹ اپنے حلق سے اتار لے۔'' تھینک یو ریورنڈ مہاراج! روحانی اعتبار سے آپ واقعی ہم سے بہت آگے ہیں۔ ہمارے یہاں عبادتی انڈسٹری اسی لیے جوکھم میں ہے کہ خدا ہمیں بہت مہنگا دستیاب ہوتا ہے، جب کہ آپ کے یہاں صارفین اپنی سہولت کے مطابق اسے اپنے ہی قد بد میں گھٹا بڑھا لیتے ہیں، لہٰذا جسے مان لیں، وہی خدا، اور جو بھی قیمت ملے، وہ سارے کا سارا نفع...''

''میں نے پڑھا تھا مسٹر ہٹ مین''۔ ڈی سوزا نے اسے بتایا۔'' کئی لوگ ہمارے یہاں اپنے دیوی دیوتاؤں کے ساتھ مہاتما گاندھی کی بھی پوجا کرتے ہیں''۔

''اینڈ وائی ناٹ؟'' ہٹ مین نے اپنا گلاس شری شری مہاراج کی طرف کر کے اوپر اٹھالیا'' ہیرز فار یوئر فیوچر، مائی ڈیئر ریورنڈ مہاراج''۔

''ہماری کمو کی طرح مسٹر ہٹ مین بھی بہت چنچل ہے سادھو رام''۔ شری شری مہاراج نے اپنے مرید کو مخاطب کر کے ان دونوں کی جانب دیکھا اور مسکرا کر اپنی بھنگ کی لسی کا گھونٹ بھرنے کے لیے چاندی کا گلاس منہ سے لگا لیا۔

''تمھارے نزدیک آدمی بھی بکنے کی شے ہے مسٹر ہٹ مین، اور خدا بھی''۔ کمو کی سرزنش بھی محبوبیت سے مبرا نہ تھی۔'' آخر کچھ تو ہوگا جو بازار سے حاصل نہیں ہوتا''۔

''کیوں، جسے بازار نے ناقابلِ فروخت قرار دے کر رد کر دیا ہو''۔ پتا جی، یاد، آجانے پر اسے یہ کہہ دینے کی بھی ترغیب ہوئی'' یقین نہ ہو تو اپنے پتا جی سے بھی پوچھ لو''۔

''مسٹر ہٹ مین ہمارے دور کی سچائیاں ہی بیان کر رہا ہے بیٹی۔ پہلے راجا راج کرتا تھا اور آج؟...آج بھی راجا ہی راج کرتا ہے''۔ اپنی بات کو کھولنے کے لیے لالہ نے

اضافہ کیا۔'' پہلے بھی قدرِ عامہ کے قانونِ یقین کا وہی مجاز تھا جسے فنانس پر کنٹرول ہو اور آج بھی''۔

'' مگر پتا جی، آج مرد و زن کو غلام بنا کر کھلی منڈیوں میں فروخت نہیں کیا جا سکتا؟''

'' تو اچھا ہی ہے۔ فروخت کی کاسٹ بچ گئی''۔ ہٹ مین نے بیرے کو اور وہسکی لانے کا اشارہ کیا۔'' آج ہر کوئی خود آپ ہی اپنی فروخت کی تدبیر کر لیتا ہے... کیوں، میڈم ہووی؟''... ہووی سے نظریں ملنے پر اس نے دریافت کر لیا۔

'' نہیں میں آپ سے متفق نہیں ہوں''۔ سب نے کان کھڑے کر لیے کہ ملک کی سب سے معزز درسگاہ کی پرنسپل ہے، ضرور کوئی پتے کی بات کہے گی۔ مگر اپنی آواز پر بڑی محبت سے کان دھرے اچانک اسے لگا کہ وہ اپنے طلباء سے مخاطب ہے سو خطابیہ لہجہ اختیار کر کے اس نے اپنی بات کو حتمی طور پر یہیں ختم کر دیا'' آج کوڑے مار مار کر کسی کی جان نہیں لی جا سکتی''۔

'' تو اس میں کیا مشکل ہے؟ مسکرائیں اور آنکھیں مار مار کر جان لے لیجیے، میڈم!'' آنکھوں کے ذکر سے ہٹ مین کو خیال آیا کہ اسے تا دیر نہیں جاگنا چاہیے۔ کل صبح اسے ایلورہ کیوز دیکھنے اور رنگ آباد جانا ہے... وہ جبلی طور پر اِدھر اُدھر دیکھنے لگا۔

بلیک برڈ نے مسکرانے کے لیے اپنا گلاس ایک طرف رکھ دیا۔'' میں یہاں ہوں''۔

ہٹ مین نے سوچا کہ اگر وہ نہ ہوتی تو چوبیس گھنٹے کی بیداری سے اس کا دم اب تک نکل چکا ہوتا۔'' ہاں، تم ہمیشہ میرے ساتھ ہوتی ہو۔ میں ہی بھول جاتا ہوں''۔

بلیک برڈ نے جی ہی جی میں اسے جواب دیا۔ واپس سٹیٹس پہنچ کر میرے سوا تمھارے ساتھ کون ہوگا جو مجھے بھول جاؤ۔ یہ لمبے بالوں والی ہندوستانی جادوگرنی تو تمھیں جہاز میں بٹھا کر گھر لوٹنے سے پہلے ہی بھول جائے گی۔

'' بات یہ ہے مس لالہ''۔ ہٹ مین کمو سے ہم کلام تھا۔'' کہ''۔

'' ٹھہرو! پہلے، مجھے یہ بتاؤ، کیا میرا کوئی نام نہیں؟ جب سے آئے ہو مس لالہ، مس لالہ بابا بابا کر بور کیے جا رہے ہو...'' لالہ سادھو رام اور اوشا لالہ فخر مندی سے اپنی اکلوتی اولاد کی طرف دیکھنے لگے کہ کتنی خوش اسلوبی سے معزز مہمان کو راہ پر لا رہی ہے۔ ان کا گورو بھی

مطمئن تھا کہ بے تکلفی گنٹھ جانے پر کاروبار میں بہت آسانیاں میسر آجاتی ہیں۔ بلیک برڈ البتہ ذرا فاصلے پر بیٹھی گویا دشت بصارت میں اپنی چاروں ٹانگوں پر کھڑی تھی اور اس کے کچے گوشت پر منہ مار رہی تھی۔

''اگر تم یہیں رہ رہے ہوتے''۔ کمو بولے جا رہی تھی۔ ''تو ہم دونوں بڑے اطمینان سے دو چار سال اور مس لالہ اور مسٹر ہٹ مین بنے رہتے، مگر تم تو دو چار دن کے لیے ہی یہاں آئے ہو۔ ہمارے پاس باقی وقت ہی کتنا بچا ہے؟...''

''ہاؤ سویٹ آف یو، کامو؟ میں واقعی بہت امپریس ہوا ہوں''۔

''کامو نہیں، کمو!... کل صبح میں تمھیں اڑا کر اورنگ آباد لے جا رہی ہوں''۔ یہ طے ہو چکا تھا کہ لالہ خاندان سے صرف کمو ان کے پرائیویٹ کرافٹ میں اس کے ساتھ جائے گی۔ ''ہم سارا دن وہاں ایک دوسرے کو امپریس کریں گے اور ڈنر سے پہلے دلی لوٹ آئیں گے''۔

(۵)

کمو اور ہٹ مین اودے پور ایئرپورٹ پر بریک فاسٹ کے لیے اترے تھے اور اس وقت کمو اپنے مہمان کو بادلوں سے بھی اوپر اورنگ آباد کی اور اڑائے لیے جا رہی تھی۔ اودے پور ہوائی اڈے کے ریستوران میں باوردی بیروں نے شوخ خاکی رنگ کی اتنی بڑی بڑی پگڑیاں باندھ رکھی تھیں کہ معلوم ہوتا تھا سروں پر چمکیلی مٹی کے ٹوکرے اٹھائے ہوئے ہیں۔

ہٹ مین کا دھیان اچانک ان کی طرف چلا گیا اور وہ کمو سے پوچھنے لگا ''بیرے سروں پر لمبے خاکی کپڑے کس کر منہ کیوں چھپائے ہوئے تھے؟''

''وہ پتاجی کی طرح پگڑی باندھے ہوئے تھے ولی۔ پگڑی ہمارے یہاں عزت کی علامت ہے''۔

''مگر ان لوگوں کو تو عزت سے زیادہ پیسے کی ضرورت ہے۔ تم نے جب اس بوڑھے بیرے کو ٹپ دیا تھا تو کس طرح اپنی عزت کو جھکا جھکا کر تمھارے پیروں میں ڈال رہا تھا...''

''مگر...'' وہ ٹپٹا سی گئی کہ کیا کہے۔

''مگر تم ٹھیک کہتی ہو''۔ ہٹ مین نے گویا اس کی مدد کے لیے اضافہ کیا۔ ''جس کے پاس بیچنے کو صرف عزت ہو، وہ اور کیا بیچے؟''

''تم امریکی باتیں کرنا بالکل نہیں جانتے۔ بس بحثیں کرتے رہتے ہو، تاکہ اپنی جیت کے پوائنٹ بڑھاتے رہو''۔ وہ اپنی کنپٹی کے بالوں پر انگلیوں سے کنگھی کرنے لگی۔ ''تم نے دیکھا، وِیجیٹیرین فوڈ کتنا لذیذ ہوتا ہے!''

''ہاں، اس میں کیا شک ہے؟'' اس کا منہ اس کے کندھوں پر جھکتا چلا آرہا تھا۔

کمو بڑی تیکھی مسکراہٹ سے اس سے ذرا پرے ہٹ گئی۔ ''مگر میں کھانا تو نہیں ہوں، مَین اِٹیر''۔ اسے نامعلوم بلیک برڈ کا خیال کیوں آگیا۔ ''جانتے ہو، تمھاری بلیک برڈ کیوں نہیں آئی؟''

''اس نے کہا تھا، میرا بلڈ پریشر بڑھ گیا ہے''۔

''نہیں، اسے وہیں روکنے کے لیے میں نے تمھارے جیکل کو پٹا لیا تھا۔ تمھارا بہت وفادار ہے۔ کہنے لگا مجھے یقین ہے میرا باس بھی یہی چاہے گا...''

''ہاں، مجھے سوجھا ہی نہ تھا کہ ہم دونوں کا ساتھ اسے ایک آنکھ نہ بھائے گا۔ وہ تو میری بیوی کو بھی میرے ساتھ پاکر کڑھنے لگتی ہے''۔

''بیوی؟...''

''ہاں، تو موتھی میری تیسری بیوی ہے''۔ وہ رک گیا، شاید یہ سوچنے کے لیے، کہ منہ میں آئی ہوئی بات پوری کرے یا نہ کرے۔

''رک کیوں گئے؟''

''تمھاری دوستی حاصل کر کے اپنی نظروں میں میری وقعت یقیناً بڑھ گئی ہے''۔ اسے اپنے لہجے کی ڈرامائیت کھلی'' اس لیے...''

''میں نے تو اس لیے تم سے دوستی کی ٹھانی تھی... مگر صرف دوستی... او کے؟... اس لیے ٹھانی تھی کہ تمھیں اپنے آپ سے بے حد پیار ہے، اس لیے چھاپہ مار کر تم سے تمھیں الگ کر دوں''۔

''اورینٹل میجک، آرفلاسفی، آرسم تھنگ؟...''

''چھوڑو، پہلے یہ بتاؤ، کیا کہتے کہتے رُک گئے تھے؟''

''میں تمھیں بتانا چاہتا تھا''۔ اس نے خود کو بتایا کہ وہ نرا پُرا احمق ہے۔ اتنے غیر مانوس فاصلوں پر بسی ہوئی اس عجیب وغریب نوبالغ لڑکی کو وہ کیوں کیا بتانا چاہتا ہے؟... کہ اس کی تیسری بیوی بھی اسے چھوڑ کر اپنے پہلے شوہر کے ساتھ رہنا چاہتی ہے، کہ وہ بالکل اکیلا ہے، دُکھی ہے، اور اس کے لمبے بالوں میں منہ چھپا کر رونا چاہتا ہے... وہ شاید سچ مچ رو دیا۔

مگر کمو نے اس سے پوچھا ''ہنس رہے ہو؟''

اسے اپنے کونسلر کے الفاظ یاد آئے:... ہاں، ایک وارننگ لمبے بالوں والی ہندوستانی عورتیں جادوگرنیاں ہوتی ہیں اور غیر مردوں کے ساتھ سونے کی بجائے اپنی جنسی خواہش بس اس طرح پورا کر لیتی ہیں کہ انھیں مرد سے گھوڑا بنا کر دیکھتی رہیں۔

اب کے وہ واقعی کھل کر ہنسا۔

''کیا تم پاگل ہو گئے وِلی؟''

''نہیں، ہوش میں آرہا ہوں''۔ اس نے اپنا سر جھٹک کر کہا۔ ''... ہاں تو میں تمھیں بتانا چاہ رہا تھا کہ تینوں بار میرا شادی کا تجربہ خوشگوار نہیں رہا، مگر میری سکریٹری ہمیشہ ثابت قدم اور وفادار ثابت ہوئی''۔ وہ کمر سیدھی کر کے بیٹھ گیا۔ ''کیا اس کا سیدھا نتیجہ یہ نہیں نکلتا کہ عورت کو بیوی بنانے کی بجائے بڑی موٹی تنخواہ پر اپنا پرسنل سکریٹری بنائے رکھو؟!... وہاٹ ڈو یو سے؟''

کمو نے قہقہہ لگایا۔ ''میں کیا کہوں؟ اگر تمھیں صرف کاروباری سکریٹری کی ضرورت ہوتی تو میں بخوشی اپنی خدمات پیش کر دیتی، مگر مجھے تمھاری نیت پر بھروسہ نہیں''۔

''مگر میری برڈی کو مجھ پر پورا بھروسہ ہے''۔ وہ اپنی رو میں بہہ کر بولنے لگا۔ ''مجھے معلوم ہے کہ میرے علاوہ وہ اور بھی دو چار اشخاص میں گہری دلچسپی رکھتی ہے... ایک تو تمھارا جیکل ہی ہے... پھر بھی مجھے اس سے کوئی شکایت نہیں...''

کمو کو اپنے بندھے ہوئے بالوں سے دباؤ محسوس ہونے لگا اور اس نے کلپ نکال کر

ایک خفیف سے جھٹکے سے انھیں گود میں پھیلا لیا، جس پر ہٹ مین سحر زدہ سا ہو کر لمحہ بھر تھم گیا... میں اس یکسر اجنبی لڑکی سے دو ایک روز میں ہی کتنا مانوس ہو گیا ہوں، مانو ہم نے ایک پوری عمر باہم گزاری ہو اور ہمارا جی نہ بھرا ہو اور ایک اور عمر کا آغاز کرنے کے لیے ہماری مڈبھیڑ ہو گئی ہو... کیا یہ ممکن ہے کہ... وہ اس سے شادی کے خیال پر اپنا مذاق اڑانے لگا۔

''تم کیا بتا رہے تھے؟''

''بتانا کیا ہے؟ تم نے اپنے جادو کے زور سے مجھے گھوڑا بنا دیا ہے، اس لیے ہنہنائے جا رہا ہوں''۔

''تو پھر ہنہناتے جاؤ''۔

''میں ایک مرض میں مبتلا ہوں کمو سارا دن آنکھیں کھولے رکھنے کے بعد جب میں سو جاتا ہوں تو میری آنکھیں بدستور کھلی رہتی ہیں، اور یقین کرو، اگر کوئی انھیں بند نہ کرے تو میں سوتے سوتے بھی ویسے ہی دیکھتا رہتا ہوں اور میرا یہ کام، میری آنکھوں کو نہایت آہستگی اور نرمی سے بند کرنے کا فریضہ بڑی نے اپنے ذمے لے رکھا ہے...''

پوئر بوائے! کمو کو احساس نہ تھا کہ جو شخص بظاہر اتنا چارہ کار ہو وہ دراصل اتنا لاچار ہے، مگر اپنی ایک سوچ پر اچھل کر وہ بولی۔ ''سونے سے پہلے تم آنکھوں پر پٹی کیوں نہیں باندھ لیا کرتے؟''

وہ پل بھر ٹھٹکا اور پھر مسرت سے بے چین ہو کر کھڑا ہو گیا اور پھر بیٹھ کر گویا ہوا۔ ''ارے ہاں؟ یہ طریقہ تو ڈاکٹر کو بھی نہ سوجھا۔ اس نے نہایت گرمجوشی سے ہاتھ ملایا... ''تھینک یو، مس لالہ... آئی مین، مائی ویری ڈیئر کمو، تھینک یو ان ڈیڈ!''

''مگر رات کو آنکھوں پر پٹی باندھنے سے بھی ضروری ہے کہ دن کو ذہن پر پٹی باندھے رکھو اور الم غلم مت سوچا کرو''۔ کمو نے اس کے ہاتھ کی پشت کو اپنے دوسرے ہاتھ سے تھپتھپایا۔ ''اگر میں تمھاری ماں ہوتی تو اپنے سارے کام چھوڑ کر تمھیں سکھا دیتی کہ ذہن پر پٹی باندھ لیں تو آنکھوں میں کیوں کر باغات اُگ آتے ہیں...''

اتنے بڑے ہٹ مین کو اپنی یہ چھوٹی سی ماں شاید اپنی محبوب لگی، یا بیوی، یا ماں ہی اور

اس کے خشک گال پر کھڑکی سے بادل کی ایک بوند آ گری، یا ممکن ہے، اس کی آنکھ سے ہی۔

"مجھے تو اپنی ماں کی شکل بھی یاد نہیں"۔

"کیا تمھاری ماں بچپن میں ہی اٹھ گئی تھی؟"

"نہیں، کاروبار میں اس کے بارے میں سوچنے کا موقع ہی نہیں ملا"۔

"سوچا کرو، وِنی۔ گاڈ کی طرح مدر کی بھی کوئی شکل نہیں ہوتی۔ بس اس کا خیال ہوتا ہے"۔

ہٹ مین کو معلوم ہوا کہ اگر اس نے فوراً وِہسکی نہ پی تو جہاز میں اڑنے کی بجائے وہ خود آپ ہی اڑنا شروع ہو جائے گا... اسٹیورڈ، اے ویری لارج وِہسکی!... آن دا راکس!"

"میرے لیے بھی!"

کنواری ماں کی مسکان سے ہٹ مین کے بدن میں اجالا ہونے لگا۔ وہ ڈرنے لگا، کیا واقعی مجھ پر کوئی جادو تو اثر نہیں کر رہا ہے؟

اسی دم کمو نے پتہ نہیں کیا سوچ کر پوچھ لیا۔ "کیا تم جادو میں یقین رکھتے ہو وِنی؟"

"نہیں، کیوں؟"

"اگر رکھتے ہو تو بالکل ٹھیک ہو جاؤ گے"۔

"نو کمو، فار گاڈز سیک، نو! میں صرف اسٹاک ایکسچینج ٹیکنالوجی میں یقین رکھتا ہوں۔ اگر ہم امریکی بھی جادو پر بھروسہ کرنے لگیں تو تمھارے ملک کو فارن ایڈ کون دے گا؟..."

(٦)

دو ڈھائی بجے سہ پہر تک کمو اور ہٹ مین ایلورہ کے غار دیکھ کر اورنگ آباد کے ایک پانچ ستارہ ہوٹل میں بھی آ پہنچے، جس کے پروپرائٹر نے ہٹ مین اینڈ لالہ فنانس (انڈیا) سے اپنے ہوٹل کی توسیع کے لیے حال ہی میں ایک موٹا قرضہ لیا تھا۔ ان کا پروفیسر نما ٹورسٹ گائیڈ ابھی تک ان کے ساتھ تھا اور حالاں کہ وہ اس سے بھی کچھ نہ پوچھنا چاہتے تھے، پھر بھی وہ منہ سے جھاگ چھوڑ چھوڑ کر انھیں غاروں کی مزید تفصیلات بہم پہنچانے کے لیے بولے جا رہا تھا۔ ہٹ مین کو بے چارے پر ترس آنے لگا اور جب وہ "ابھی آتا ہوں" کہہ کر شاید ٹوائلٹ گیا تو ہٹ مین نے اپنی کنپٹیوں پر ہاتھ مل کر کمو سے کہا "بہت بور کر رہا

ہے۔ اسے اتنا بڑا ٹپ دو کہ اس کی زبان گنگ ہو جائے اور چلتا بنے''۔ بور ہو ہو کر اس کی بھوک خوب چمک اٹھی تھی۔ ''یہاں بھی تم نے ویجیٹیرین فوڈ کے لیے تو نہیں کہہ رکھا؟''

''نہیں وتی، یہاں تو چاہو تو مجھے بھی کچا کھالو''۔

اسی دوران جب بڈھا گائیڈ لوٹ آیا تو اس کا منہ کھلنے سے پہلے کمو نے پرس سے سو سو کے دس نوٹ نکال کر اسے تھما دیے، جنھیں جھپٹ کر وہ ان کا شکریہ ادا کرنا بھی بھول گیا اور چپ چاپ واپس ہولیا۔

''اس آدمی نے تمھارے دیوی دیوتاؤں کے اتنے قصے سنائے ہیں''۔ ہٹ مین ہنس ہنس کر، کمو سے مخاطب ہوا۔ ''کہ لگتا ہے انھیں بھی میری طرح سوتے جاگتے کچھ نہ کچھ پیش آتا رہتا تھا۔ اس وقت کوئی ڈاکٹر واکٹر تو تھے نہیں۔ یہ دیوی دیوتا آنکھوں پر پٹی باندھ کر سو جاتے ہوں گے''۔

''نہیں وتی، اگر دیوی دیوتا بھی آنکھوں پر پٹی باندھ لیتے تو سنسار کیسے چلتا؟''

''مگر اگر وہ پٹی نہ باندھتے کمو، تو وہ خود آپ کیسے چلتے؟'' وہ بڑا خوش نظر آنے لگا۔

''تم نے ایک ملین ڈالر کا بھاؤ دیا ہے کہ میں آنکھوں پر پٹی باندھ کر سویا کروں۔ یہ بڑی بھی فراڈ ہے۔ صرف اتنے سے کام پر ہی میرے دل پر حکومت کرتی رہی''۔

اتنے میں ایک بیرا بیئر کی بوتلیں لے آیا اور ان کے آگے رکھے ہوئے گلاسوں میں بیئر انڈیلنے لگا۔ ہٹ مین نے گلاس کو منہ سے لگانے سے پیشتر بیئر کی بوتل کا لیبل دیکھ کر تسلی کر لی کہ امریکی یا کم سے کم یورپی ہے۔

''مگر میں تو یہیں کی ہوں''۔

''تم تو مشرق کا سب سے قیمتی کچا مال ہو، جسے اپنے استعمال کی کوئی شکل دے کر ہم دُگنے چوگنے داموں پر فروخت کریں گے''۔

کمو کو واقعی برا لگا۔ ''تو کیا تم مجھے بیچ دینا چاہتے ہو؟''

ہٹ مین کی سمجھ میں نہ آیا کہ اس نے برا کیا کہا ہے۔ ''میرا مطلب ہے، وہی شے یا شخص قیمتی ہوتا ہے، جس کے مارکیٹ میں دسوں خریدار ہوں...''

وہی بوڑھا ٹورسٹ گائیڈ اچانک لوٹ آیا۔ ''سر، میں اپنا کارڈ دینا بھول گیا تھا''۔

کارڈ لے کر ہٹ مین نے اسے جلدی سے ڈمس کیا اور اس کی پشت دیکھتے ہوئے کمو کو بتانے لگا۔ ''اب اسی بور کو لے لو۔ اس جیسے دسوں ہیں، مگر کوئی خریدار بھی تو ہو۔ سو پچیس پچاس ڈالر ملنے پر ہی خوشی سے حواس کھو بیٹھتا ہے... پر کچھ بھی کہہ لو'' یکبارگی، کچھ یاد آجانے پر اس نے قہقہہ لگایا۔'' اس کی ایک کہانی مجھے بہت دلچسپ لگی۔ میں اکثر اپنے دوستوں سے کہا کرتا ہوں، اگر دلچسپ بننا ہے تو ناقابل یقین سناؤ، بلکہ ناقابل یقین ہو جاؤ، مثلاً میری یہی بات لے لو کہ سوتے میں میری آنکھیں بند نہ کی جائیں تو مجھے سب کچھ ہو بہو نظر آتا ہے...''

''تو کیا یہ جھوٹ ہے؟''

''نہیں، کوئی یقین نہیں کرتا، اس لیے نہایت دلچسپی سے سنتا ہے، مگر میں تمھیں گائیڈ کی وہ کہانی سنانے جا رہا تھا... ٹھہرو، پہلے پیاس بجھالوں''۔ وہ بیئر کو پانی کی طرح غٹ غٹ چڑھا گیا۔'' ہاں، تو کیا ہوا کہ ایک غار میں دیوی دیوتاؤں کو ناچتے ہوئے دیکھ کر مجھے لگا، وہ سچ مچ ناچ رہے ہیں۔ گائیڈ بھی مجھے یقین دلانے لگا، سر، وہ پتھر کے نہیں زندہ ہیں اور واقعی ناچ رہے ہیں... اس نے سامنے کی دیوار کی طرف اشارہ کر کے مجھے بتایا، پہلے پہل یہاں کوئی دیوار نہ تھی، کھلی جگہ تھی۔ کیا ہوا کہ بعض دیوی دیوتا ایک دن ناچتے ناچتے اسی راستے باہر نکل گئے اور اسی پہاڑ کے نیچے جنگل میں جا بسے... میں گائیڈ کی بات کا مذاق اڑانے لگا کمو، مگر وہ میرا ہاتھ پکڑ کر مجھے غار سے باہر لے آیا اور بولا، وہ دیکھیے سر، وہ چھوٹا سا گاؤں ہے نا؟ وہاں انہی دیوی دیوتاؤں کی اولاد آج تک بسی ہوئی ہے... میں نے دوربین سے وہاں نیم برہنہ جنگلی لوگوں کو دیکھا اور میری تسلی ہوگئی... ہہ ہا ہہ ہہ...!''

''مذاق مت اڑاؤ، ولی۔ ان مورتیوں میں کلاکاروں نے اپنی سانس بھر دی تھی''۔

''ہاں، کمو، کسی دیوی دیوتا کے قدموں پر ایک نہایت اداس داسی دیکھ کر میں بھی چونک گیا تھا۔ دیوی دیوتا تو مجھے مٹی کے مٹی لگے، مگر یہ داسی بناتے ہوئے آرٹسٹ ضرور اپنی محبوبہ کے ہجر میں تڑپ رہا ہوگا اور یوں اس نے اسے... جیسے کہانیوں میں لکھا ہوتا ہے... جوں کا توں اپنے سامنے کھڑا کر لیا...''

کمو اس کا خالی گلاس بیئر سے بھرنے لگی۔'' اگرچہ تمھارا ذہن ہمیشہ فنانس کے مسائل

میں الجھا رہتا ہے، مگر بہت زرخیز...''

''تو پھر کھیتی باڑی کیوں نہیں شروع کر دیتیں؟''

''مذاق چھوڑو، دتی تمھارا وہ سوال بھی مجھے کبھی نہ بھولے گا جو تم نے ایلورہ کی پہاڑی سے اترتے ہوئے پوچھا تھا''۔

''کون سا؟'' بیرے کو کھانا لگاتے ہوئے دیکھ کر اس کا جی چاہا کہ ہاتھ بڑھا کر کچھ اٹھا لے۔

''ایک چھوٹی سی بستی کی طرف اشارہ کر کے تم نے پوچھا تھا، کیا وہاں بھی کھدائی ہو رہی ہے اور...''

''اور؟''

''اور وہ لوگ صدیوں بعد نیچے سے ویسے کے ویسے سانس لیتے ہوئے برآمد ہو گئے ہیں؟''

''ہہ ہاہہ...!'' ہٹ مین جانے میز پر کھانا لگتے دیکھ کر زیادہ خوش ہو رہا تھا، یا کمو سے اپنا سوال سن کر۔

(۷)

کمو اور ہٹ مین کا ہوائی جہاز غاروں کی سطح سے بہت اوپر خلاؤں میں دتی کا رُخ کیے ہوئے تھا اور وہ ایک دوسرے کے پہلو میں بیٹھے کسی بات پر ہنس رہے تھے، یا شاید ہنسنے کی کوئی بات نہ ہو، بس ان کا جی چاہ رہا ہو کہ ہنسیں۔

''تم کچھ بھی کہہ لو''۔ کمو کو اچانک ہٹ مین کے جسم کی حرارت اپنے جسم میں سرایت کرتی ہوئی محسوس ہوئی اور وہ ذرا پرے سرک گئی۔ ''میں تمھارے بے ماضی پن کو تمھاری بدقسمتی سے ہی تعبیر کروں گی''۔

''نہیں، کمو، ہم مستقبل کو صیغہ ماضی میں نہیں جی سکتے''۔ جیب سے چیونگ گم نکال کر اس نے اپنے منہ میں ڈال لیا۔ ''یا پھر یہ ہے کہ لوگ زمین دوز غاروں میں کھد کر پڑے رہیں''۔

''ہمارے بچے تمھارے چیونگ گم بڑی رغبت سے کھاتے ہیں''۔

کمو خود کو روک نہ سکی۔ ’’شاید اس لیے، کہ خالی منہ ہلا ہلا کر تمھارے مانند اناپ شناپ باتوں کی خواہش پوری کرلیں‘‘۔

’’تم یہ کیوں نہیں سمجھتیں کمو، کہ آگے جا کر ہم آگے آ پہنچتے ہیں؟ سو سمپل! ہمیں اپنے زمان و مکان میں جیے بغیر کوئی چارہ ہی نہیں۔ مشرقی لوگ اسی لیے حادثوں کا شکار ہوتے رہتے ہیں کہ پیچھے کی طرف منہ کرکے آگے چلتے ہیں‘‘۔ وہ پھر اس کی طرف سرک آیا۔ ’’جنیا کوئی شعبدہ بازی نہیں کمو ڈیئر۔ زندگی کے کاروبار میں... میرا مطلب ہے، محبت کے کاروبار میں بھی ہمیں آگے ہی آگے جانا ہوتا ہے اور اس عمل میں آدمی آدمی کا اتنی دور تک ہی ساتھ دیتا ہے جہاں تک اس کی سہولت یا غرض ہو، یا اس سے بھی زیادہ... جہاں تک اس میں دم ہو‘‘۔ کمو کی طرف انچ انچ سرکتے ہوئے وہ اس سے جڑ کر بیٹھ گیا۔ ’’اس مانند کیا ہوتا ہے کہ بھی سبھوں کا ساتھ چھوڑتے چلے جاتے ہیں...‘‘

’’تم کہنا کیا چاہ رہے ہو؟‘‘

’’یہ، کمو، کہ جو جب مل جائے، صرف اسی سے ملو‘‘۔ اس نے چیونگ گم کو پھیکا ہوتے ہوئے پا کر ایک اور منہ میں ڈال لیا۔

’’مگر جو بچھڑ جائے وہ ذہن میں تو موجود رہتا ہے‘‘۔ کمو بات چیت میں پورے طور پر شامل ہو چکی تھی۔ ’’اس سے وہیں کیوں نہ ملیں؟‘‘

’’کیوں کہ ہم اسے وہاں چھو نہیں سکتے‘‘۔ اس نے اس کا ہاتھ اپنے ہاتھ میں لے لیا۔ ’’گلے نہیں لگا سکتے...‘‘

’’کسی سے بالمشافہ مل کر بھی ہم اسے اسی لیے گلے لگاتے ہیں کہ اس سے پہلے بھی مل چکے ہوتے ہیں... ذرا غور کرو وتی یادداشت کے بغیر انسانی رشتوں میں بھونچال آ جائے گا‘‘۔

’’مگر کمو ڈارلنگ، میں تو اس لیے تمھیں گلے لگانا چاہتا ہوں کہ یادداشت کھو چکا ہوں‘‘۔ اس نے اپنا بازو اس کی کمر میں حمائل کر لیا۔

’’نو، وتی‘‘۔ وہ یکایک موضوع سے نکل کر اپنے آپ میں لوٹ آئی اور خود کو چھڑانے کی کوشش کرنے لگی۔

مگر تم نے تو رائے دی تھی کہ دماغ پر پٹی باندھ لیا کرو‘‘۔ ہٹ مین نے اپنا دوسرا بازو

بھی اس کی طرف بڑھا دیا۔

"نو، پلیز، نو!... صرف دوستی!"

"لیکن صرف دوستی میں پہلے ہی دو دن بیت چکے ہیں"۔ کمو کے وجود کو اپنے بازوؤں میں باندھ کر وہ اس پر جھکتے جا رہا تھا۔ "اور دو دن بعد میں یہاں کہاں ہوں گا"۔ اس نے اس کے منہ میں اپنا منہ ٹھونس دیا۔

وہ پوری قوت سے اپنے آپ کو چھڑا کر ایک الگ سیٹ پر جا بیٹھی۔

"نو، مسٹر ہٹ مین!"

"آئی ایم ساری، مس لالہ!"

(۸)

چکور ولا آج اس طرح آراستہ پیراستہ کھڑا تھا، جیسے لالہ سادھو رام خود آپ، اپنی پگڑی اتار کر۔

ولا کے سب سے بڑے کانفرنس روم میں اس وقت ہٹ مین اینڈ لالہ فنانس (انڈیا) کی بورڈ آف ڈائرکٹرز کی سالانہ میٹنگ چل رہی تھی۔

ہٹ مین کی گل پوشی وغیرہ کے بعد کمپنی کے کو چیئر مین لالہ سادھو رام نے اپنی طویل رپورٹ پڑھی جس میں واضح طور پر ذکر کیا کہ اگرچہ ہماری قومی اکانومی سے کافی غیر ضروری ضوابط اٹھائے جا چکے ہیں، تاہم جو بھی باقی ہیں ان کے باعث بھی اکانومی کی آزاد نشو ونما میں بہت رکاوٹیں درپیش ہیں، جنھیں فوری طور پر ہٹا لینا عین دانش مندی ہوگی۔

لالہ سادھو رام کی رپورٹ کے بعد تھوڑی دیر رپورٹ میں پیش کردہ مسائل پر گرما گرم بحث ہوئی اور بالآخر اسے متفقہ طور پر قبول کر کے میٹنگ کے اراکین نے ایک ریزولیوشن کے ذریعہ ہٹ مین اینڈ لالہ فنانس (انڈیا) کی کارگزاری کو ہر لحاظ سے قابلِ ستائش قرار دیا۔

آخر میں چیئر مین ولیم ہٹ مین اپنی تقریر کے لیے کھڑا ہوا تو کانفرنس روم تالیوں سے گونج اٹھا۔ میٹنگ کا ہر رکن بڑی بے تابی سے چیئر مین۔ کے اعلان کا منتظر تھا کہ کمپنی کی

نہایت اعلیٰ کارگزاری کے پیش نظر اس نے کمپنی میں اپنی ذاتی سرمایہ کاری کو دُگنا کر دینے کا فیصلہ کیا ہے:-

چیئرمین ولیم ہٹ مین نے اپنی تقریر کو بڑے خوش باش لہجے میں چند جملوں میں ہی سمیٹ دیا، جنھیں سن کر کو چیئرمین لالہ ستادھو رام اور دوسرے ڈائرکٹروں کے چہرے اتر گئے۔

لیڈیز اینڈ جنٹلمین! میں تو اپنے نمائندۂ خاص کی سفارش پر امریکہ سے آیا ہی اس اعلان کی نیت سے تھا کہ اپنی انوسٹمینٹ کو فی الفور دُگنا کر دوں، مگر ہمارے کو چیئرمین مسٹر لالہ نے جس معتبر انداز سے اپنی رپورٹ میں بعض اڑچنوں کا ذکر کیا ہے، اس کے پیشِ نظر میری رائے میں ابھی سرمایے کے اس قدر پھیلاؤ کا ٹائم نہیں آیا، لہٰذا میں نے فیصلہ کیا ہے کہ جب تک اس ملک کی اکانومی میں لبرلائزیشن کا فطری عمل سرکاری طور پر پایۂ تکمیل تک نہیں پہنچتا مجھے اس وقت تک توسیعی سرمایہ کاری کو معرضِ التوا میں ڈالے رکھنا چاہیے۔

◆◆◆

بھوک پریت

ٹھہرو برادر۔

ٹھہر گیا برادر۔

اپنی داستان کو آگے بڑھانے سے پہلے مجھے تھوڑا سا رو لینے دو۔

تھوڑا سا کیوں برادر؟ خوب خوش ہو کے رو لو۔

نہیں برادر، خوب خوش ہو کے روتا چلا گیا تو تمھیں اپنی داستان بھول جائے گی۔

ہاں، داستان بھول گئی تو میرے پاس سنانے کو کیا رہ جائے گا؟۔

لیکن تمھاری داستان تو ایک طربیہ مقام پر آ پہنچی ہے، پھر میری آنکھوں میں آنسو کیوں بھر رہے ہیں؟

نہیں، برادر، خوشی کے موقع پر جو تھوڑا سا رو لیتا ہے اُس کا دکھ میں بھی ہنسنا بنا رہتا ہے۔

نہیں، اتنی عاقبت اندیشی سے کام مت لو، وگرنہ عاقبت کو خواہ مخواہ بگاڑ لو گے۔

وہ تو بگڑ ہی چکی ہے برادر۔

پوری داستان سناؤ برادر۔ داستان کا اختتام تو تم پہلے بھی بتا چکے ہو۔

ہاں، جب ساری داستان پیش آ چکے تو اسے سنانا ہی باقی رہ جاتا ہے۔ تو پھر یہ ہوا برادر، کہ شہزادی نے میرے گلے میں باہیں حمائل کر دیں۔ خدام نے حکومت کا تخت اپنی جگہ سے اٹھا کر وہیں ہمارے پیچھے لا رکھا اور اُس تخت پر نیم دراز ہو کر ہم محبت کرنے لگے...

ٹھہرو برادر۔

ٹھہر گیا برادر۔

مجھے رونا آ رہا ہے کہ یہ سب کچھ میرے ساتھ بھی پیش کیوں نہیں آیا۔

روتے ہو برادر، نہ داستان کو آگے بڑھنے دیتے ہو۔

تمھاری داستان تو وہاں آن ہی پہنچی ہے جہاں اسے پہنچنا تھا، لڑتے کیوں ہو؟ یہ لو، بھوکے ہو تو کھجور کھاؤ۔

بڑے مزے کی کھجور ہے برادر۔

ہاں، یہ لو، یہ پانی بھی پیو۔

بڑا میٹھا پانی ہے برادر۔ اب اپنی داستان آگے بڑھاتا ہوں۔

وہ تو یہاں آن ہی پہنچی ہے۔

کہاں؟

اس صحرا میں، جہاں ہم بیٹھے ہیں۔

ہاں برادر، ٹھہرو، مجھے بھی ذرا رو لینے دو۔

تم یہاں اپنی شہزادی کی گود میں سر رکھ لو اور میں یہاں تمھاری ہی گود میں سر دھر کر بساط بھر رو لیتا ہوں۔

ٹھہرو برادر، پہلے مجھے آرام سے اپنا سر کہیں ٹکا لینے دو، پھر تم میری گود میں اپنی جگہ بنا لو — لیکن یہ کیا برادر؟ تمھارے تو گود ہی نہیں؟

ہاں! — ارے ہاں — میری گود، برادر —؟

اپنی ساری داستان یاد کرو — یاد کرو گود کہاں رہ گئی؟

اور کہاں رہے گی؟ وہیں حکومت کے تخت پر، شہزادی کے سر کے نیچے۔

اور تم اُسے بڑے آرام سے وہیں بھول آئے؟

ہاں، بھول تو آیا برادر۔ شہزادی کے بال اتنے گھنے تھے کہ اٹھتے ہوئے دِکھائی ہی نہ دی۔

یہ تو بہت برا ہوا برادر۔

ہاں، برا تو ہوا برادر۔

اب ایک ہی چارہ ہے۔ شہزادی کو ڈھونڈو، ورنہ گود ہی نہ رہی تو جی کر کیا کرو گے؟

نہیں جی لوں گا برادر۔

پر جیو گے بھی کیسے؟

ہاں، جیوں گا بھی کیسے؟

جینا ہے تو پہلے گود کو ڈھونڈو۔

کہاں ڈھونڈوں، برادر؟

حکومت کے تخت پر!

حکومت کے طلسمی تخت کی طرف جو بھی بڑھتا ہے برادر، تخت اسے واپس اچھال دیتا ہے۔

تو پھر اُن خدام کو ڈھونڈو، کہ تخت تمھاری پُشت پر ڈال جائیں۔ خدام تو شہزادی کے محل میں ہیں۔

اور شہزادی کا محل؟

میرے خیال میں، برادر۔

اور تمھارا خیال، برادر؟

میرے پاس ہی ہے، پر پتہ نہیں، کہاں؟

تمھارے پاس ہی برادر تو تمھارے پاس ہی ہوگا۔

پتہ ہی نہیں، کہاں ہے برادر، تو کیا پتہ، کہاں ہوگا؟

ٹھہرو، برادر۔

ٹھہر گیا برادر۔

اگر تمھارا خیال بھی تم سے کھو گیا ہے تو پھر کیا فکر، کہ تم نے کیا کھویا ہے؟

ہاں برادر، تمھاری بات لگتی تو ٹھیک ہے۔

تو پھر مزے سے اپنی داستان آگے بڑھاؤ۔

آگے کیسے بڑھاؤں برادر۔ اُسے تو جہاں پہنچنا تھا، پہنچ لی۔

ہاں، اس صحرا میں۔

ہاں، برادر، اب ایک یہی ممکن ہے کہ پیچھے جا کر یہاں تک آ جاؤں۔

ہاں، یہاں سے آگے کی کیا خبر؟

ہاں، جو کچھ ابھی پیش ہی نہیں آیا اُس کی کسے خبر؟

ٹھہرو، برادر۔

ٹھہر گیا، برادر۔

مجھے خبر ہے، آگے جا کر ہمارے ساتھ کیا پیش آئے گا۔

کیا پیش آئے گا؟

ہم اِس صحرا سے نکلنے میں ضرور کامیاب ہو جائیں گے۔

تو پھر آؤ برادر، آگے ہی چلیں۔

نہیں برادر، تم پیچھے جاؤ، کہ تم پیچھے سے ہی آئے۔

اور تم، برادر؟—

میں کہیں سے بھی نہیں آیا برادر، اس لیے بلا تامل اپنے آگے کہیں بھی جا پہنچوں گا۔

آگے تو صرف اجنبی ہوں گے برادر، کیا تمھیں اجنبیوں سے خوف محسوس نہ ہوگا؟

نہیں برادر، میں کسی سے بھی مانوس نہیں ہوں، اس لیے مجھے کوئی بھی اجنبی معلوم نہیں ہوتا۔

تو پھر چلو برادر، ایک دوسرے کی طرف پیٹھ موڑ کر اپنے اپنے سفر پر تیز گام روانہ ہو جائیں۔

ہاں، چلو۔

ٹھہرو برادر۔

ٹھہر گیا برادر۔

ہم آنکھ جھپکنے میں ہی لوٹ آئے ہیں۔

خیالوں میں ہم روانگی سے بھی پہلے پہنچ کر لوٹ آئے ہیں۔

تم کہاں سے ہو کر آ رہے ہو؟

شہزادی کے محل سے۔

تعجب ہے!

اس میں تعجب کی کیا بات ہے برادر؟ میرا سر غلطی سے اِدھر گھوم گیا اور تمھارا اُدھر—

لیکن میں بھی شہزادی کے محل سے ہی ہو کر آ رہا ہوں۔ تعجب ہے!

نہیں برادر، اس میں تعجب کی کیا بات ہے؟ آگے پیچھے دونوں راستے شہزادی کے محل کو ہی جاتے ہیں۔

ہاں، جاتے تو ہوں گے برادر، ورنہ تم وہاں کیسے جا پہنچتے؟

ہاں، سبھی راستے شہزادی کے محل کو ہی جاتے ہیں۔

ہاں، وہ بھی، جن پر ابھی ہمارا جانا نہیں ہوا۔

ہاں برادر، کسی بھی راستے پر، نکل پڑو، عین وہیں جا پہنچو گے۔

ہاں، برادر، کسی بھی راستے سے لوٹ آؤ۔

ہاں، لیکن لوٹ ضرور آؤ۔

ہاں، جو خیالوں میں بچھڑ جاتے ہیں وہ کبھی نہیں ملتے۔

نہیں برادر، ابھی تو لوٹے ہیں، ابھی بچھڑنے کا ذکر مت کرو۔

ہاں، بچھڑنے کا ذکر چھیڑیں گے تو ملیں گے کیسے؟

ہاں برادر، ملن کا ذکر کرو— کیا تم میری شہزادی سے مل آئے ہو؟

مل تو آیا ہوں برادر—

ٹھہرو برادر۔

ٹھہر گیا برادر۔

پہلے، مجھے بتاؤ—

نہیں، پہلے میری سنو برادر— تمھاری گود وہیں شہزادی کے بالوں کے نیچے ڈھلی پڑی تھی۔ میں نے چپکے سے اسے اٹھا لیا پر آتے آتے اپنی گود وہیں بھول آیا۔

ہت تیری!— تو پھر میں تمھاری ہی گود کو اپنی سمجھ کے اٹھا لایا ہوں۔

میری ہی گود میں پڑے ہو برادر، اسی لیے مجھے اتنے اچھے لگ رہے ہو۔

اور تم مجھے، برادر۔

اور ایک دوسرے کی گود میں پڑے پڑے ہم یہاں جنت میں آ پہنچے ہیں۔

ہاں، برادر، نخلستان خود آپ ہی کہیں سے یہاں آ پہنچا ہے۔

اور خدام نے ہمارے پیچھے حکومت کا تخت ڈال دیا ہے۔

نہیں برادر، پیچھے مڑ کر نہیں دیکھو، وگرنہ یہ طلسمی تخت ہمیں واپس اچھال دے گا۔

ہاں، ہم اپنے خیال سے باہر اچھل آئے تو کسی کام کے نہیں رہیں گے۔

اچھل بھی آئے برادر، تو کیا مضائقہ ہے؟

ہاں، خیال سے ہی اچھل کر باہر آ گئے تو نفع کیا اور نقصان کیا؟

نفع نقصان کو چھوڑو برادر، یہ لو، یہ کھجور کھاؤ۔

بڑے مزے کی کھجور ہے برادر۔

ہاں، لو، یہ پانی پیو۔

بڑا میٹھا پانی ہے برادر۔

ہاں—اب سو جاؤ۔

ہاں برادر، بڑی گہری نیند آ رہی ہے۔

ٹھہرو، برادر۔

ٹھہر گیا، برادر۔

اگر ہم سو گئے تو ہمیں جگائے گا کون؟

پر ہمیں جاگ کر کرنا ہی کیا ہے؟

تو آؤ، سو جائیں۔

ہاں، برادر، آؤ، سو جائیں—

کیا تم سو گئے ہو برادر؟

نہیں برادر، شہزادی کے چہرے پر ٹکٹکی باندھے ہوئے ہوں۔

مگر مجھے تو لگ رہا ہے کہ سو رہے ہو۔

ہاں برادر، شہزادی کے بال اتنے گہرے ہیں کہ نیند میں اترنے کا احساس ہوتا ہے۔

ہاں برادر، اور چہرہ اتنا شفاف کہ نیند میں ڈوب کر بھی یہی معلوم ہوتا ہے کہ ابھی سطح پر

ہی ہیں۔

ہاں، ہم خواب میں بھی اسے دیکھتے رہتے ہیں۔

ہاں، اور وہ ہمیں۔

ہاں، ہم سو جاتے ہیں تو ہماری قسمت جاگ پڑتی ہے۔

ہاں، ہماری خوابیدگی میں چاند سے ہُن برسنے لگتا ہے۔

تو آؤ برادر، چپکے سے سو جائیں۔

ہاں آؤ— نہیں اُدھر نہیں برادر، اِدھر!۔

ہاں، اُدھر تو نیند ابھی جاگ رہی ہے۔

ہاں، جاگ رہی ہے تو چوروں کو اپنے اندر کیوں کر گھسنے دے گی۔

ٹھہرو برادر۔

ٹھہر گیا برادر۔

بھوک نے پھر میرے کلیجے میں ہاتھ پھیرنا شروع کر دیا ہے۔

تو لو برادر، کھجور کھاؤ۔

بڑے مزے کی کھجور ہے۔

یہ لو، یہ پانی بھی پی لو۔

بڑا میٹھا پانی ہے برادر۔

ہاں، اب سو جاؤ۔

ہاں، اب تو آنکھوں کے کواڑ اپنے آپ بند ہو رہے ہیں۔

ہاں برادر، چپکے سے نیند کے باطن میں داخل ہو جاؤ۔

لیکن کواڑ بند ہو گئے برادر، تو باہر کیسے نکلو گے؟

لیکن برادر، اندر ہی داخل نہ ہوئے تو باہر کیسے نکلو گے؟

ہاں برادر، شب بخیر!— چلتا ہوں۔

کہاں برادر؟

نیند کے باطن میں، اور کہاں؟

ہاں، جاؤ۔

ہاں، چلتا ہوں۔

پھر آ گئے برادر؟ گئے بھی نہیں کہ پلٹ آئے؟

خدا کا شکر ہے کہ پلٹ آیا ہوں، نہیں تو پل ہی میں ہزاروں کوس کی مسافت طے کر کے کون پلٹتا ہے؟

ہاں، خدا کا لاکھ لاکھ شکر ہے کہ لوٹ آئے ہو، مگر برادر، گئے کہاں تھے؟

نا معلوم کہاں، برادر۔ بس شہزادی کی رفاقت میں حکومت کے تخت پر ہوا میں پرواز کرتا رہا اور پرواز کر رہا تھا کہ اچانک تمھاری آوازیں سنائی دیں اور تمھیں کوس کوس کر اِس طرح تخت سے نیچے قدم رکھا جیسے ابھی زمین پر ہی تھا۔

لیکن تم تھے تو ہوا میں ہی۔

ہاں، اور کہاں؟

تو اچھا ہی ہوا برادر، کہ زمین پر لوٹ آئے۔ خدا نے ہمیں پر عطا نہیں کیے تو اُس کی رضا یہی ہے کہ ہم دھرتی پر پڑے رہیں۔

پھر دھرتی پر نیند نہیں آتی برادر۔

ہاں، یا آتی ہے تو یہی خوف لاحق رہتا ہے کہ اب آنکھیں نہیں کھولیں گے۔

ٹھہرو برادر۔

ٹھہر گیا برادر۔

بھوک مجھے پھر تنگ کر رہی ہے۔

تو کیا ہوا برادر، لو یہ کھجور کھا لو۔

بڑے مزے کی کھجور ہے برادر۔

لو، پانی بھی پی لو۔

بڑا میٹھا پانی ہے برادر۔

پیٹ بھر گیا ہے تو شہزادی کی داستان شروع کر دو برادر۔

شہزادی کی داستان؟

ہاں برادر۔

اگر اجازت دو برادر تو حرف بہ حرف سچائی بیان کر دوں؟

ہاں، برادر، خدا کا فرمان ہے کہ ہمیشہ سچ بولو۔

تو سچی بات یہ ہے کہ اپنی خوشی کی خاطر میں نے ہمیشہ جھوٹ بولا ہے۔

اسی لیے خدا نے تمھیں اس بے کراں صحرا میں دھکیل دیا—

ہاں برادر، اور تمھیں بھی۔

ہاں، مجھے بھی برادر— بھوک سے دیوانہ ہو رہے ہو، لو، اور کھجور کھالو۔

بہت ہولیا برادر۔ ریت کی اِس مٹھی کو پرے ہٹاؤ اور— اور مجھے سو جانے دو۔

ہاں برادر، آنکھ نہ بھی کھلی تو کون سی کھجور آجائے گی۔

◆◆◆

باشندے

کوئی چھتیس برس بعد میں اپنے جنم کے نگر میں لوٹا ہوں اور وہ اوجھل راستے میری خوابناک آنکھوں میں بھر آئے ہیں اور بھرتے ہی بڑی فطری سرعت سے ان ہی مانوس مقامات کی طرف ہو لیے ہیں۔

میرے دوست جمال نے میرے کندھے پر ہاتھ رکھ کر اپنی کار کی طرف اشارہ کیا ہے— چلو—! وہ مجھے اسٹیشن پر لینے آیا ہوا ہے۔

پاکستان بننے سے پہلے جمال اور میں لاہور میں اپنے یونیورسٹی ہاسٹل کے ایک ہی کمرے میں رہا کرتے تھے۔ جمال کا آبائی گھر پاکستان کی سرحد کے اُس پار میرٹھ میں تھا۔ اور میرا اسی شہر سیالکوٹ میں۔ پاکستان بننے پر میں سرحد کے پار جا بسا اور وہ یہاں سیالکوٹ آ گیا۔ پودوں کا کیا ہے؟ انھیں کہیں سے اکھاڑ کر کہیں بھی لگا دو۔ زیادہ سے زیادہ یہ ہوگا کہ نئے مقام کی آب و ہوا راس نہ آنے پر گل سڑ جائیں گے— مگر میں تو اتنا بڑا نکل آیا ہوں— نہیں گلتا سڑتا تو میں بھی رہا مگر اُگتا بھی رہا اور اُگتے اُگتے سخت ہو گیا تو میرا گلنا سڑنا رُک گیا۔ لاچار آدمی سے وہ کچھ تو نہیں ہو پاتا جو وہ چاہتا ہے لیکن فطرت اس پر ترس کھا کر اتنا ضرور کر دیتی ہے کہ جو کچھ وہ ابتداً نہیں چاہتا، ہوتے ہوتے اسے عادتاً چاہنے لگے۔ اس طویل مدت میں میرے ساتھ بھی یہی ہوا ہے۔ میری پہچان اور چاہ کے نشانات اب دلّی سے وابستہ ہو گئے ہیں اور مجھے ڈر سا لگا رہتا ہے کہ یہاں سے بھی کاٹ لیا گیا تو ایندھن ہو کے رہ جاؤں گا۔ اس کے باوجود جب کسی بھلے موسم میں لہرا رہا ہوتا ہوں اور مجھے دیکھ کر میری معصوم شاخیں بھی لہرانے لگتی ہیں اور ان کے ان گنت گول مول پتے ان کی چھاتیوں میں بیک وقت منہ ٹھونس لیتے ہیں تو اس سکھ کے عالم میں مجھے نہ

معلوم کیوں کر اپنی جڑوں سے سیالکوٹ کی پرانی مٹی بھر بھر جھڑتی ہوئی محسوس ہوتی ہے اور میں ایک دم اپنے اندر ہی اندر رونے لگتا ہوں اور باطن میں اس برستے پانی سے میری شبیہ نکھرتی چلی جاتی ہے۔

میرا سیالکوٹ میری روح میں آباد ہے۔ میری سدا یہ خواہش رہی کہ ایک بار وہاں جانا ہو جائے۔ کھوئے ہوئے کتے بلّیاں بھی چار دن میں دُم ہلاتے ہوئے اپنے دور دراز ٹھکانوں پر لوٹ آتے ہیں، مگر انسان ہی ہے جو اپنی رہبری کے لیے ایسے قانون وضع کر لیتا ہے جن کی بدولت عمر بھر ہوائی جہازوں میں بے مقام اڑتا ہے، اپنے وجود سے اپنی ہی روح تک بھی اس کی رسائی نہ ہو پائے۔

ج۔ل نے میرے کندھے کو پھر ہلایا۔

''خواب دیکھ رہے ہو؟ آؤ، گھر چلیں''۔

ریل گاڑی سے اتر کر میں اسے پہچان نہ پایا تھا۔ وقت کے اس طویل فاصلے پر وہ جیالا لڑکا نہ معلوم اپنی داڑھی کی سوکھی اور سپید جھاڑیوں میں کہاں چھپا بیٹھا تھا۔

اس نے ایک ہاتھ سے گاڑی کا پچھلا دروازہ کھول کر دوسرے سے میری پیٹھ کو دروازے کے اندر کی طرف بڑھایا ہے اور میں اندر بیٹھ گیا ہوں تو وہ بھی میرے پیچھے آ گیا ہے۔

''چلو، ڈرائیور''۔ پھر وہ میری طرف متوجہ ہو گیا ہے۔ ''ابھی تک خواب دیکھ رہے ہو، موہن، جاگو!''۔

میں نے اسے بتایا ہے کہ مجھے لگتا ہے میں خواب ہی دیکھ رہا ہوں۔

''آنکھیں کھولو، دوستم''۔

اس کے ہنسنے سے جھاڑیوں میں حرکت ہوئی ہے اور میں نے ان میں بے اختیار جھانکا ہے اور دبے پاؤں چل کر وہاں اپنے چھپے ہوئے دوست کو جا لیا ہے۔

اس نے اپنا سگریٹ سلگا کر ڈبیا اور ماچس میری طرف بڑھائی ہیں۔ ''لو، یہ امپورٹڈ سگریٹ پیو، تمھارا ہندوستان تو دنیا بھر کی دولت جمع کرنے کی فکر میں ایک پیسے کا اچھا مال بھی باہر سے نہیں منگواتا''۔

میں نے سگریٹ کو سلگایا ہے تو وہ کچھ خیال آنے پر بے اختیار ہنسنے لگا ہے۔

''یاد ہے موہن، میں تمھاری سگریٹ کی ڈبیا غائب کر دیا کرتا تھا اور پھر ہم دونوں ڈبیا ڈھونڈنے کے لیے اپنے روم کی ایک ایک شے الٹ دیتے تھے''۔ اس نے میری پیٹھ پر ہاتھ مار کر قہقہہ لگایا ہے۔ ''تمھیں مجھ پر شک تو ہو جاتا تھا مگر خدا بخشے، میری جھوٹی قسمیں سن سن کر تمھاری پیش نہ چلتی تھی— ہہ ہاہہ— ہاہہ— تم کافروں کی صحبت میں ہم ایمان والوں کا سولہ آنے ستیاناس ہو چکا تھا''۔ اس نے میرا ہاتھ اپنے دونوں ہاتھوں میں لے کر دبا دیا ہے۔ ''ادھر دیکھو، وہ آگے پیچھے والی کی گلی!''

وہ کوچہ بند گلی میری آنکھوں میں ذرا سی جھپکی ہے اور گاڑی آگے نکل گئی ہے۔ ایک بار جمال کو میں لاہور سے اپنے گھر لے آیا تھا اور اسے شیلی سے ملوایا تھا۔ شیلی اس گلی میں دائیں طرف پانچویں مکان میں رہا کرتی تھی— شیلی—! میرے ساتھ ساتھ مت چلو موہن، آگے ہو لو— مگر سنو تو— نہیں، آگے جا کے، یہاں کوئی دیکھ لے گا— مگر— نہیں، میں کہہ رہی ہوں نا، میرے ساتھ ساتھ مت چلو— پیچھے ہو جاؤ— میری اس اولین محبت کے تین چار سال شیلی کے آگے پیچھے بھاگتے ہوئے ہی بیت گئے اور اس سے پہلے کہ ہم کھلے بندوں ساتھ ساتھ چلتے، وہ بھی سرحد کے اس پار جا کے کھو گئی۔ اپنے اس ممکن پار کو میں اس پار کہاں کھوجتا؟ مگر اس کا خیال آنے پر جب میں اپنی بیوی کو چومتے چاٹتے ہوئے بے سدھ سا ہو جاتا تو وہ حیران سی شادمانی سے میری طرف دیکھتی رہ جاتی کہ میرا مرد کتنا باؤلا ہے۔

ہماری گاڑی کے آگے آگے سڑک مجھے دیکھتے ہوئے اتنا ہنس رہی ہے کہ اس میں گڑھے ہی گڑھے پڑتے جا رہے ہیں اور گاڑی کے پیہم اُچھلتے چلے جانے سے میرے حواس بجا نہیں رہے ہیں۔

''آہستہ، ڈرائیور!''

''ان گڑھوں میں آہستہ چلاؤں گا شاہ جی، تو اور دھچکے لگیں گے''۔

''ٹھیک ہے'' شاہ جی نے اپنے ڈرائیور کو ہدایت کی ہے۔ ''مگر اتنا تیز بھی نہ چلاؤ کہ گاڑی اُلٹ جائے''۔

اس سڑک پر میں بھی تیز تیز چلا کرتا تھا اور چلتے چلتے اندھا سا ہوئے ہوتا تھا۔ ایک

بوڑھا اور لنگڑا سکھ جو یہیں ایک بہت بڑی بجلی کے سامان کی دُکان کے سامنے آلو چھولے بیچا کرتا تھا، مجھے دیکھتے ہی اپنا کام چھوڑ دیتا تھا اور اس کی گھنی اور سفید داڑھی مونچھوں میں چھپا ہوا چہرہ ہنس ہنس کر باہر نکل آتا تھا۔ مجھے لگتا تھا کہ میرے اور شیلی کے پیار کو بھانپ کر اس نے دل ہی دل میں ہمارے بارے میں اپنی مرضی کا کوئی قصہ جوڑ رکھا ہے۔ اسے اس طرح اپنی طرف دیکھتے ہوئے پا کر میں گھبرا جاتا اور ٹھوکر کھا کر بڑی مشکل سے اپنے آپ کو گرنے سے بچاتا— بچ کے، باؤ جی۔ ساری اُمر چلدے رہنا تے بچ کے چلو— کچے دنوں کی بعض موٹی تنبیہوں کو ہم تو بھولے ہوتے ہیں، مگر وہ آسیب کے مانند ہمارے ذہنوں میں پڑاؤ ڈالے موقع کی تاک میں لگی رہتی ہیں۔ مجھے بھی یہ قبول کرنے میں تامل نہیں کہ جب بھی کوئی ایسا موقع آیا ہے کہ میں اپنے بچاؤ کی تدبیر کو بالائے طاق رکھ کر بے دھڑک اپنی کوئی عزیز ترین خواہش پوری کرلوں۔ میں نے اس وقت ہمیشہ اپنی خواہش کو بالائے طاق رکھا ہے۔ بچ بچ کے چلتے ہوئے میں بڑا متمول اور معتبر ہو گیا ہوں، مگر اس سے تو یہی اچھا تھا کہ اس آلو چھولے والے کی طرح اپنی ایک ٹانگ گنوا کے بھی پہلے میں اپنی دو چار خواہشیں پوری کرلیتا اور پھر باقی عمر اوروں کو خبردار کرنے میں گزار دیتا— وہ دُکان ہے—! مگر یہاں تو اب کوئی اپنا ہوٹل چلا رہا ہے— نہیں، مجھے وہ وہی بجلی کے سامان کی دکان معلوم ہو رہی ہے اور اس کے سامنے عین اس جگہ پر مکھیوں کے جھنڈ کے جھنڈ منڈلا رہے ہیں جہاں وہ لنگڑا اپنا خوانچہ لیے بیٹھا ہوتا تھا— بچ کے، باؤ!

گاڑی کا دھچکا کھا کر میں نے اپنے آپ کو اس طرح گرنے سے بچایا ہے گویا سڑک پر چلتے ہوئے ٹھوکر کھا کر۔

''آہستہ چلو، ڈرائیور؟'' جمال نے ڈرائیور کو پھر ہدایت کی ہے۔

سڑک کو میرا پتہ چل گیا ہے اور اس نے ہمارے آگے آگے دور تک دوڑ کر مڑ کے ہماری ونڈ اسکرین میں سے دیکھا ہے— موہن—! موہن—!

نہیں، واقعی سڑک ہی مجھے بلا رہی ہے۔ اس میں تعجب کی کیا بات ہے؟ پشتوں پرانی سڑک ہے۔ بے جان بھی ہوگی تو لاکھوں انسانوں کی سانسوں میں رچ بس کر اس میں جان پڑ گئی ہوگی؟ یہیں سیالکوٹ میں دادی ہمیں بتایا کرتی تھی کہ دادا سوتے سوتے ہی چل

بسے۔ جس دن ان کی ارتھی جلائی گئی اسی رات کو بارہ بجے کے قریب دادی کے سرہانے کھڑے وہ اسے جگا رہے تھے— نکّے دی ماں— دادا میرے بابا کو نکّا کہا کرتے تھے— اٹھو، نکّے دی ماں—! دادی نے ہمیں بتایا کہ روتے روتے اس کی ابھی ابھی آنکھ لگ گئی تھی اور اس وقت سپنے میں وہ دادا کو ہی دیکھ رہی تھی۔ وہ سمجھی کہ ابھی خواب ہی دیکھ رہی ہے، اس لیے پھر آنکھیں بند کر لیں۔

"اٹھ، نکّے دی ماں—! اٹھ پے—!"

ہائیں! ساکشات او، ای!

"میں سوچیا، تینوں ملنائیں ہویا، نکّے دی ماں، سو آ گیاں"

دادی کا کہنا تھا کہ دروازہ چوپٹ کھلا تھا۔

"میں نے ای دروجے نوں کیا، نکّے دی ماں، بھلے لوک، آپ ای کھل جا، او باؤلی تے بڑی مشکل نال سوئی ہووے گی"۔

جب ہم نے دادی سے پوچھا کہ دروازہ آپ ہی آپ کیسے کھل گیا تو وہ ہمیں بتانے لگی کہ کیسے نہ کھلتا۔ دادا کا ہی تو بنوایا ہوا تھا۔

ٹھیک ہی تو ہے۔ جسے ہم کسی شے یا شخص کی جان کہتے ہیں وہ آپ ہی آپ کچھ بھی نہیں ہوتی بلکہ، جو اور جیسے بھی ہوتی ہے، سمبندھیوں کے حوالے سے ہوتی ہے۔ دادی ہی ہمیں ایک کھلونے بنانے والے کی کہانی سنایا کرتی تھی کہ وہ کس طرح مٹھی بھر گیلی مٹی کو ہاتھ میں لے کر اپنی انگلیوں کو پوروں سے اس میں اپنی گرمی جذب کرتا تھا، ایسے میں اس کے ہاتھ ماں کی کوکھ بنے ہوتے جہاں سے کوئی جاندار پیدا ہو رہا ہو— میری ماں میرے چھٹپن میں ہی مر گئی تھی مگر اپنی دادی کی جھرّیوں کے خوبصورت تانے بانے میں مجھے اسی کا تندرست اور توانا چہرہ دکھائی دیتا تھا۔ میں اور میری بہن اتنے سال بعد آج بھی جب مل بیٹھتے ہیں تو اپنے بچوں کے بچے سے بنے دادی کے ہاتھوں گھی اور شکر کھاتے ہوئے اس سے کوئی کہانی سن رہے ہوتے ہیں۔ اسی لیے میں اپنے بیٹے کی جنریشن گیپ کی باتوں پر ہنسے بغیر نہیں رہ سکتا۔ میں اسے کیسے سمجھاؤں کہ جب تک میری مرحومہ دادی زندہ ہے، اس وقت تک میں اپنے پوتوں اور نواسوں کا ہم عصر ہوں۔

جمال نے میرا کندھا جھٹک کر پوچھا ہے'' کیوں، آپ ہی آپ کیوں ہنسے جارہے ہو؟''

''مجھے اپنی دادی یاد آرہی ہے جمال''۔

''تو چین سے دو چار آنسو بہالو، اس میں کھی کھی کرنے کی کیا بات ہے؟— لو، ایک اور سگریٹ سلگالو۔ تمھاری بھابی اب سگریٹ کو چھونے بھی نہیں دیتی، اس لیے میں اپنی ساری سموکنگ گھر کے باہر ہی کرتا ہوں''۔

ہم نے ایک سگریٹ اور سلگالیا۔

''موہن! تم نے اپنی دادی سے سنی ہوئی جو کہانیاں مجھے سنا رکھی ہیں ان میں سے کئی ایک مجھے ابھی تک نہیں بھولیں۔ جس دن تمھارے آنے کی چٹھی ملی اس دن تو کئی اور یاد آگئیں''۔ جمال آبدیدہ ہوگیا ہے۔

''یہ تم نے اچھا نہیں کیا کہ ایک ہی دن کے لیے آئے ہو''

''میں تمھیں بتا چکا ہوں، میرے ویزے کی میعاد ختم ہو رہی ہے''۔

''پہلے کیوں نہیں آگئے؟''

وہ بھی میں اسے بتا چکا تھا کہ چھ روز کیوں کر وہ کام نمٹانے میں صرف ہوگئے جس کے لیے ویزا منظور ہوا تھا۔

''بڑے فراڈ ہو، چھتیس سال بعد آئے ہو اور بس ایک ہی دن؟''

سڑک کے آخری کونے میں پہنچ کر ڈرائیور گاڑی کو دائیں طرف موڑنے لگا ہے تو میں نے بائیں طرف اشارہ کر کے جمال سے کہا ہے'' پہلے ادھر سے ہو چلو نا''۔

''ہاں، چلو، پہلے تم اپنا گھر دیکھ لو''۔

ادھر بائیں نشیب پر مڑتے ہی دل کی ساری ٹوٹی ہوئی جوں کی توں یکے بعد دیگرے میرے سامنے آنے لگی ہیں۔

''چاچا، بیٹھ لی اُپّر، سوار وسوار؟'' میں فضلے کو اپنی پیٹھ پر اٹھائے ہوئے ہوں اور اس بازار میں دکان بہ دکان پوچھتا جارہا ہوں کہ نیچے والا اوپر آجائے چاچا، یا سوار یوں ہی سوار بنا رہے؟

''سوار وسوار''۔

اس دکان کے آگے میں نے فضلے کو نیچے پٹخ دیا ہے ''بس، اب اور نہیں''۔

فضلے نے مجھے یاد دلایا ہے کہ آخری نکڑ سے پہلے کھیل کو ختم نہیں کیا جاسکتا۔

''بول دیا نا بس!''

اس نے مجھے گلے سے پکڑ لیا ہے۔

میں نے اسے ایک مُکّا رسید کیا ہے۔

وہ مجھ سے تگڑا ہے اور مجھے پیٹنے لگا ہے۔

میں نے رونا شروع کر دیا ہے۔

وہ گھبرا گیا ہے ''رو نئیں۔ آہٗن تو میری پیٹھ اُپّر آجا''۔

میں اُس کی پیٹھ پر سوار ہوتے ہی روتے روتے مسکرانے لگا ہوں۔

جمال نے مجھ سے پوچھا ہے ''مسکرا کیوں رہے ہو؟''

اس چوک پر لوہڑی کے تہوار پر رات کے وقت آگ جلائی جا رہی ہے اور آگ کے شعلے اتنے اونچے اٹھ رہے ہیں کہ شہر بھر کے مکانوں کی الگ الگ چھتوں پر بیٹھے ہوئے لوگوں کو یہی لگ رہا ہے کہ ایک ہی جگہ وہ جُڑ کر بیٹھے آگ سینک رہے ہیں۔

ریلوے لائن کراس کرتے ہی یہاں سڑک کی بائیں طرف وہ— ہاں، وہیں— بے بے نوراں کی گلی ہے۔

''بے بے!''

اپاہج اور بوڑھی بے بے نے اپنے جھونپڑے کے کچے فرش پر بدن کو گھسیٹتے ہوئے دروازے سے جھانکا ہے۔ اس کے چہرے کی جھرّیاں کالے پانی کے خاردار راستوں میں اٹکی ہوئی ہیں۔ جہاں اس کا جوان بیٹا ایک لمبے عرصے سے قتل کی سزا بھگت رہا ہے۔ چوں کہ بے بے دن رات ان ہی راستوں میں بھٹکتی رہتی ہے، اس لیے بے چاری کو اپنا آس پاس دکھائی نہیں دیتا۔

''بے بے!''

''کون ہے؟''

''میں، موہنا، بے بے— سلاماں لیکم بے بے۔ اے جلیبیاں لو، دادی نے بھیجیاں''

بے بے کے منہ سے موسلا دھار دعائیں برسنے لگی ہیں— جیوندا رہ—! کھِلدا رہ—! ہسدا رہ—! پھلدا رہ—!

بے بے کی دعاؤں کی پھوار گاڑی میں پڑ رہی ہے جس سے میرا منہ دُھل گیا ہے۔

جمال نے مجھ سے پوچھا ہے'' ارے رو کیوں رہے ہو؟''

گاڑی اب ہماری گلی والے بازار میں داخل ہو رہی ہے— یہ سپرٹ والے ننگے چاچے کی دُکان— چاچا، تُسی کپڑے کیوں نئیں پہندے—؟ ننگے آئے پُترا، تے ننگے ہی جانا— تڑاق—! یہاں گوبند تایا مجھے دیکھتے ہی اپنی مٹھائی کی دُکان سے تیز تیز نیچے اتر آیا ہے۔ اور کچھ پوچھے بغیر تڑاق سے میرے منہ پر ایک چانٹا دے مارا ہے۔

''کنجر بازار کا چکّر کیوں کاٹا رہتا ہے؟'' غصّے میں تایا ہمیشہ اردو بولتا ہے۔

میں نے اپنا گال سہلاتے ہوئے اسے جواب دیا ہے کہ کنجروں کا بازار میرے کالج کے راستے میں پڑتا ہے۔

تایا نرم پڑ گیا ہے اور مجھے اپنی دکان سے برفی کے دو ٹکڑیاں دیتے ہوئے بولا ہے ''لے، کھالے''۔

برفی لے کر میں جانے کے لیے مُڑا ہوں تو مجھے اس کی ہدایت سنائی دی ہے کہ آئندہ میں کسی دوسرے راستے سے کالج جایا کروں۔

یہ ہماری گلی آ گئی ہے۔

جمال نے ڈرائیور کو گاڑی روکنے کو کہا'' آؤ، موہن''۔

گلی میں سناٹا سا ہے، جوں ہی میں نے اس کے اندر جانے کے لیے قدم رکھا ہے، مجھے اپنے گھر کے پڑوس کے مندر کے دروازے سے برآمد ہوتی ہوئی دادی کی پرچھائیں نظر آئی ہے۔ مندر کی سیڑھیوں سے اتر کر وہ گلی کے موڑ کی طرف ہولی ہے، جہاں دائیں جانب ہمارے گھر کا دروازہ ہے۔ جمال کو پیچھے چھوڑ کر میں تیز تیز چلنے لگا ہوں۔ ذرا آگے جا کے جب وہ دائیں جانب مڑی ہے تو مجھے اس کے چہرے کی جھلک دکھائی دی ہے۔ میں نے اور تیزی سے چلتے ہوئے اسے جالینا چاہا ہے مگر موڑ پر پہنچ کر میں نے دیکھا ہے کہ وہاں

کوئی نہیں۔ میں اپنے گھر کے دروازے کے سامنے آ کھڑا ہوا ہوں۔ گھر کا دروازہ بند ہے۔ میں نے آس پاس کے گھروں پر نگاہ دوڑائی ہے۔ سبھی ویسے ہی سٹے ہوئے ہیں۔ ہم اندر ہی اندر سے ایک دوسرے کے یہاں پہنچ جایا کرتے تھے۔ یہ سبھی گھر ہمارے اپنے ہی تھے اور اپنے گھر سے اپنے ہی گھر جانا ہو تو باہری دروازے سے تھوڑا جایا جاتا ہے۔

میں نے اپنے گھر کا دروازہ کھٹکھٹایا ہے اور مجھے ایک عجیب سی سوچ آئی ہے کہ میں کوئی اور ہوں، کوئی باہر کا آدمی ہوں اور جو اندر سے دروازہ کھولے گا وہ بھی میں ہی ہوں گا لیکن میری بجائے وہ میں، جو میں ان دنوں تھا، بالا سا۔

میں اپنے اس پرانے مَیں کو کیسے نہ پہچانتا؟ مگر اس نے میری طرف دیکھ کر پوچھا ہے ''آپ کون ہیں؟''

نہیں اس میں اس بے چارے کا کیا دوش؟ اس نے مجھے کبھی دیکھا ہی نہیں تو پہچانے کیوں کر؟

دروازہ بدستور بند ہے۔ میں نے اسے ایک بار پھر کھٹکھٹایا ہے اور جواب کا انتظار کرنے لگا ہوں اور اس دوران دیکھا ہے کہ باہر کی دونوں کھڑکیاں بھی بند ہیں۔ میں نے ایک بار اور دروازہ کھٹکھٹانے کے لیے اپنا ہاتھ بڑھایا ہے لیکن سامنے کے مکان کی کھڑکی سے ایک پردہ دار خاتون کی اجنبی سی آواز سن کر رُک گیا ہوں ''گھر والے باہر گئے ہوئے ہیں''۔

جمال نے بڑی ماتمی نرمی سے میرے کندھے پر ہاتھ رکھا ہے ''چلو واپس چلیں موہن''۔

ہم دونوں چپ سادھے آہستہ آہستہ قدم اٹھاتے ہوئے گلی سے باہر نکل آئے ہیں اور گاڑی میں آبیٹھے ہیں۔

''چلو ڈرائیور''۔ جمال نے ڈرائیور سے نظر ہٹا کر میری طرف دیکھا ہے ''سگریٹ پیو گے؟''

میرے جواب کا انتظار کیے بغیر اس نے دو سگریٹ سلگا کر ایک میری طرف بڑھا دی ہے اور ہم دونوں نے خاموشی سے لمبے لمبے کش لیتے ہوئے اپنے ذہنوں میں اتنا دھواں

بھرلیا ہے کہ ہمیں کچھ بھی سجھائی نہیں دے رہا۔

گاڑی فرّاٹے بھرتی ہوئی بھیڑوں کے پُل کی کھلی سڑک پر جا رہی ہے۔ جمال نے سکوت توڑتے ہوئے مجھے بتایا ہے کہ وہ اسی علاقے میں رہتا ہے۔

''یہیں ایک کرشن مندر بھی تو تھا؟''

''ارے ہاں، وہی مندر تو میرا گھر ہے''۔

مجھے ذرا عجیب سا لگا ہے کہ بھگوان کے گھر اب انسان بس گئے ہیں۔

''لو ہم آ پہنچے ہیں''۔

میری نظروں میں وہی پرانا مندر گھسا ہوا ہے اور مجھے وہ تبدیلیاں دکھائی نہیں دے رہی ہیں جو جمال نے اپنی رہائشی ضرورتوں کے پیشِ نظر مندر کی عمارت میں کروا رکھی ہیں۔

جب ہم گیٹ سے داخل ہوئے ہیں تو جمال کے گھر والے لان سے اٹھ کر ہماری طرف بڑھے ہیں۔

''میری بیگم سے ملو''۔ ہمارے گاڑی سے نکلنے پر جمال نے اپنی بیوی سے میرا تعارف کروایا ہے۔

''سلاماں لیکم''۔ بھابی نے مجھ سے مخاطب ہو کر کہا ہے۔

''وعلیکم السلام، بھابی''۔ وعلیکم السلام، کی اتنی درست ادائیگی پر مجھے اپنے لہجے کی اجنبیت پر شرمساری سی محسوس ہوئی ہے۔

''سنا، بیگم؟'' یو۔ پی کے جمال نے کہا ہے ''کتنا صحیح تلفظ ہے میرے یار کا! میرے ڈھائی تین سال کے ساتھ ہی میں یہ پنجابی آدمی ہو گیا، مگر ایک تم ہو کہ میرے ساتھ ساری عمر بتا کر بھی جوں کی توں پنجابن ہو''۔

''تو کیا ہوا؟'' بھابی نے جواب دیا ہے۔ ''مجھ کو تو ایک اردو ہی نہ آئی، پر تم کو اردو کے سوا آتا ہی کیا ہے؟''

''تمھاری رفاقت کا اثر ہے بیگم'' پھر جمال میری طرف متوجہ ہو گیا ہے۔ ''یاد ہے موہن! تم بھی اسی طرح مجھ کو، تم کو کیا کیا کرتے تھے اور میں نے تمھیں وارننگ دی تھی کہ صحیح زبان نہ بولو گے تو میں اپنا ہوسٹل کا روم بدل لوں گا___ مگر اپنی بیگم سے یہ کیسے کہہ سکتا

ہوں؟"

ہم سب ہنسنے لگے ہیں۔

"یہ میری بہو ہے موہن اور یہ بیٹی۔ اس کا میاں سعودی عرب میں انجینئر ہے اور وہ—"

اس لڑکے کو دیکھ کے مجھے لگا ہے کہ میرے ذہن سے وہی پرانا جمال برآمد ہو کر میرے سامنے کھڑا ہو گیا ہے— نکالو، نکالو، میری سگریٹ کی ڈبیا۔ میں یہ سوچ کر مسکراتے چلے جانے کے باوجود اداس سا ہو گیا ہوں کہ میں اسے ویسے ہی نہیں دِکھ رہا جیسے وہ مجھے دِکھ رہا ہے۔ میری جگہ اگر میرا بیٹا ہوتا تو جمال اور موہن اس دور میں بھی جوں کے توں مل لیتے۔

"موہن کل ہی یہاں سے جا رہا ہے" جمال نے اپنی بیوی سے کہا ہے "اچھا ہی ہے، ہمیں کوئی اور کام نہیں کیا؟"

"ارے بھئی خفا کیوں ہو رہے ہو؟"

"بیٹے کو اتنا اچھا کھانا کھلواؤ بیگم کہ اسے اپنے دال بھات میں بھی سدا ہمارے کھانے کی لذت آتی رہے— ڈرائیور!" پھر اس نے ڈرائیور کے لیے اِدھر اُدھر دیکھا ہے۔

"جی، شاہ جی"

"ان کا سامان میرے ہی بیڈروم میں رکھ دو"۔ اسی دوران میری طرف دیکھ کے اس نے کہا ہے۔ "ایک ہی رحمت کی رات سہی، ہم ویسے ہی روم میٹ بن کر یہ رات گزاریں گے— بیگم، آج— صرف آج مجھے سگریٹ پینے سے منع مت کرو— یہ لو موہن پیو"۔ اس نے ایک سگریٹ مجھے دے کر ایک اپنے ہونٹوں سے لگالی ہے "ڈرائیور کے ساتھ جاؤ موہن، منہ ہاتھ دھو لو، پھر بیٹھیں گے"۔

ڈرائیور کے ساتھ، مندر، کی سیڑھیاں چڑھتے ہوئے میری آنکھوں میں وہ گھڑیاں لوٹ آئی ہیں۔ جب میں یہاں ہر جنم اشٹمی پر پرشاد لینے آیا کرتا تھا۔ ان دنوں یہاں ہر سال جنم اشٹمی کے موقع پر نصف شب کو بھگوان کرشن کا جنم ہوتا تھا۔ ایک ہی سال میں اپنی

عمر پوری کر کے بھگوان عین اسی گھڑی پھر پیدا ہو جاتا ہے۔ میں کوئی اور تہوار مناؤں یا نہ مناؤں، جنم اشٹمی کو بڑی دھوم دھام سے مناتا ہوں اور گا گا کر بھگوان کا پنگھوڑا اجھلاتا ہوں اور اس کے بچپن اور بے بسی کو محسوس کر کے میری ممتا جاگ اٹھتی ہے اور میں بے اختیار چاہنے لگتا ہوں کہ اسے کلجگ کی اگنی سے بچائے رکھوں۔

برآمدے سے گزر کر ہم ایک ہال کمرے میں آگئے ہیں اور پھر اس کے عقب میں ہی جمال کے سونے کے کمرے میں ڈرائیور نے میرا سامان ایک طرف رکھ دیا ہے اور ایک دروازے کی طرف اشارہ کر کے مجھے بتایا ہے کہ وہ باتھ روم ہے "منہ ہتھ دھو لو جی"۔

اس کے جاتے ہی میں نے اپنے سوٹ کیس سے ڈھیلے کپڑے نکالے ہیں اور باتھ روم میں داخل ہو گیا ہوں۔ ہاتھ منہ دھو کر میں تولیے سے اپنا چہرہ پونچھ رہا ہوں کہ واش بیسن میں اچانک مجھے ایک کاکروچ دکھائی دیا ہے، جس سے نامعلوم میں نے مسکراتے ہوئے 'سلاماں لیکم' کہا ہے اور پھر جمال کا خیال آنے پر اپنے آپ کو درست کیا ہے، السلام علیکم—! اور کاکروچ نے جواباً اپنے پر پھیلائے ہیں— وعلیکم السلام! اور میرے دیکھتے ہی دیکھتے کہیں غائب ہو گیا ہے۔

کپڑے بدل کر جب میں ہال میں لوٹا ہوں تو جمال کو وہاں اپنا منتظر پایا ہے۔

"آؤ"۔

میں اس کے قریب صوفے میں دھنس گیا ہوں اور اسے اپنی امپورٹڈ سگریٹ کی ڈبیا نکالنے کو کہا ہے۔

مجھے ڈبیا تھماتے ہوئے وہ مجھے بتانے لگا ہے "اسی ہال میں کرشن کی مورتی رکھی ہوئی تھی۔ وہ وہاں جنگلے میں"۔

"ہاں، مجھے معلوم ہے"۔ میں نے اس جنگلے پر ٹکٹکی باندھ لی ہے۔

"ارے!" وہ اچانک اچھل کر اٹھا ہے۔ "میری نماز کا ٹائم ہو رہا ہے۔ میں ابھی آتا ہوں"۔

وہ اٹھ کر باہر چلا گیا ہے اور میں اس جنگلے کے قریب آ کھڑا ہوا ہوں۔ جنگلے کے اندر عین وسط میں اُکھڑے ہوئے سیمنٹ کے نشان سے معلوم ہوتا ہے کہ مورتی یہیں نصب کی

گئی ہو گی۔ میں ادھر گھور گھور کر دیکھ رہا ہوں اور اس طرح دیکھتے دیکھتے مجھے اپنے من میں ایک دم کئی گھنٹیاں بجنے کی صدا سنائی دی ہے اور کرشن بھگوان میری آنکھوں سے نکل کر سیدھے اپنے استھان پر جا کھڑے ہوئے ہیں — بول کرشن بھگوان کی جے —! سارا ہال وہاں بیٹھے ہوئے ان گنت لوگوں کی جے، جے سے گونج اٹھا ہے۔ کرشن بھگوان پیدا ہو گئے ہیں —!لو، بیٹا پرشاد کھالو —! دادی نے میرے منہ میں اتنی مٹھائی ٹھونس دی ہے کہ مجھ سے بولا نہیں جا رہا لیکن میں جی ہی جی میں سبھوں کے ساتھ پکار اٹھاں ہوں، بول کرشن بھگوان کی جے —! کرشن بھگوان پیدا ہوتے ہی جوان ہو گئے ہیں اور بنسری کو ہونٹوں سے لگائے ہوئے ہیں اور سانولے بھگوان کی بنسری کی مدھر تان پر مکھن جیسی گوپیاں ناچ رہی ہیں اور ناچ ناچ کر بے سُدھ ہو رہی ہیں اور چاہ رہی ہیں کہ وہ سدا اسی طرح بے سُدھ ہو کر ناچتی رہیں — ہال میں بیٹھی ہولی سنگت پنڈت جی کی وانی پر سر دھنتے ہوئے گانے لگی ہے — رادھے شیام — رادھے شیام —! رادھے —! بھگوان ورندابن چھوڑ چکے ہیں، مگر رادھے ویسے ہی ناچتی جا رہی ہے جیسے وہ اپنے ہونٹوں پر مُرلی رکھے جوں کے توں اپنی تان چھیڑے ہوئے ہوں — نہیں، بے چاری کو روکو مت، اسے بتاؤ مت، کہ بھگوان کو گئے تو ایک یگ بیت چکا ہے — ہال میں ہچکیوں کی آوازیں سنائی دے رہی ہیں۔ رادھے کو ناچتے چلے جانے دو۔ اسے روکو مت۔ ہچکیوں کی آوازیں بڑھتی جا رہی ہیں — میں نے ہچکیاتی آوازوں کی طرف منہ موڑا ہے اور دیکھا ہے کہ ہال تو خالی ہے وہاں سوائے میرے اور بھگوان کے اور کوئی نہیں — نہیں، وہاں نہیں، پیچھے ہٹ کر دیوار سے پیٹھ لگائے ہیں اور ان کے ہاتھوں میں نہ بنسری ہے، نہ سدرشن چکر اور سر بے مکٹ ہے اور بازو لٹکے ہوئے۔

مجھے بھگوان کے اکیلے پن پر ترس آنے لگا ہے۔

''بھگوان!'' میں نے بھگوان کی ڈھارس بندھانے کے لیے منہ کھولا ہے۔

بھگوان اچانک اُچھل کر سیدھے کھڑے ہو گئے ہیں ''ارے، میری نماز کا وقت نکلتا جا رہا ہے''۔

میں نے آنکھیں جھپک کر جو دوبارہ اُدھر دیکھا ہے تو وہ جا چکے ہیں۔

◆◆◆

ہرامبے[1]

کیوں ری باؤلی، بس اتنے میں ہی لوٹنے پوٹنے لگیں؟ ٹھیک ہے بابا، درد ہے تو اپنے وجود کا تو ہے، باہر سے کسی شیطان نے دانت تو نہیں گاڑ دیے؟ مونگو (افریقی زبان میں 'خدا') کا شکر ادا کرو ناشکری، ورنہ شیر کے پیٹ میں یہ لوٹنا بھی نصیب نہیں ہوتا... صبر سے کام لو مورکھ... نہیں، صبر سے کام لے سکتیں تو ہرنی کی ہرنی کیوں کر رہ جاتیں، پوری عورت کیوں نہ بن جاتیں؟ تم نے میری وانا[2] واکھے کو تو دیکھا ہی ہے، جان بھی نکل رہی ہو تو مسکان ویسی کی ویسی چہرے پر ٹھہری رہتی ہے۔ ہاں، چہرے سے دل تک اُتر کر اس طرح اس کے اندر ہی جڑی ہوتی ہے کہ ہزار تکلیف میں بھی، کیا مجال ذرا سی ہل جائے۔ تکلیف ہی تو ہے... گزر جائے گی... اپنی وانا واکھے پر مجھے بڑا پیار آتا ہے... نہیں، آتا ہے کیا؟ کہیں باہر تھوڑے ہی جاتا ہے کہ لوٹ آئے گا۔ میرے پیار نے تو میرے گھر میں ہی ڈیرا ڈال رکھا ہے۔ پل بھر کے لیے بھی باہر قدم نہیں رکھتا۔ دہلیز سے باہر صرف مجھے ہی کام وام پر جانا ہوتا ہے اور میرا پیار ہر دم وہیں میری وانا واکھے کے آس پاس منڈلاتا رہتا ہے.. اری باؤلی... چین سے میری بات تو سنو۔ میں اتنی محبت سے تمھیں اپنی وانا واکھے کی بات سنا رہا ہوں، پر تمھارا لوٹنا پوٹنا تھمنے میں نہیں آ رہا۔ اگر میں تمھارا ہرنا ہوتا تو اپنا مردوں والا ایک سینگ مار کر ہی تمھیں سیدھا کر دیتا۔ تمھارا ہرنا ہرنا ہی نہیں۔ ہوتا تو تمھاری کیا ہمت کہ اس وقت اپنی چار ٹانگوں پر چپ چاپ کھڑی نہ ہوتیں۔ ایک تم ہی ماں بننے نہیں جا رہی ہو، میری وانا واکھے بھی ایک درجن سے زیادہ بچے جن چکی ہے، میرا بچہ کسی پتھریلے ٹیلے کی

(۱) افریقیوں کا ایک نعرہ، جس کا مطلب ہے، آؤ... مل کر زور لگائیں اور دکھوں کو باہم بانٹ کر نجات حاصل کریں۔ (۲) عورت۔

طرح اس کی کوکھ سے نیچے لڑھک رہا ہوتا ہے، پر اس کی مسکان...وہ...اس پہاڑی سبزے کی طرح ٹس سے مس نہیں ہوتی... ہاں، پتھریلے ٹیلوں کی رگڑ سے پسلیوں پر چوٹ تو آتی ہے۔ پر چوٹ بھر بھی جاتی ہے پگلی، اور بھر جاتی ہے تو نئی نویلی بھی تو نکل آتی ہو...کبھی کبھی تو اسی لیے میں اپنی وانا واکھے کو پیٹ بھی لیتا ہوں اور اس کے بعد وہ اتنی پیاری لگتی ہے کہ جی چاہتا ہے اس کی چوٹوں کو چوم چوم کر پھول بنادوں...میری وانا واکھے کی مٹی بڑی زرخیز ہے ری۔ ذرا سا سیراب کرو تو پھول ہی پھول اُگ آتے ہیں۔ ان کی خوشبو سونگھتے چلے جانے کے لیے میں اس کے اندر ہی اندر...اندر ہی اندر اترتا چلا جاتا ہوں۔ میں اس سے اتنا پیار کرتا ہوں کہ...کہ مجھے ڈر سا لگنے لگتا ہے، وہ مرگئی تو میں کیا کروں گا۔ میں اسے گلے لگاتا ہوں تو وہ میرا سارا درد چوس لیتی ہے اور چوس کر بھی ویسے ہی مسکراتی رہتی ہے...اری! میں اسے سمجھاتا ہوں، درد زیادہ ہو رہا ہے تو جلدی سے تھوڑا رولو، نہیں تو اسی طرح مسکراتی مسکراتی مرگئیں تو مجھے پتہ بھی نہ چلے گا کہ مرگئی ہو...بس مجھے یہی خطرہ لگا رہتا ہے کہ میری وانا واکھے کی مسکان مجھے دھوکا نہ دے جائے۔ کانٹا چبھ جائے تو سسکی سے بھی باہر کی طرف اچھلتا ہے، لیکن سسکی تھمنے میں ہی نہ آئے تو جان نکلتی ہے نہ چین آتا ہے...اری بے وقوف، چین نہیں آرہا ہے تو اسی طرح تڑپتی ہوئی اس جھیل کے کھڑے پانی میں جا کودو۔ جینے جننے کا حوصلہ نہیں تو جان کو کیوں سنبھالے ہوئے ہو...؟ بڑی ماں بننے جارہی ہو۔ دھرتی ذرا سی پھٹے بھی نہیں تو بیج پھوٹ کر باہر کیسے آئے گا؟ ذرا صبر سے کام لو نادان۔ پہلے تو اپنے ہرنے کی ٹانگوں میں بے صبری سے گھسی پڑی رہتی ہو، اور اب کھاپی کے پیٹ پھول گیا ہے تو یہ تھوڑا سا دُکھ سہنے کا دم نہیں...چلو تھوڑا نہ سہی، ذرا زیادہ ہی سہی، پر ہے تو اتنا ہی جتنا ہے۔ اس سے زیادہ تو نہیں۔ جتنا بھوگا ہے باؤلی، اس سے آدھا بھی نہ سہوگی تو تمھیں پھل کیسے لگے گا۔ وہ آم کا پیڑ دیکھ رہی ہو؟ اری چیخنا بند کرو اور وہ...وہ دیکھو، آم کا وہ پیڑ...دیکھو اس کے بھی بور پھوٹ رہا ہے۔ پھل آتے آتے ابھی ایک ڈیڑھ ماہ اور لگ جائے گا۔ اسے بھی تم سے کم درد نہیں ہو رہا ہوگا۔ لیکن دیکھو، کیسے خاموش کھڑا ہے! اس کے پھل میں اسی لیے شہد گھلا ہوتا ہے کہ تمھاری طرح چلا چلا کر اپنے درد کا پہاڑ نہیں کھڑا کر لیتا۔ بلکہ بڑے اطمینان سے اپنے سارے درد کو اپنے ہی باطن میں سمیٹ کر اپنی نجات کا انتظار کرتا رہتا

ہے۔ کھڑے کھڑے انتظار کرتا رہتا ہے اور اس لگن اور سہن کے پھل میں موسم آنے پر اس کے وجود پر جا بجا رنگ برنگے آم لٹکنے لگتے ہیں، جیسے صحت ور بچوں کے ڈھیر کے ڈھیر اپنی ایک ہی ماں کے ان گنت تھنوں سے منہ لگائے ہوئے ہوں...دیکھو رونا دھونا بہت ہولیا۔ اُدھر دیکھو، وہ جھاڑیاں سرگوشیوں میں تمھارا مذاق اُڑا رہی ہیں...وہ...وہ...وہ سب سے چھوٹی جھاڑی پتوں کو منہ میں ٹھونس کر ہنسی روکنا چاہ رہی ہے۔ ہنسی ہی کی تو بات ہے باؤلی۔ تمھیں اپنے ہی حصے کا درد ملا ہے لیکن کیا ناٹک رچا رکھا ہے! ٹانگیں اوپر کر کے خواہ مخواہ چیخے جا رہی ہو۔ پوری چار ٹانگیں مونگو نے بخش رکھی ہیں۔ اس کا شکر ادا کرو اور سیدھی کھڑی ہو جاؤ اور ذرد سر اٹھانے لگے تو پونچھ ہلا کر بدن کو جھاڑ دو...کھڑی ہو جاؤ، نہیں تو وہ کوا آرہا ہے، اس نے دیکھ لیا تو کائیں کر کے سارے جہاں کے کوؤں کو اکٹھا کر لے گا۔ بے چاروں کے موٹی عقل ہے، سچ مچ سمجھ لیں گے کہ مر رہی ہو، اور اس وقت تک سر پر منڈلاتے رہیں گے جب تک سچ مچ نہ مر جاؤ گی۔ اپنی چاروں ٹانگوں پر جم کر کھڑی ہو جاؤ...جلدی!...وہ آرہا ہے!...شاباش!...یوں!...ہرنی ہو تو کیا۔ ذرا جم کر کھڑی ہو گئی ہو تو شیرنی معلوم ہونے لگی ہو، اب مسکراؤ۔ میری وانا واکھے کی طرح مسکراؤ۔ شرماؤ نہیں...میں آدمی کی ذات ہوں، مجھے تم سے کیا لینا دینا ہے بھئی! شاباش...ذرا اور کھل کے مسکراؤ! مونگو تمھیں بری نظر سے بچائے۔ اتنی اچھی لگ رہی ہو کہ عورت ہوتیں تو تمھیں بھی گھر میں ڈال لیتا...میری وانا واکھے بڑی اچھی ہے، بڑی نیک۔ ذرا سا بھی کھاتی ہے تو بانٹ کر۔ میں تو اتنا بڑا ہوں۔ وہ جھٹ مجھے بانٹ لینے پر راضی ہو جاتی، لو ہرنی آدھا تم کھاؤ اور آدھا میں،...اور تم دونوں مجھے کھاتی رہتیں پر تمھارے کھانے کا سارا مزہ مجھے ہی ملتا، واہ!...کتنی خوبصورت لگ رہی ہو! پر کیا فائدہ؟ نری پری ہرنی ہو، آدھی عورت بھی ہوتیں تو بات بن جاتی۔ ارے پھر...! نہیں، یونہی کھڑی رہو، یا درد اٹھنے لگا ہے تو بیٹھ جاؤ، وہ بھی بیٹھ جائے گا۔ ذرا سی دیر میں سب کچھ اپنے آپ ٹھیک ہو جائے گا۔ بس ہمت نہ چھوڑو۔ سبھی جاندار تھوڑے تھوڑے دُکھی ضرور ہوتے ہیں۔ ہر کسی کو اپنے حصے کا ہی دکھ ملتا ہے، زیادہ نہ تھوڑا، اور جو ہمت والے ہوتے ہیں وہ اپنے دُکھ کو بڑے سکھ سے ٹال جاتے ہیں۔ اب میری وانا واکھے تمھیں اتنی سکھی معلوم ہوتی ہے۔ کیا تم سمجھتی ہو اسے کوئی دُکھ

نہیں؟ اس کی جھگڑالو بہو اس کی آنکھوں کے عین سامنے اس کے گبرو جوان بیٹے کو ہانک لے گئی اور وہ دیکھتی رہ گئی۔ بہو نے اسے اتنا بھی موقع نہ دیا کہ اپنے جگر کے ٹکڑے کو جی بھر کے دیکھ ہی لے۔ تمھارا خیال ہے ماں کے دل پر آنسوؤں کی دھار نہ پھوٹ پڑی ہوگی... پر آفرین ہے میری وانا واکھے پر، اس نے اپنی میٹھی مسکان کو پھیکا نہ پڑنے دیا... ہاں، جننا اذیت ناک ہے، پر جنے ہوئے سے بچھڑنے پر مجبور ہو جانا اس سے بھی زیادہ اذیت ناک ہے، لیکن ہمیں اپنا اپنا دُکھ قبول کرنا ہی ہوتا ہے، رو کے بھی ہنس کے بھی، پھر رونا آئے بھی تو جلدی جلدی رو دھو کے کیوں نہ آدمی ہنس بھی لے۔ دُکھ بھی بنا رہا اور سکھ بھی... دیکھو، پھر بھاگڑ مچانا شروع کیا تو تمھیں اسی حالت میں چھوڑ کر اپنی راہ ہولوں گا۔ اپنے اتنے سے دُکھ پر دُکھی ہو، مونگو نے تھوڑا تھوڑا دُکھ سبھی جانداروں میں بانٹ دیا ہے تا کہ سبھی سکھی رہیں... لیکن ٹھہرو۔ پہلے میں تمھیں ایک سچی کہانی سناتا ہوں۔ دادا کی کہانی... وہ... سب پہاڑوں کے پیچھے وہ... سب سے اونچا پہاڑ دیکھ رہی ہو نا؟... وہی ہمارا دادا ہے۔ میرا مضفے (بزرگ باپ) مجھے بتایا کرتا تھا کہ آج سے سینکڑوں برس پہلے... نہ جانے کب... آئے دن دادا کے کلیجے سے آگ اور لاوے کے دریا پھوٹا کرتے تھے اور آس پاس کی ساری بستیاں دیکھتے ہی دیکھتے اجڑ بجڑ جاتی تھیں... کان دھر کر سنو گی تو تمھیں قرار آجائے گا پگلی... ہوا یہ تھا کہ مونگو نے سارے کا سارا دُکھ دادا کے سینے میں جمع کر رکھا تھا... اب دادا اتنا بڑا... سب سے بڑا پہاڑ ہے، پر کُل جہاں کا دُکھ ایک ہی سینے میں کیسے سما سکتا ہے؟ دادا کی دھجیاں اُڑ جاتیں اور لوگوں کو پتہ بھی نہ چلتا کہ کب ان کی جانیں نکل گئیں... اری میری کہانی پوری ہو لینے دو، پھر جی بھر کے چلاّ لینا... مونگو کو آخر یہ ترکیب سوجھی کہ دادا کا دُکھ ہم سب انسانوں، جانوروں، پرندوں، درختوں... سب ذی جانوں میں بانٹ دیا جائے... سنا باؤلی؟ ہم اپنا اپنا دُکھ قبول نہ کریں گے تو جیتے جی مر جائیں گے۔ دادا کا سینہ تو بہت بڑا ہے، لیکن سارے جہاں کا دُکھ جب ایک ہی سینے میں ابلنے لگتا ہے تو اتنے بڑے پہاڑ کو بھی اپنے آپ پر قابو نہیں رہتا۔ اور... اور دادا بے قابو ہو جائے تو تیری میری، ننھی منی جانیں کیوں کر سلامت رہ سکتی ہیں؟ سو سبھی ننھی منی جانوں کے لیے اپنے اپنے ننھے منے دکھ ہنسی خوشی سہہ لینے میں ہی مونگو کی برکت ہے۔ اور... اور مورکھ مونگو کی برکتوں کو قبول نہ کرنا کتنا

بڑا گناہ ہے!...ذرا سوچو اس کی برکتیں نہ ہوں تو ہم ایک پل بھی زندہ رہ سکتے ہیں؟... ارے! تمھارا منّا سا ہرنا آدھے سے زیادہ تمھارے بدن سے باہر آ بھی پہنچا ہے مگر اپنی باتوں کے دھیان میں مجھے دکھائی ہی نہیں دیا...سہج سہج جنتی! گھبراؤ نہیں، اور سہج... ہائے کتنا خوبصورت ہے...! شاباش...! لو، اب پورے کا پورا باہر آ گیا ہے۔ ہائے، بڑا خوبصورت ہے۔ میرے بچوں کے ڈھیر میں ایک بھی ایسا نہیں جیسا تمھارے ہرنے کا یہ بچہ! میرا جی چاہ رہا ہے میں ہی تمھارا ہرنا ہوتا۔ تمھارا ہرنا بڑا خوش قسمت ہے ری جو تم نے اس کا اتنا پیارا بچہ جنا ہے۔ اتنا پیارا ہے کہ میرا بھی دل چاہ رہا ہے کہ تمھارے ساتھ ساتھ اسے چاٹنا شروع کر دوں۔ نہیں، رکو نہیں، چاٹتی جاؤ... ہر بچہ اسی لیے فرشتہ سا لگتا ہے کہ اس کی ماں اسے چاٹ چاٹ کر فرشتوں کی شبیہ دے دیتی ہے، اور چاٹو...! رُک کیوں گئیں؟ چاٹتی جاؤ...اب تو چین آ گیا ہے نا؟ خواہ مخواہ مری جا رہی تھی۔ دیکھو، مونگو کتنا مہربان ہے! اسے یہی فکر رہتی ہے کہ سارا دکھ ایک ہی سینے میں جمع نہ ہوتا جائے...دیکھو نا، تمھاری تکلیف ذرا بڑھ گئی تو تمھارا یہ ننھا ہرنا اسے بانٹ کر تمھارے وجود سے الگ ہو گیا اور تمھیں چین آ گیا... سن رہی ہو؟ ہم سبھی اسی لیے پیدا ہوتے ہیں کہ سنسار کے دُکھ بٹتے رہیں، نہ بٹیں، تو یقین مانو، ماؤں کے بچے پیدا ہونے بند ہو جائیں!

◆◆◆

جوگندر پال کا فنّی اسلوب

ساتویں دہائی میں اردو افسانے میں جو چند نئی توانا اور چونکا دینے والی آوازیں ابھری تھیں، ان میں سے بیشتر شہاب ثاقب کی طرح چمک کر تحلیل ہوگئیں یا پھر آٹھویں دہائی کی نئی کھنک دار آوازوں کے ہجوم میں دب گئیں۔ لیکن ان میں ایک آواز ایسی ضرور تھی جو آہستہ آہستہ کچھ پُر اسرار، لیکن اس سے زیادہ پر اعتماد اور پر عزم انداز میں ابھرتی ہی گئی۔ نکھرتی ہی گئی، وہ بکھری مگر ڈوبی نہیں۔ اور آخر آخر تو اس میں ایسا کساؤ اور ٹھہراؤ، بے ساختگی اور پختگی پیدا ہوگئی کہ لگتا ہے کہ جیسے وہ انسانی وجود کے پاتال سے نکل کر آرہی ہو۔

یہ آواز جوگندر پال کی آواز ہے۔

اپنے وطن کی آزادی کے بعد بھی وہ تاج برطانیہ کا ملازم اور اس کی زبان وادب کا معلم ہوکر چودہ سال تک افریقہ میں جلاوطن رہا— ''ذہن میں یہ تمام عرصہ ایک شوریدہ سی خاموشی طاری رہی۔ افریقہ میں اتنی مدت اقامت میں یہی محسوس ہوتا رہا کہ یہاں سے گھر لوٹنے کا انتظار کررہا ہوں۔ اس طویل انتظار نے مجھے سدا منتظر رہنے کا عادی بنادیا۔ ہر تین چار سال بعد افریقہ سے چھٹی پر ہندوستان آنکلتا۔ اور ہر بار یہ ارادہ کرکے نکلتا کہ اب کے واپس افریقہ نہ جاؤں گا، مگر ہالی ڈے ختم ہونے سے چند روز پہلے واپسی کا خیال راحت آگیں معلوم ہونے لگتا اور لوٹ جاتا اور وہاں پہنچ کر آئندہ چھٹی کا انتظار کرنا شروع کردیتا''۔

جلاوطنی کی یہ شوریدہ خاموشی بڑی ہیجانی اور طوفانی تھی۔ اپنی دھرتی اپنی جڑوں سے دور یہ اپنی شناخت کی متلاشی تھی۔ اندھیرے میں ایک ایسی روشنی کی جویا جو اس کے وجود کو معنویت سے منور کردے۔ اس خلا کو پر کرنے اور کوئی جہت پانے کی خاطر، اس نے یورپ

کے علوم وفنون اور جدید افکار ونظریات کے لیے اپنے وجود کے سارے دریچے کھول دیے۔

"یہ خالی خالی شخص اپنے چہرے میں صاف نظر آتا ہے۔ ان کی ہر سوچ، ہر عمل اس کا اپنا ہوتا ہے۔ اس کی اپنی مخصوص سادہ سی شخصیت کا اظہار۔ لیکن جس طرح خالی مکان میں مکین آ جائیں تو مکان کی اپنی شخصیت اس کے وجود سے خالی ہو جاتی ہے۔ اسی طرح جو شخص خالی نہ رہے اور اس کے اندر اجنبی علوم کا کنبہ آباد ہو جائے تو بے چارہ بے شخصیت ہو کر رہ جاتا ہے۔ میرے اندر ایک نہیں کئی مہاجر کنبے ہیں۔ یہ علوم میرے اندر بس جانے کی نیت سے نہیں رہ رہے بلکہ کہیں سے جان بچا کر یہاں کیمپ کرنے کو آ جاتے ہیں... دن رات اودھم مچا مچا کر میرے وجود کی توڑ پھوڑ میں لگے رہتے ہیں۔ میرے دروازے اور کھڑکیاں جگہ جگہ سے ٹوٹ گئے ہیں دیواروں سے بھر بھری مٹی نکل رہی ہے اڑتیس برس کی عمر میں ہی ان وحشیوں نے میرا اچھا بھلا وجود بوسیدہ بنا کے رکھ دیا ہے... مجھے معلوم ہو رہا ہے کہ میرے اندر آتشزدگی کی وارداتیں ہونے لگی ہیں۔ ان آوارہ علوم کا آپس میں دنگا شروع ہو گیا ہے"۔ (بازیافت)

جلاوطنی اور تنہائی کے عالم میں علم وآگہی کی اس پکار نے جوگندر پال کے وجود کو نہ صرف بھرا پُرا سا رکھا بلکہ توڑ پھوڑ اور انسانیت کی پکار کو سمجھنے کا سلیقہ بھی دیا۔ اسے ایک ایسی دانش (Wisdom) عطا کی، جو آفاقی تناظر میں حقائق کو دیکھنے اور برتنے پر اصرار کرتی ہے لیکن شناخت کی یہ منزل تو داخلی شکست وریخت کے مراحل طے کرنے کے بعد آئی۔ اس کا پہلا مرحلہ نیروبی کے افریقی عوام کی دکھ بھری زندگی میں شمولیت کی کوشش تھی۔ ان کی صدیوں کی ذلت وخواری، محرومیوں اور فاقوں کی زندگی سے وہ مانوس ہوئے۔ جس کے دھندلے سے نقوش ان کے پہلے مجموعے "دھرتی کا کال" میں بکھرے ہوئے ہیں، لیکن افریقی عوام کی غلامی اور غربت سے گہری ہمدردی کے باوجود ان کی تہذیبی اور سماجی زندگی کی زیریں لہریں اور تہوں میں غوطے نہ لگا سکے۔ اس لیے ان کا ذہن اگر نئے انسانی علوم کی رزمگاہ تھا تو اس کا تخیل اپنے ماضی اور اپنے وطن کی طوفانی کشتیوں میں ہچکولے کھا رہا تھا۔ وہ دور کارہ کر ان کے ساتھ جی رہا تھا اور مر رہا تھا۔ یہ فن کار افریقہ میں رہ کر اپنے جن

قارئین کے لیے لکھ رہا تھا، جن کے بارے میں سوچ رہا تھا، تڑپ رہا تھا، جن کے دکھ سکھ کے تصور سے ہی اس کا دل دھڑک اٹھتا تھا وہ اس سے ہزاروں میل دور تھے— "کینیا میں اتنے سال قیام رہا لیکن دل و دماغ ہمیشہ بھاگ دوڑ کے عالم میں رہے۔ گویا ہم کسی ایرپورٹ کے ویٹنگ روم میں پڑے ہوں کہ ابھی ہوائی جہاز آئے گا اور اڑا کر گھر لے جائے گا"۔ (پچھوا)

اس پیہم انتظار اور کشاکش، غریب الوطنی اور تنہائی کے خالی پن نے جوگندر پال کو، شکر ہے کہ دروں بیں تو نہیں دروں فکر اور 'دروں گو' بنا دیا۔ یعنی اپنے اندر ہی اندر سوچنے اور اندر ہی اندر باتیں کرنے کی لت سی پڑ گئی۔ مغربی علوم و افکار نے ان کی سوچ اور خود کلامی کو منطق ہی نہیں ایک معیار و کردار بھی دیا تھا۔ شام کے سنہرے مغربی افق کی طرح اسے ایک بلند اور وسیع تناظر سے ہمکنار کیا تھا۔ اس طرح کہ مغربی کہانیوں کے پسندیدہ موضوعات عشق و عاشقی، عاشقوں سے دنیا کی ازلی دشمنی جیسی لذت پرستی، اذیت کوشی، زندگی پر موت کی برتری، نیکیوں پر بدی کی فتح یابی، تاریخ کی جبریت، صنعتی ترقی کے آشوب میں انسان کا کھوکھلا پن اور غاروں کی طرف مراجعت وغیرہ انھیں بڑے ہیچ معلوم ہوتے۔ ان کی سچائی بھی پال کو زیادہ اپیل نہیں کرتی۔ اس لیے کہ تیسری دنیا کے جن دو خطوں سے ان کا تعلق تھا اور جو ان کے ذہن و تخیل کو سیراب کیے ہوئے تھے ان کے افکار و تاملات کا اصل سرچشمہ یہی اجاڑ بستیاں اور ان کے مکین تھے۔ اب وہ انسان اور انسانیت کے مقدر کو بھی ان ہی ویرانوں کے تناظر میں دیکھ رہے تھے۔ لیکن یہ دید و دریافت پندرہ سال کی جلاوطنی کی بنا پر بڑی حد تک فکر و تصور کی جسارت اور امارت تک محدود تھی۔ ماضی کے Nostalgia اور فکر مغرب کی گھس پیٹھ نے پال کو اور بھی پیچیدہ بنا دیا تھا۔ اس لیے ساتویں دہائی میں انھوں نے جو افسانے لکھے ان میں اسی تجرید و تخیل کے عنصر کی فراوانی ہے۔ "میں کیوں سوچوں" اور "مٹی کا ادراک" کی بیشتر کہانیوں میں ایک عبوری عہد کی فکری یافت اور اپنی بازیافت کا عمل ملتا ہے۔ 'لیکن' کی بیشتر کہانیوں— جیسے بھوک، پہیت، پادشاہ— جو ہے سو ہے اور بازیچۂ اطفال۔ میں بھی زیب لب سوچنے اور نیم شعوری خود کلامی کا انداز غالب ہے۔ یہاں سوچ کی روانی اور فراوانی کہانی کو اس طرح بھینچتی ہے کہ غریب کا دم نکل جاتا ہے۔

لیکن اسی مجموعہ کی دوسری کہانیوں 'باہر کے بھیتر'، 'ہم جنس'، طور اور پاتال' میں سوچ فن کار کے تخلیقی شعور کے تابع ہو کر فن کاری کے ایک اچھوتے Pattern میں ڈھل جاتی ہے فکر کی دھیمی دھیمی آنچ سے ان کہانیوں میں ایسی جاندار تصویریں، ذی حس پیکر اور کردار ابھرتے ہیں، جن کی تخلیقی وحدت اور تہہ داری معنی کے کئی دائرے بناتی ہے۔ اس کے تلازمے، حاشیے اور حوالے فن کاری کے بجائے قاری کا حشر خیال بن جاتے ہیں۔ بڑا فن کار زندگی کے جن گورکھ دھندوں میں الجھا رہتا ہے الفاظ کی منحنی لکیروں سے ان کا ایک دلفریب جال بن کر قاری کے ہاتھ میں پکڑا دیتا ہے۔ جوگندر پال اس رمز سے آشنا ہو گئے تھے۔ 'باہر کے بھیتر' کا کتا ایسا لگتا ہے کہ سڑک پر نہیں ہمارے اندر بھونک رہا ہے یا پھر ہم اس کے اندر بھونک رہے ہیں۔

''وہ سوچ رہا ہے کہ اسے اس پار جانا ہے اور یہ کہ اسے کئی سال سے، شروع سے ہی اُس پار جانے کا انتظار ہے۔ لیکن اس کا وہاں جانا نہیں ہو رہا ہے۔ وہ ازل سے وہیں کھڑا ہے۔ اِدھر اُدھر دیکھے جا رہا ہے۔ اور درمیان میں یہ زندگی حائل ہے جو اس لمبی سڑک پر بیک وقت مخالف سمتوں پر دویدہ ہے۔ وہ بیچ سے گزر کر ادھر جائے تو کیوں کر؟''۔

یہ نفرت، حقارت اور بھوک کا مارا ہوا ہر طرف سے دھتکارا ہوا بے شرم کتا اپنی غیر انسانی بہیمیت کو اس طرح منکشف کرتا ہے کہ تیسری دنیا کے ننگے انسان کی تصویر کھنچ جاتی ہے۔ صرف ایک اقتباس دیکھیے :

''خیال ہی خیال میں کتنا بڑی محبت سے اپنی محبوبہ کے زخموں کو چاٹنے لگا ہے۔ اور چاٹتے چاٹتے اسے کتیا کے خون کا ذائقہ اتنا اچھا لگنے لگا ہے کہ اس نے فرطِ محبت سے پھر اپنے دانت اس کے زخموں میں گاڑ لیے ہیں۔ دراصل ہوا یہ ہے کہ گندگی کے ڈھیر کو کرچ کرچ کریدتے ہوئے اس نے ایک ننگے انسانی بازو کو کاٹ لیا ہے جو ڈھیر میں اس طرح پڑا ہے جیسے دیگر غلیظ اشیاء۔ اور دھڑ کے عقب سے ایک انسان چیخ کر اٹھا ہے، اور کتا بھاگ نکلا ہے اسی طرف—— جدھر سے آیا ہے۔ اور اس کے پیچھے پیچھے وہ آدمی چیخ چیخ کر دوڑ رہا

ہے۔ پکڑو۔ مارو'۔

''بے گور'' اور'' تیسری دنیا'' جیسی کہانیوں میں بھی کتے اور انسان کی یہی دوڑ اور دار و گیر نظر آتی ہے۔

انسان کے استحصال اور اس کی ذلتوں کے کرب کا یہ زہر جوگندر پال کی ان گنت کہانیوں میں تار و پود کی طرح بُنا ہوا ہے۔ مہاتما گاندھی کے بارے میں کسی نے سچ کہا تھا کہ اگر جنوبی افریقہ میں وہ رنگ و نسل کے نام پر ہونے والے ظلم و ذلت کو برداشت نہ کرتے تو ہندوستان میں چھوت چھات اور ہریجنوں پر ظلم و جبر کے خلاف اتنی بڑی تحریک نہ چلاتے۔ جوگندر پال نے بھی اس ذلت کا ذائقہ چکھا ہے۔ رنگ و نسل اور مذہب کے نام پر نہ صرف افریقہ، یورپ اور امریکہ بلکہ ہندوستان میں بھی انسانوں کے ساتھ جس وحشیانہ امتیاز کا سلوک روا رکھا جاتا ہے، اس کی بیکراں اذیت سے جوگندر پال کی روح ہمیشہ بوجھل اور بے چین رہتی ہے۔ '' آمد و رفت'' سے ''پناہ گاہ'' تک بے شمار کہانیوں میں یہ کرب آسیب کی طرح ان کا پیچھا کرتا ہے۔ یہ کوئی ایک تجربہ نہیں ہے جس کا بھرپور اظہار کر کے وہ اس سے نجات پا لیتے۔ یہ تو ساری دنیائے انسانیت کا ایسا تجربہ ہے جس سے وہ ہر لحظہ گزر رہی ہے۔ اور ایک بڑے فن کار کی طرح جوگندر پال نے بھی انسانیت کے اس اجتماعی اور باطنی کرب کے تواتر سے اپنے روحانی وجود کو ہم آہنگ Identify کر لیا ہے۔ یہ عجیب بات ہے کہ آٹھویں دہائی میں جیسے جیسے جوگندر پال اپنی شخصی انفرادیت کے حصار سے نکل کر اجتماعی زندگی کے مظاہر سے مانوس اور معروضی حقیقتوں کی ڈرامائیت سے مسحور ہوتے جا رہے ہیں۔ اسی نسبت سے ان کے افسانوں میں فنی اور جمالیاتی تکمیل کے عناصر کا اضافہ ہوتا جا رہا ہے۔ اس کا سبب شاید یہ ہو کہ آشوب خیال اور حشر احساس کی آزمائشوں سے گزر کر وہ تزکیۂ ذات کی اس ارفع منزل تک پہنچ گئے ہیں جہاں وہ انسانی مقدر سے تعلق رکھنے والی ہر شے، ہر عمل اور ہر جذبہ سے اپنے وجود کو ہم آہنگ کرنے میں کامیاب ہو جاتے ہیں۔ 'دریاؤں کی پیاس' کی باؤلی بوڑھی ماں کی تنہائی کے عذاب کو جھیلے بغیر وہ اس کی روح کے نہاں خانوں تک کیسے پہنچ سکتے تھے۔ 'سواریاں' کا شیام اور 'بے محاورہ' کا دیشو بھی جو شہر گزیدہ اور پیچیدہ کردار ہیں۔ مصنف کے اپنے وجود سے گزر کر ہی اس قالب

تک پہنچتے ہیں۔ اور پھر 'بازدید'، جادو، کٹھ پتلیاں اور پناہ گاہ جیسی شاہکار کہانیاں اس حقیقت کا ثبوت ہیں کہ اگر ایک آج کی اردو کہانی شخصی داخلیت پسندی کے ہاتھوں سطحی رومانیت اور نامقبولیت کا شکار ہے تو دوسری طرف اجتماعی داخلیت پسندی کا رجحان افسانہ کو آفاقی اور عصری حقائق سے ہم کنار کر کے نئی بلندیوں کی راہ دکھا رہا ہے۔

افسانہ نگار کا اپنا وجود تجربات کی رنگارنگی اور انفرادی تخیل کی وسعتوں کے باوجود بہت محدود ہوتا ہے۔ ماضی کی یادیں، جذباتی وارداتیں اور ان کے سہارے تخیل کے شامیانے سجا کر بھی کہانیاں لکھی جاتی رہی ہیں (قرۃالعین حیدر کی طرح جوگندر پال نے بھی ابتدائی دور میں اس نوع کی کہانیاں لکھی ہیں) لیکن بڑے اور قدر آفریں فن کی تخلیق تو اسی وقت ہوتی ہے جب آفاق کے سنگرام کو ذات کے نازک شیشے میں اتارا جا سکے اور ماضی یا تاریخ کی وارداتوں کو دانشِ حاضر کے شفاف آئینہ میں دیکھا جائے۔ اور یہ منصب سب کا نہیں، ان ہی تخلیق کاروں کا ہے جو ایک حکیمانہ شعور اور سماجی وژن رکھتے ہوں، جو انسانی خواہشوں اور حقیقتوں کے درمیان کی بے رحم خلیجوں سے برہم اور برگشتہ ہو کر ان کے خلاف احتجاج کرنے کا حوصلہ رکھتے ہوں۔ یہی وہ فن کار ہیں جن کے یہاں کثیرالعباد حقیقت، کثیرالمعنی ہیئت کو جنم دیتی ہے۔ جن کے یہاں زبان محض میڈیم نہ ہو کر، تخلیقی وحدت میں تحلیل ہو کر اس کا ایک حصہ بن جاتی ہے۔ جوگندر پال کی متعدد کہانیوں میں فن کی اسی تہہ داری اور تکمیل کا احساس ہوتا ہے۔

یہ صحیح ہے کہ آج صنعتی عہد کی حشر سامانیوں کے نتیجے میں انسانی زندگی اور ذہن کی الجھنوں، اذیتوں اور پیچیدگیوں میں جس تیزی سے اضافہ ہو رہا ہے اور ہر لحظہ انسانی تجربات فکر و احساس کی جن جہات اور مکانات کو محیط ہو رہے ہیں، ان کے اظہار کے لیے زبان کا تخلیقی استعمال بھی اب زیادہ ایمائی اور علامتی ہوتا جا رہا ہے۔ یہ ایک ناگریز عمل ہے۔ جن دوستوں نے جوگندر پال کا ناول 'بیانات' پڑھا ہے ان سے یہ حقیقت پوشیدہ نہیں ہوگی کہ اس کی بیانیہ نثر ایک کہانی کے متوازی ایک جہاں معنی بھی بیان کرتی ہے آج کی عالمی تہذیب میں تین قوتوں کے درمیان سنگھرش ہو رہا ہے وہ ہیں سائنس، آرٹ اور زندگی، ناولٹ میں دلیپ سائنس اور ٹکنالوجی کے بخشے ہوئے میکانکی تمدن کی علامت ہے

جواس تمدن کی طرح بے ثمر اور بانجھ ہے۔ تخلیقی فن کار سا ہو آرٹ اور ادب کے تخلیقی مظاہر کا نمائندہ ہے جو آج بھی انسانی قدروں اور جذبوں کو عزیز رکھتے ہیں اور ناولٹ کی ہیروئن سیما خود زندگی ہے جو ان کے دو دائروں کی درمیانی سرحد پر کھڑی ہے علامتی اظہار کا یہی کمال جوگندر پال کی بعض دوسری کہانیوں میں بھی ملتا ہے۔ طوالت کے خوف سے میں یہاں صرف ایک کہانی کا ذکر کروں گا۔

"پناہ گاہ" بظاہر ایک سیدھی سادی واقعیت پسندانہ اور بیانیہ کہانی ہے۔ ایک پر سکون اور خوبصورت گاؤں کی کہانی جو فسادات کی آندھیوں میں تباہ ہو گیا۔ تقسیم اور فسادات—— ایک پامال سا موضوع جو بظاہر تاریخ کی راکھ میں دفن ہو چکا ہے۔ اس کے باوجود برصغیر کی تاریخ کا یہ المناک سانحہ کروڑوں انسانوں کے دل و دماغ میں آج بھی، سانپ کی طرح پھنکاریں مارتا ہے، اس ایک حادثے نے ہمارے سماجی رشتوں، تہذیبوں رویوں اور جذباتی انسلاکات کی ساری بساط ہی الٹ دی۔ جوگندر پال نے اس فرق کو اس طرح دکھایا ہے کہ ایک گاؤں کی یہ کہانی کروڑوں غریب اور معصوم انسانوں کی کہانی بن جاتی ہے۔

کہانی بڑے سہل سادہ اور بے ساختہ انداز سے شروع ہو کر نقطۂ عروج کی طرف بڑھتی ہے۔

"وہ دونوں اچھل اچھل کر اتنی تیزی سے چل رہے تھے کہ جیسے راستے سے بھی پہلے میلے کے میدان میں جا پہنچنا چاہتے ہوں"۔

کہانی میں یہ راستہ ہندو مسلم عوام کی رواداری اور محبت کی زندگی، مشترکہ تخلیقی محنت اور تحریکِ آزادی کا راستہ بن جاتا ہے۔ جو مہربان قدرت کے پہلو سے گزر کر ایک پہاڑی کو عبور کرتا ہے تو سامنے میلے کا میدان ہے۔ یہ میلے کا میدان جشن آزادی کی علامت ہے۔ وہ دونوں فتو اور ویرو (مسلمان اور ہندو) اپنے عشق بلاخیز کی مستیاں لٹاتے ہوئے اس راستہ پر گامزن ہیں۔ گاؤں میں ان کی مثالی جوڑی اور عشق کے چرچے ہیں۔ ان کا بیاہ ہو چکا ہے۔ حکیم سلطان شاہ اور مرزا بھی انھی کا ذکر کرتے ہیں اور کہتے ہیں کہ گاؤں کے سرپنچ "کنس راؤ" نے بھی ویرو کے باپ کو یہی سمجھایا تھا کہ بات ہندو مسلمان کی نہیں، بات یہ ہے کہ فتو اور ویرو کی جوڑی کتنی سجل ہے۔ سو ہزار برس بیتتے ہیں تو کہیں اتفاق سے

ایسی جوڑی بنتی ہے''۔ یہ جوڑی میلے کی طرف رواں ہے:

''اپنے گردو پیش جنگل کے بکھراؤ کو دیکھتے ہوئے فتو کو اچانک احساس ہوا کہ وہ اپنے ذہن میں جھانک رہا ہے اس نے ویرو کی کمر کو اپنے بازو میں لے کر اپنے ساتھ جوڑ لیا۔ دونوں ایک دوسرے سے لپٹ گئے اور لپٹ کر قہقہہ لگانے لگے۔ اور قریب ہی کہیں جھاڑیوں میں بیٹھا ہوا بندروں کا ایک غول ان کی شادماں غراہٹیں سن کر بھاگ کھڑا ہوا... وہ جنگل سے باہر نکلے تو سارا جنگل جیسے ان کے پیچھے پیچھے آتے ہوئے ان کے عقب میں پھیل کر انھیں دیکھتا رہ گیا۔ وہ دونوں ایک دوسرے کے پیچھے دوڑتے ہوئے پہاڑی کی چوٹی پر آگئے اور جوں ہی آئے توں ہی میلہ ان کے دل ودماغ سے لڑھک لڑھک کر یہاں پہاڑی کی جانب آلگا''۔

میلہ کی رونق، ہماہمی اور رنگینی میں یہ دونوں جوان بھی اپنے وجود کی ساری مستی کے ساتھ کھو جاتے ہیں۔ گاؤں کی خوش مذاق میراثن انھیں دیکھ کر نچھاور ہوتی ہے۔

اچانک گاؤں کے کچھ فرقہ پرست غنڈے ان دونوں جوانوں کو للکارتے اور قتل کردیتے ہیں اور پھر میلے کا سارا میدان ہندو مسلمانوں کے خون سے لت پت ہو جاتا ہے۔ فساد کی آگ سارے گاؤں کو اپنی لپیٹ میں لے لیتی ہے، میراثن اغوا کرلی جاتی ہے۔ سات دن تک لوگ اس کے ساتھ منہ کالا کرتے ہیں۔ گاؤں کا سرپنچ اسے ڈھونڈ کر لاتا ہے وہ راجدھانی میں مہاجرین کے ایک کیمپ کے اسپتال میں بے ہوش پڑی ہے اور جب اسے ہوش آتا ہے تو وہ اپنے مہربان ڈاکٹر سے پوچھتی ہے:

''تمھارا کیا نام ہے بیٹا؟''

''میں یہاں ڈاکٹر ہوں۔ ماں۔ ڈاکٹر نند کشور''۔

''میرا فتو بھی بالکل تمھاری تہ اس اونچا لمبا تھا''۔

ڈاکٹر اس کے ماتھے پر ہاتھ رکھ کر اس کا بخار محسوس کرنے لگا۔

''ہمارے حکیم صاحب کو خبر کردو بیٹا۔ میں بھی پاکستان آپہنچی ہوں''۔

یہ ہے برصغیر کی تاریخ کے سب سے المناک باب کی اصل اندرونی کہانی۔ اس کے

فکرانگیز علامتی پہلوؤں سے قطع نظر پوری کہانی میں کئی ایسے Stage Effects ملتے ہیں جو جوگندر پال کے فن کا منفرد انداز ہے۔ اس کے ذریعے وہ معاندانہ حالات میں انسانی روح کی خوبصورتی بھی دکھاتے ہیں اور اس کے مسخ ہونے کا بھیانک منظر بھی۔ وہ بتاتے ہیں کہ تاریخ کی دیوانگی انسان کو پناہ نہیں دے سکتی۔ اگر دے سکتی ہے تو صرف اس کی محبت، انسانیت، دردمندی اور رواداری— ان کے یہاں شعور کی رو دراصل زندگی کی رو کا انکشاف کرتی ہے۔ داخلی کشمکش تہذیب کے بحران اور معروضی حقیقتوں کے ایسے پہلوؤں کو بے نقاب کرتی ہے جو دوسرے جدید افسانہ نگاروں کے حاشیۂ خیال میں بھی نہیں آتے۔ پھر یہ کہ ان کے یہاں کہانی بیان نہیں ہوتی سامنے— زندگی کے اسٹیج پر وقوع میں آتی ہے۔ ان کے کردار اس اسٹیج سے نکل کر ہمارے حواس کے اتنے قریب آجاتے ہیں کہ ہمیں اپنے وجود میں ان کی سانسوں کا زیر و بم محسوس ہوتا ہے۔

جوگندر پال کی کہانیاں اپنی تکنیک میں منفرد اور اچھوتی ہیں اور اب تو یہ انفرادیت رچ بس کر اتنی روشن ہوگئی ہے کہ کہانی خود بول اٹھتی ہے ''میں پال کی مخلوق ہوں''۔ اس کی شناخت کا خاص اسلوب ایک خاص طرح کی ہم کلامی ہے۔ کبھی وہ اپنے آپ سے ہم کلام ہوتا ہے (بے محاورہ) اور اپنے وجود کے حوالے سے زندگی کی گہری سچائیوں سے آنکھیں چار کرتا ہے۔ کبھی کسی حاملہ ہرنی سے باتیں کرتا ہے (ہرا بھرا) اور حیوان کے سہارے انسان کے ازلی دکھوں کی بپتا سناتا ہے۔ کبھی رامائن سے محو گفتگو ہوتا ہے۔ (ربط کا انعقاد) اور محبت کی نفسیات— اور اس کائنات میں اس کی غائتوں اور غتواں کو بیان کرتا ہے اور آخر میں اعتراف کرتا ہے— ''میں نے اپنے آپ سے ہی مخاطب ہونے کے لیے یہ چٹھی لکھی ہے''۔ اور کبھی وہ پیپل کے وجود میں سما کر پیپل کی کتھا سناتا ہے (کتھا ایک پیپل کی) لیکن حقیقت میں یہ ڈراما انسانی خواہشوں، دکھوں، خوشیوں اور اندیشوں کو ہی بے نقاب کرتا ہے۔ یہ ساری کہانیاں بیانیہ کا ایک نکھرا ہوا روپ ہیں جو عصرِ حاضر کی پیچیدہ حقیقتوں کو نسبتاً سلجھا کر بیان کرتی ہیں۔ ان سب کے پیچھے جو ہمہ داں روای ہے وہ خود جوگندر پال ہے جو کہانی میں دکھائی نہیں دیتا لیکن اس کی دردمندی اور ذہانت کہانی کے ہر لفظ میں جگنو کی طرح چمکتی ہے۔

ان کہانیوں میں فنطاسیہ اور واقعیت پسندی کا ایسا امتزاج ہے جو غیر معمولی تخلیقی حسن کی نشاندہی کرتا ہے۔ نئی کہانی میں بعض دوسرے تخلیق کاروں نے بھی اس انداز کو برتا ہے لیکن ان کا تانا بانا اکثر ڈھیلا اور بے رنگ ہو جاتا ہے۔ جوگندر پال کے یہاں بے ساختگی اور شگفتہ بیانی ایک مرقع سا سجا دیتی ہے۔

''پیپل کی کتھا'' کا یہ ابتدائی حصہ دیکھیے:

''سارے کا سارا پیپل کا درخت کھلکھلا کر ہنس پڑا۔ اور ہنستے ہنستے اس کا قد فٹ بھر اور اونچا ہو گیا۔ پرندوں نے پیپل کی ہلتی ہوئی شاخوں پر اپنے پیر دبا لیے۔ اور ایک کوا کائیں کائیں کرنے لگا۔

''گھبراتے کیوں ہو بھائی۔ اپنا پیپل کا کا ذرا ترنگ میں آ گیا ہے اور بس''۔

کا کا ہے کہاں۔ ماں؟ ایک چڑیا کے بچے نے اپنی ماں سے پوچھا۔ اور جواب سننے سے پہلے ہی گھونسلے میں چاول کے ایک دانے کی طرف متوجہ ہو گیا۔

''تمھاری یہ بات مجھے ایک آنکھ نہیں بھاتی چھوکرے''۔ اس کا باپ بولا ''تو پھر دوسری آنکھ سے دیکھو''۔ چڑیا پھُر سے اپنے بچے کے قریب آ گئی۔ اور پیار سے اپنی چونچ کو اس کے پروں میں گھسیڑ لیا۔ ''تمھارا ہی بچہ ہے۔ یا کم سے کم اپنی ہی ذات میں سے کسی کا ہے۔ کسی کوے کی اولاد تو نہیں۔ اس نے اپنی آواز ذرا آہستہ کر لی کہ آس پاس کوئی اس کے بول کے بھنک نہ پالے۔ پہلے ہی سے سب کو شکایت تھی کہ اس براہمنی کو اپنی اونچی ذات پر بڑا مان ہے۔

''بس جی چپ رہو تم، بچے کی نیا ڈبو کر دم لوگی''۔ ''پھر وہی موٹے آدمی کا کانا سا محاورہ۔ ہمیں نیا ویا سے کیا لینا ہے۔ ہمارے یہ پر سلامت رہیں۔ اس نے اپنے پر پھیلا کر اپنے نر کی طرف آنکھیں مٹکائیں''۔

پوری کہانی میں یہی غیر رسمی لیکن دلچسپ ماحول قائم رہتا ہے۔ پیپل زندگی کا گھنا درخت ہے۔ اس کے پہلو میں صرف پرندے ہی گھر نہیں بناتے۔ شکار کی تلاش میں زہریلے سانپ بھی رینگتے ہیں۔ اور وہ بے بسی سے انھیں دیکھتا ہے۔ اس لیے کہ اس کا آدھا وجود زمین میں دفن ہے اسی لیے وہ نئی نسل کے پودوں کے لیے آرزو کرتا ہے کہ وہ

زمین (روایات) کی گرفت سے آزاد ہوں۔ بے چارگی سے چھٹکارہ پائیں اور اپنی زندگی آپ بسر کریں۔ جوگندر پال کے نزدیک زندگی اس طرح بسر کرنا کہ وہ سزا محسوس ہو خود زندگی کی توہین ہے۔ ان کی اکثر کہانیاں زندگی کے ابدی حسن اور اس کی حرکت کے احساس سے معمور ہیں۔

مشترک اوصاف وعناصر کے باوجود یہ بھی سچائی ہے کہ پال کی ہر کہانی اپنے منفرد بیانیہ کو خود خلق کرتی ہے۔ اس کی رگ و پے میں کہانی کی روح اس کا پیغام غیر محسوس طور پر رقص کرتا ہے اور اس معنی خیز رقص کا آہنگ آہستہ سے قاری کے وجود میں اتر جاتا ہے یہ تخلیقی رویہ پال کے اسلوب فن کی جان ہے۔

پروفیسر قمر رئیس

منتخب عصری افسانوں کا ایک اور مجموعہ

پرندے

مصنف : جوگندر پال

بین الاقوامی ایڈیشن جلد منظر عام پر آرہا ہے